ars vivendi
Krimi

VEIT BRONNENMEYER

ZERFALL

Albach und Müller: der zweite Fall

Kriminalroman

ars vivendi

Jubiläumsausgabe, Februar 2014
2. Auflage
© der Originalausgabe 2007 by ars vivendi verlag
GmbH & Co. KG, Cadolzburg
Alle Rechte vorbehalten
www.arsvivendi.com

Lektorat: Susanne Bartel
Umschlaggestaltung: ars vivendi verlag unter Verwendung
einer Illustration von Silke Klemt
Druck: CPI Ebner & Spiegel, Ulm
Printed in Germany

ISBN: 978-3-86913-406-2

Für meine Großmutter Friedl Bronnenmeyer

Inhalt

I.
Ein schlechter Scherz?

»Meine sehr verehrten Damen und Herren«, Alfred räusperte sich etwas verlegen, »mein Name ist Hauptkommissar Albach, und ich muss Ihnen leider mitteilen, dass die Beisetzung heute noch nicht stattfinden kann ... es, ähm, besteht Grund zu der Annahme, dass Dr. Rothenberg keines natürlichen Todes gestorben ist.«

Die Trauergemeinde teilte sich in zwei Gruppen. Eine, die überwiegend aus Damen bestand, steckte fassungslos tuschelnd die Köpfe zusammen, während die andere Alfred samt der neben ihm stehenden Familie des Toten mit Fragen bombardierte. Dieses Verhalten war genauso pietätlos wie verständlich. Schließlich war die versammelte Gesellschaft bis vor einer Minute noch davon ausgegangen, dass der hochdekorierte Richter nach jahrelangem, verzweifeltem Kampf dem Krebs erlegen war. Nun aber wurde der prunkvolle Sarg mit den Silberbeschlägen nicht in Richtung Grab, sondern zur Gerichtsmedizin gefahren, wo die Leiche des ehrenwerten Juristen obduziert werden würde. Dabei hätte es ein so schönes Begräbnis werden können. Der Tote war ein angesehener Bürger der Stadt gewesen, und die Prominenz aus Justizwesen und Kommunalpolitik war gut vertreten. Das tiefe Schwarz des Trauerzuges stand in perfektem Kontrast zu dem wolkenlosen Himmel. Es war ein wunderschöner, milder Tag, mit Hochdruckeinfluss und Temperaturen knapp über dem Gefrierpunkt. Den ganzen Winter lang war noch kein Schnee gefallen, sodass das Farbenspiel durch die grünen Tannen und Kiefern links und rechts von der Aussegnungshalle komplettiert wurde. Nun musste das Loch wieder zugeschaufelt werden, und die großartigen Kränze und Blumengebinde würden wohl vorzeitig auf einem friedhöflichen Komposthaufen verrotten.

Alfred schickte seine Kollegin Renan mit der Familie Rothenberg nach Hause, bevor er sich dem dann folgenden

Sturm der Entrüstung und Verwirrung stellte. Normalerweise empfand er eine gewisse Vorliebe für solche Auftritte, die ihn unversehens in den Mittelpunkt einer Situation rückten. Aber angesichts eines Dutzends Staatsanwälte und Richter, fast genauso vieler Stadträte, zweier Referenten, des stellvertretenden Polizeipräsidenten, dreier Amtsleiter, einer unbekannten Anzahl von Rotariern und schließlich des Präsidenten des 1. FCN fühlte sich selbst Alfred etwas unwohl. Die Herren nahmen ihn von allen Seiten ins Kreuzverhör:

»Was soll denn das jetzt heißen?«

»Wissen Sie eigentlich, was Sie hier tun?«

»Wer ist Ihr Vorgesetzter?«

»Was erlauben Sie sich?«

»An was soll der alte Ludwig denn gestorben sein?«

»Lächerlich!«

»Ein schlechter Scherz!«

»Wer hat das angeordnet?«

Schließlich zog der stellvertretende Polizeipräsident kraft seiner Autorität Alfred beiseite und bemühte sich um eine sachliche Klärung der Verhältnisse.

»Herr Albach, was hat das zu bedeuten?«, fragte er, sich nervös umsehend.

»Es geschieht vor allem auf Wunsch der Familie«, beeilte sich Alfred zu erklären, »durch die Tochter des Toten haben wir Hinweise und Indizien erhalten, die einen natürlichen Tod zumindest anzweifeln lassen.«

»Und das erst jetzt, eine Stunde vor der Beerdigung?« Atem entwich als deutlich sichtbarer Dampfstrahl seiner Nase.

»Es tut mir wirklich leid, Herr Schmidt«, meinte Alfred zerknirscht, »aber es war tatsächlich so kurzfristig. Der diensthabende Richter hat die Obduktion heute Morgen erst angeordnet.«

»Na gut«, Schmidt wirkte etwas besänftigt, »und die Familie hat dieser Sache auch wirklich zugestimmt?«

»Es geschieht auf ausdrücklichen Wunsch der Familie, zumindest der Tochter«, versicherte Alfred.

»O. k., dann verschwinden Sie jetzt und verfassen schnellstmöglich einen Bericht, heute Abend will ich wissen, was los ist.«

»Das ist mir mindestens so unangenehm wie Ihnen ...«, beteuerte Alfred.

»Ja, ja. Schon gut«, der Vizepräsident knöpfte seinen schwarzen Lodenmantel auf, »ich werde Ihnen hier vorläufig Rückendeckung geben.« Er ging wieder auf die Trauergemeinde zu und sagte: »Meine Damen und Herren, als oberster Vertreter der Polizei bitte ich nochmals ausdrücklich um Entschuldigung, aber der Kollege Albach hat vollkommen korrekt gehandelt ...«

Alfred zündete sich erleichtert eine Zigarette an und lief dann auf schnellstem Wege zum Ausgang. Er war froh, diesen Auftritt hinter sich zu haben, zumal er selbst noch nicht wusste, was von dieser ganzen Angelegenheit zu halten war. Dabei hatte der Vorfall letzte Woche zwar tragisch, aber keineswegs geheimnisvoll oder gar kriminell ausgesehen. Der ehrenwerte Richter Dr. Ludwig Rothenberg war im Alter von 63 Jahren einem Krebsleiden erlegen. Rothenberg war für einen Richter relativ bekannt gewesen, weil er zeit seines Dienstes eine Null-Toleranz-Haltung verfolgt und selbst Kleinkriminelle für Jahre ins Gefängnis gesteckt hatte. Es war keine Seltenheit, dass er die von der Staatsanwaltschaft geforderten Höchststrafen nochmals überbot. Er war so etwas wie ein fränkischer »Richter Gnadenlos«, lange bevor ein anderer in einem anderen Teil des Landes damit in die Schlagzeilen und sogar kurzzeitig zu einem Regierungsamt kam. Rothenberg jedoch war kein gescheiterter Demagoge, sondern ein entschiedener Verfechter eines starken Staates. Er war verlässlich, stand zu seinen Prinzipien und fiel niemals um. Alfred hatte im Laufe seiner 30 Dienstjahre nur relativ wenig mit ihm zu tun gehabt, konnte sich aber noch gut an das eine oder andere Gespräch erinnern. Während eines Polizeiballs in den 90er-Jahren hatten sie sich zufällig an der Bar näher kennengelernt. Alfred war zuerst beim Tresen gewesen und hatte kaum damit begonnen, dem Barmann zu erklären, dass er seinen Glenfiddich samt Johnny Walker am besten gleich in den Ausguss schütten solle, als ihn die Pranke des Richters auf den Rücken traf.

»Ich unterstütze den Antrag der Kriminalpolizei«, hatte er etwas zu laut verkündet und dann das Flaschenregal einer intensiven Prüfung unterzogen. Als auch er dort keinen trinkbaren Whisky finden konnte, herrschte er den Barkeeper an, sofort zwei leere Gläser hinzustellen und ihnen dann aus den Augen zu gehen.

»Welche Marke bevorzugen Sie?«, hatte er Alfred gefragt.

»Das ist schwierig zu beantworten«, Alfred hatte schon etwas Probleme, sich fehlerfrei zu artikulieren, »Oban ist sehr gut oder Cardhu. Wenn die Stimmung passt, darf's auch mal ein Glenlivet sein.«

»Keine weiteren Fragen«, hatte der Richter gerufen und einen Flachmann aus der Tasche gezogen. Er schenkte den Whisky in die leeren Gläser ein und prostete Alfred zu.

»Donnerwetter!«, entfuhr es Alfred.

»Sage ich doch!«

»Kräftig, kantig, aber nicht zu scharf«, Alfred roch an seinem Getränk, »was ist das für einer?«

»Nach dem zweiten Glas kann ich leider den Namen nicht mehr aussprechen«, Rothenberg hatte etwas Mühe, seinen Blick an Alfred zu heften. »Sie sind doch bei der Mordkommission, oder?«

»Alfred Albach«, er streckte dem Richter die Hand hin, »Hauptkommissar, K11. Ich war letztes Jahr Zeuge im Mordprozess Leissner.«

»Stimmt«, der Richter nickte langsam, »das war gute Arbeit damals.«

»Wir tun alle, was wir können«, antwortete Alfred bescheiden.

»Das stimmt leider nicht«, beschied Rothenberg und wankte wieder zu seinem Tisch. Seitdem bekam Alfred jedes Weihnachten eine Flasche Bruichladdich ins Büro geschickt.

Mit zunehmendem Alter war der Richter kaum toleranter geworden. Kurz bevor er wegen seines Gesundheitszustandes den Richterstuhl räumen musste, hatte er noch eine Bande von 17- bis 20-jährigen Graffitisprayern zu Haftstrafen beziehungsweise zu Jugendarrest verknackt, was ihm den großen Beifall des Innenministers einbrachte. Alfred selbst konnte so einen Umgang mit Jugendlichen nicht gutheißen, doch bekam er sonst kaum etwas von Rothenbergs Prozessen mit und der Whisky war wirklich exzellent.

Renan saß in ihrem Bürostuhl und blickte gedankenverloren aus dem Fenster. Seit dreieinhalb Jahren arbeitete sie nun schon gegenüber von Alfred, konnte sich aber immer noch stundenlang mit dem Betrachten des Treibens in der Fußgängerzone ablenken. Das Weihnachtsgeschäft war vorbei, die entsprechende Beleuchtung abgebaut, und alle unpassenden Geschenke waren umgetauscht. Langsam kehrte wieder Normalität ein. Es war kurz nach eins; die evangelische Jakobskirche veranstaltete mal wieder ein scheinbar willkürliches Geläute. Renan wunderte sich zum hundertsten Mal, warum man nie was von der gegenüberliegenden katholischen Elisabethkirche hörte, und legte beide Hände fröstelnd um die heiße Teetasse. Zusätzlich zu den Amtskirchen waren vor dem Fenster noch zwei einsame Zeugen Jehovas aktiv, die drei verschiedene Ausgaben des »Wachtturms« hochhielten. Renan zog den Feldstecher aus der untersten Schreibtischschublade und stellte fest, dass die deutschsprachige Version von einer russischen und einer türkischen Übersetzung eingerahmt wurde. Vom Plärrer her kamen zwei jener höflichen und gut gekleideten jungen Männer über den Platz, die unschuldige Passanten immer in stark englisch gefärbte Gespräche über Gott und Jesus Christus zu verwickeln suchten. Sie ließen einen Business-Mann passieren, eine Kindergartengruppe links liegen und probierten ihr Glück schließlich bei zwei jungen Frauen mit H&M- und Zara-Tüten. Doch die Mädels schüttelten nur panisch die Köpfe. Bevor sie die Flucht antraten, zog eine aber noch ihren Geldbeutel aus der Handtasche und drückte dem verdutzten Missionar ein Geldstück in die Hand. An der seitlichen C&A-Fassade machten sich zwei Gebäudereiniger daran, eine Graffittischmiererei zu entfernen. Renan blickte wieder durch den Feldstecher, konnte der gesprühten Krakelei aber keinen Sinn entnehmen.

»Darf ich auch mal?«

»Was?«, Renan fuhr herum. »Musst du mich so erschrecken?«

»Entschuldige, Kollegin«, Alfred zog seinen Mantel aus, »was gibt's denn da zu sehen beim Brenninkmeijer?«

»Ach, gar nichts«, sie packte das Fernglas schnell wieder in die Schublade.

»Du wirst doch nicht etwa während der Dienstzeit Tele-Shopping betreiben?«, versuchte er zu scherzen.

»Komm mir bloß nicht so«, fauchte sie, »auf dich bin ich sowieso noch stinkig.«

»Tatsächlich«, erwiderte er provokant, während er sich fragte, was er nun schon wieder falsch gemacht hatte.

»Das nächste Mal fährst *du* mit den Hinterbliebenen nach Hause und beruhigst sie«, Renan stand auf und ging zum Drehregler am Heizkörper. »Die Rothenberg hat die ganze Zeit mit ihrer Tochter gestritten, und der Sohn hat immer nur ›Ach, Mama‹ gesagt und ›Marion, lass doch‹ ... Und warum geht diese verdammte Heizung schon wieder nicht?«

»Wenn du glaubst, dass es mehr Spaß macht, den Honoratioren der Stadt zu erklären, warum ihr – offensichtlich an Krebs gestorbener – Freund noch in der Rechtsmedizin aufgeschnitten werden muss, kannst du das gerne das nächste Mal übernehmen«, Alfred ließ sich in seinen Stuhl plumpsen und zeigte sich ebenfalls genervt.

»Waahh«, Renan machte eine wegwerfende Handbewegung und bezog wieder Stellung hinter ihrem Schreibtisch, während Alfred scheinbar teilnahmslos auf den seinen stierte. Die beiden Arbeitsflächen waren das Psychogramm eines höchst unterschiedlichen Teams. Alfreds war peinlichst ordentlich und aufgeräumt. Es lagen keine losen Blätter, Schmierzettel, Lineale, Filzstifte oder Formulare herum. Neben der dunkelgrünen Schreibtischunterlage stand ein Locher und ein altmodischer Bleistiftspitzer mit Kurbel. Links befanden sich vier sauber beschriftete Ablagekästen: Eingang, Wiedervorlage, Ablage und Verzeichnisse. Im hinteren rechten Eck stand der Computerbildschirm, die Tastatur wurde hinter die Unterlage geschoben, wenn sie nicht in Gebrauch war. Einzig ein silberner Kuli und ein Bleistift durften auf der Oberfläche liegen bleiben. An besonders schlechten Tagen vergaß er auch manchmal, ein paar Tabakbrösel wegzuwischen. Alfred legte genauso großen Wert auf das Aussehen seines Arbeitsplatzes wie auf sein eigenes. Renan fand das eine spießig, wenn nicht gar zwanghaft, und das andere eitel. Ihr Tisch war von etwas geprägt, das sie gerne als kreatives Chaos bezeichnete – Alfred dagegen als Bermuda-Dreieck. Aktuell befand sich darauf der gesamte Inhalt der noch dünnen Akte »Rothenberg« verstreut. Fotos, Protokolle, Aussagen. Die PC-Tastatur lag verschüttet unter einem Haufen beschrifteter Zettel, mehreren Umlaufmappen und einem halb zusammengefalteten Stadtplan. Renan hatte zwar auch vier Ablagekästen, es aber noch nicht geschafft, eine Ordnung hineinzubringen. Wenn sie irgendetwas weghaben wollte, stopfte sie es einfach dahin, wo noch am meisten Platz war. Als Folge davon suchte sie spätestens jeden zweiten Tag laut fluchend nach irgendeiner Unterlage oder einem Schriftstück, das sich dann ganz woanders befand. Links neben dem Bildschirm stand eine hölzerne Stiftschale, die vor Schreibgeräten jeder Größe und Farbe überquoll. Davor lagerten vier ausgedrückte Teebeutel auf einer ehemals weißen Untertasse. Außerdem schrieb Renan gerne Checklisten, die dann unter Rundschreiben, noch mehr Umlaufmappen und Angeboten zum Jobticket oder zur Entgeltumwandlung in Vergessenheit gerieten und grundsätzlich nie weggeworfen wurden.

»Wenn du willst, kannst du ja zur Rechtsmedizin fahren und dich mit dieser unleidlichen Pathologin herumschlagen«, setzte Alfred schließlich nach, als er aufstand und zur Kaffeemaschine ging.

»Vielleicht solltest du dir einfach abgewöhnen, vor sächsischen Ärztinnen Ossi-Witze zu reißen«, lachte sie.

»Das hat man der doch nicht angehört«, rechtfertigte er sich, »irgendwie klang sie eher schwäbisch.« Alfred setzte sich mit der Kaffeetasse wieder hin und stellte erleichtert fest, dass Renans Zorn sich mal wieder ebenso schnell verzogen hatte, wie er gekommen war. Nach etlichen Monaten der Zusammenarbeit hatte er irgendwann akzeptiert, dass sie nicht anders konnte, als öfter mal Dampf abzulassen. Das dauerte selten lange, und er hatte sich angewöhnt, solche Momente dann einfach auszusitzen.

»Das wird jetzt aber wirklich interessant«, sagte Renan und nahm einen Schluck Tee, »der Mann hatte seit Jahren Krebs, eine natürlichere Todesursache kann ich mir kaum vorstellen.«

»Hoffen wir einfach mal, dass sich der ganze Zirkus auszahlt«, seufzte Alfred, während er seinen PC einschaltete, »ich darf jetzt erst mal einen Bericht für unseren Vizepräsidenten schreiben.«

»Der Schmidt war auch da?«

»Hast du den nicht gesehen? Klar, und das war noch mein Glück. Wenn der Polizeipräsident da gewesen wäre oder unser profilneurotischer Kriminaldirektor Herbert Göttler – nicht auszudenken!«

»Vielleicht hätte ich mich von der Tochter wirklich nicht so weich kochen lassen sollen«, grübelte Renan.

»Du hattest doch letztendlich gar keine andere Wahl«, beschwichtigte Alfred, »wer weiß, an wen die sich als Nächstes gewandt hätte. Vielleicht an den Oberstaatsanwalt oder gleich an den Oberbürgermeister ... Rate mal, wem die dann den schwarzen Peter zugeschoben hätten.«

»Also, daran habe ich in der Situation eigentlich überhaupt nicht gedacht«, sie schüttelte den Kopf und sammelte zerstreut den Inhalt der Akte zusammen.

Es war am vergangenen Samstag gewesen, als Renan außerplanmäßig ins Büro kam. Sie besaß keinen eigenen Computer und wollte flugs ein Schreiben an die GEZ verfassen, um diesen Schwachköpfen endgültig klarzumachen, dass sie ihren Fernseher aufgrund der immer weiter nachlassenden Qualität des Programms vor einem Vierteljahr dem Sperrmüll übereignet hatte und somit ganz gewiss kein Gerät mehr »zum Empfang bereit hielt« – was übrigens glatt gelogen war. Da traf sie auf Marion Shelley. Die junge Frau befand sich gerade im heftigen Disput mit dem Kollegen Büchel. Renan vernahm mehrmals den Ruf nach der Mordkommission, sodass sie noch vor Erreichen ihres Büros kurz entschlossen einen Haken schlug und den Kopf in Büchels Zimmer steckte.

»Was ist denn hier los?«, hatte sie gefragt.

»Ach, die Kollegin Müller«, hatte Büchel erleichtert gerufen, »dich schickt der Himmel. Ich versuche seit einer halben Stunde, dieser Dame hier klarzumachen, dass wir für den Erstzugriff zuständig sind und nicht für Leute, die friedlich im Bett sterben.«

»Ich wollte ja auch jemanden von der Mordkommission sprechen«, eiferte sich die Frau, »aber da hier am Wochenende anscheinend nur Aushilfskräfte arbeiten ...«

»Wissen Sie was«, ätzte Büchel, »ich lasse mich von Ihnen jetzt nicht länger beleidigen. Hier haben Sie eine Kollegin vom K11. Versuchen Sie es bei der. Viel Glück!« Er schob die Dame unsanft aus seinem Büro und knallte die Tür zu.

Renan wusste nicht so recht, was sie von diesem Auftritt halten sollte. Da die Frau neben ihr aber plötzlich begann, heftig zu schluchzen, bat sie diese in ihr Büro und bot ihr einen Stuhl samt einem Päckchen Taschentücher an.

»So ein Idiot«, klagte sie mit zitternder Stimme und schnäuzte sich.

»Jetzt beruhigen Sie sich erst mal«, Renan zog ihren gefütterten Parka aus und legte den Schal ab, »und dann erklären Sie mir ganz langsam, um was es geht.«

»Es geht um meinen Vater, Ludwig Rothenberg, er war Richter am Amtsgericht«, sie schnäuzte sich abermals.

»O. k.«, Renan blies sich eine Locke aus der Stirn und suchte einen Schmierzettel.

»Er ist vorgestern gestorben, und ich bin mir sicher, dass er ermordet wurde«, die Frau saß in ihrem Kaschmirmantel an Alfreds Platz und vergrub das Gesicht in den Händen.

»Frau, ähm, ...«

»Shelley, Marion Shelley. Ich lebe in Boston und bin dort verheiratet.«

»Frau Shelley«, Renan bemühte sich um einen mitfühlenden Tonfall, was nicht zu ihren großen Stärken zählte, »es tut mir sehr leid für Sie, aber der Kollege erwähnte vorhin, dass Ihr Vater friedlich im Bett gestorben ist?«

»Er hatte Krebs«, sie fuhr sich mit den Händen durch den Pagenkopf, »aber er ist trotzdem ermordet worden! Ich will doch nur, dass mir jemand fünf Minuten zuhört.«

»Gut«, sagte Renan langsam, »ich schlage vor, Sie erzählen mir jetzt einfach mal in Ruhe, was Sie zu diesem Verdacht verleitet, und ich werde mitschreiben, sodass wir gleich eine Anzeige aufnehmen können, wenn sich das am Ende als notwendig herausstellt.«

»Danke«, flüsterte die Frau und rieb sich mit einem weiteren Taschentuch die Augen trocken.

»Schon gut«, nickte Renan. Insgeheim gab sie Büchel recht. Frau Shelley schien entweder hysterisch oder durchgedreht zu sein oder beides. Ihre neureiche Erscheinung war Renan nicht unbedingt sympathisch, aber wenn sie einen Mordverdacht zu melden hatte, musste ihr ja wenigstens jemand zuhören. »Möchten Sie vielleicht ein Glas Wasser oder einen Tee?«, fragte Renan, weiterhin um Höflichkeit bemüht.

»Nein, nein, danke«, sagte Marion Shelley und entledigte sich mühsam ihres Mantels, »aber macht es Ihnen etwas aus, wenn ich rauche?«

»Also, eigentlich ...«, druckste Renan herum, »ach, scheiß drauf. Rauchen Sie!« Sie reichte ihr eine Untertasse als Aschenbecher.

»Mein Gott«, die Frau atmete mit einem kräftigen Zug aus, »ich habe nicht mehr geglaubt, hier auf ein menschliches Wesen zu treffen.«

»Ähm, ja«, Renan berührte den Heizkörper und stellte fest, dass er nur lauwarm war, »was bringt Sie denn nun zu der Annahme, dass Ihr Vater ermordet wurde?«

»Er hat es mir gesagt ...«

»Wie? Was?«

»Ich kam wenige Stunden vor seinem Tod daheim an«, Shelley blickte Renan mit geröteten Augen an, »er lag im Bett und konnte kaum noch sprechen. Schließlich hat er meine Mutter und meinen Bruder hinausgeschickt und mir anvertraut, dass ihn jemand ermordet hätte.«

»Was hat er denn genau gesagt?«

»Er konnte nur noch flüstern, aber ich habe ihn genau verstanden. Er sagte: ›Jemand bringt mich um, mein Goldstück, hilf mir.‹ ... Ich sagte: ›Papa, aber du hast Krebs‹, darauf sagte er: ›Die Zeichen, zeig der Polizei die Zeichen.‹ ... Dann konnte er nur noch krächzen und dann ...«, sie zog heftig an ihrer Zigarette, während sich erneut Tränen aus ihren Augenwinkeln lösten.

»Zeichen?«, Renan runzelte die Stirn und blickte die Frau fragend an.

»Das habe ich auch gefragt«, sie schüttelte leicht den Kopf und nahm erneut einen kräftigen Zug von ihrer Zigarette, »aber Papa konnte kaum noch sprechen. Ich habe nur noch ›Weiherhaus‹ verstanden und ›Gericht‹.«

»Zeichen in Weiherhaus und am Gericht oder vor dem Gericht, oder wie?«, Renan stand auf, füllte den Wasserkocher und schaltete ihn ein.

»Und dann ist er gestorben. Er hat sich noch einmal kurz aufgerichtet, wollte etwas sagen und ... und dann sank er nach hinten und war tot ...«, sie drückte die Zigarette aus und starrte auf den kokelnden Rest der Asche. Renan brühte zwei Tassen Darjeeling auf und stellte der Frau ungefragt eine hin. Dann setzte sie sich wieder, kritzelte Strichmännchen auf ihren Block und musterte ihr Gegenüber eingehend. Marion Shelley war mittelgroß, mittelblond und mittelschlank. Ihre Aussage war höchstens mittelmäßig überzeugend. Sie trug eine Perlenkette, kleine goldene Ohrringe und hatte die manikürten Fingernägel rotbraun lackiert. Die Farbe war auf ihren Lippenstift und das Rouge abgestimmt. Unter dem Mantel trug sie einen Hosenanzug aus einer Art Tweedstoff von irgendeinem Modeschöpfer, dessen Namen man sicher nicht auf Anhieb korrekt aussprechen konnte. Ihr verfügbares Einkommen – oder eher das ihres Mannes – musste beträchtlich sein. Renan tat sich immer noch schwer, solchen Menschen unvoreingenommen zu begegnen. Sie war als uneheliche Tochter einer jungen Türkin zur Welt gekommen. Ihre Mutter hatte sich der drohenden Rückführung nach Anatolien durch die Familie entzogen und war durchgebrannt. In einem Mutter-Kind-Heim hatte sie den Zivi Erwin Müller kennengelernt. Die beiden fanden Gefallen aneinander und heirateten zwei Jahre später. Erwin versuchte, in seinem Beruf als Raumausstatter selbstständig zu werden, und Renans Mutter kümmerte sich um das Kind und ging putzen, sobald sie halbwegs regelmäßig Zeit dafür hatte. Sie bezogen noch jahrelang Sozialhilfe, und immer, wenn Renan mit ihrer Schulklasse wegfahren sollte, musste ihre Mutter auf dem Amt einen Antrag stellen, um sich die anfallenden Kosten leisten zu können. Das alles war gut 20 Jahre her, aber es waren die Jahre, die einen Menschen prägen.

Und nun saß sie am Samstag mit dieser aufgelösten, aber betuchten Wahl-Amerikanerin im kalten Büro und wusste nicht so recht weiter. Es war wieder mal einer jener Momente, in denen sie gerne Alfred um Rat gefragt hätte. Meistens stand dem ihr Stolz entgegen, heute aber wollte sie vor allem nicht vor Marion Shelley als inkompetentes Greenhorn dastehen.

»Wissen Sie denn mittlerweile, von welchen Zeichen Ihr Vater gesprochen hat?«, hakte Renan nach.

»Zuerst war ich tatsächlich vollkommen ratlos«, die Frau hatte sich wieder gefasst und spielte etwas verlegen mit dem Etikett des Teebeutels, »meine Eltern wohnen in Herpersdorf. Weiherhaus kommt gleich danach. Ich habe mich dort umgesehen, aber da war nichts. Dann habe ich meinen Bruder gebeten, mich zum Gericht zu fahren, aber das ist ziemlich groß. Wo sollte man da nach einem Zeichen suchen, vor allem, wenn man überhaupt keine Ahnung hat, nach was für einem.«

»Wir reden jetzt vom Justizpalast in der Fürther Straße?«, warf Renan ein.

»Ganz genau. Also sind wir wieder heimgefahren, und da ist es mir in Weiherhaus aufgefallen ...«

»Was?«

»Ein Totenkopf. Am Trafohäuschen kurz vor der Kreuzung!«

»Ein Totenkopf?«

»Ja. In Schwarz, Silber und Braun auf die Wand gesprüht. Etwa so groß«, sie deutete mit den Handkanten ein Quadrat an.

»Hören Sie, Frau Shelley«, sagte Renan um Diplomatie bemüht, »wir haben Tausende von Graffitis hier in der Stadt. Ich kann mir nicht vorstellen ...«

»Da waren aber noch viel mehr«, platzte es aus Marion Shelley heraus, »ich weiß, dass Sie mich wahrscheinlich für verrückt halten, aber ich bin am nächsten Tag noch mal die Strecke abgefahren, die mein Vater jeden Tag zur Arbeit benutzt hat, und ich habe noch sechs weitere Symbole entdeckt. Am Südfriedhof, an der Unterführung beim Hasen-buck, beim Dianaplatz, am Steinbühler Tunnel, am Plärrer und am Eck bei der DATEV.«

»Sechs weitere Totenköpfe?«, fragte Renan, während sie unter dem Namen der Frau die Stichworte Rothenberg, Richter, Zeichen und Totenkopf notierte.

»Nein, es waren noch andere Todessymbole darunter. Ein Galgen, ein Kreuz, eine Sense und dann noch so eine Kapuze von einem Henker.«

›Tochter durchgeknallt?‹ schrieb Renan unten auf den Block.

Am selben Samstagabend machte es sich Alfred gerade im Biedermeier-Sessel seiner Bibliothek bequem. Er hatte einen nervenaufreibenden Tag hinter sich. Am Vormittag hatte der allwöchentliche Großeinkauf von Lebensmitteln auf dem Programm gestanden, und am Nachmittag hatte seine Frau Irmgard ihn überredet, eine Trödelmarkt-Tour durch den Großraum zu veranstalten. Stundenlang musste er sie immer wieder davon abhalten, noch mehr silberne Teekannen, goldene Bilderrahmen, Gipsfiguren, defekte Musikinstrumente und geschliffene Gläser zu erwerben. Alfred selbst interessierte sich höchstens für alte Röhrenradios oder Teile von Büroausstattungen der Vorkriegszeit, die ihm wiederum von seiner besseren Hälfte missgönnt wurden. Was die Radios anging, so hatte er dafür sogar Verständnis. Die Dinger waren nun mal nicht gerade klein, und mehr als eines pro Zimmer machte auch wirklich keinen Sinn. Was sie aber gegen die Reiseschreibmaschine aus dem Jahr 1932 einzuwenden hatte, konnte er nicht nachvollziehen. Schließlich verzichtete er auf das Schmuckstück, und im Gegenzug ließ Irmgard von echt silbernen Vogelfiguren ab, die offensichtlich keinen weiteren Zweck erfüllten, als nutzlos herumzustehen und Staub zu fangen. Unter dem Strich war das ein fairer Deal gewesen. Nun war Irmgard mit zwei Freundinnen zu einer Vernissage aufgebrochen, sein Sohn Willy befand sich offensichtlich auch nicht zu Hause, und Alfred hatte endlich Zeit, die Zeitung zu lesen, sich ein Gläschen vom guten Glenryhlmysoaq zu gönnen und dabei eine Live-Aufnahme von Ella Fitzgerald zu genießen. Betrübt hatte er soeben den Traueranzeigen entnommen, dass der edle Spender dieses Whiskys letzte Woche verschieden war und in der folgenden Woche beerdigt werden sollte. Alfred hatte die Anzeige ausgeschnitten und auf seinen Arbeitstisch gelegt, um nicht zu vergessen, eine Beileidskarte zu besorgen. Den Bestattungstermin am Dienstagvormittag notierte er in seinem Kalender. Wenn nichts Gravierendes dazwischenkam, wollte er dem Richter persönlich die letzte Ehre erweisen. Er zündete sich eine Zigarette an und grübelte so lange, bis sie fast abgebrannt war. Auf dem Lesetisch neben dem Sessel lag ein Nürnberg-Krimi, den ihm sein Sohn zu Weihnachten geschenkt hatte. Der Junge war über 20 und offenbar nicht gewillt, von zu Hause auszuziehen. Er studierte Klavier und Cello am Konservatorium und richtete sich nach eigenem Bekunden auf ein brotloses Leben als Profi-Musiker ein. Es schien Alfred mehr und mehr, dass Willy so überhaupt nichts von ihm geerbt hatte. Sein Sohn war eher introvertiert, ging selten unter Menschen und schien politisch komplett desinteressiert. Von daher beruhigte es Alfred fast, dass ihm ab und zu mal der Schalk im Nacken saß und er seinem Vater dieses Buch geschenkt hatte, das den Großraum Nürnberg nun auch literarisch zum Schauplatz von Verbrechen machte. Er war sich sicher, dass ihn die komplett falsch geschilderte und dilettantisch recherchierte Darstellung von Polizeiarbeit wieder mal tierisch auf die Palme bringen würde. Er ließ den Blick über die Bücherregale schweifen und stellte fest, dass sich in seinem Teil der Bibliothek eh kaum Kriminalromane befanden. Außer ein paar Klassikern von Agatha Christie und Dashiell Hammett besaß er keine Exemplare dieser Gattung. Wenn, dann las er lieber gleich Agenten- und Spionage-Thriller.

Widerstrebend schlug er schließlich doch das erste Kapitel auf, als es an der Tür klingelte. Ungehalten ob der späten Störung öffnete er die Tür und stellte mit spontan einsetzender Freude fest, dass Renan die Treppe heraufkam.

»Ja, Kollegin«, entfuhr es ihm, »das ist ja mal eine angenehme Überraschung am Samstagabend.«

»Wie bist du denn drauf?«, entgegnete sie kopfschüttelnd und machte sich daran, ihre Stiefel auszuziehen.

»Ich bin nur verwundert, dass eine Frau in deinem Alter heute nichts Besseres zu tun hat, als ihren alten Kollegen zu besuchen«, Alfred deutete den Weg zur Bibliothek an und ging voraus.

»Normalerweise hast du ja recht, aber heute war ich zufällig im Büro und hatte dort ein Erlebnis der dritten Art.«

»In unserem Büro?«, er setzte sich wieder in seinen Sessel und bot Renan Whisky an, »etwas zu trinken?«, fragte er.

»Jetzt lass mich doch erst mal erzählen«, meckerte sie.

»Aber ja doch«, sagte er etwas eingeschüchtert.

»Also, da ist vor Kurzem so ein Richter gestorben, Rothenberg ...«

»Gerade habe ich die Todesanzeige gesehen ...«

»Und heute war seine Tochter im Präsidium und hat steif und fest behauptet, dass ihr Vater ermordet wurde, obwohl er zu Hause im Bett an Krebs krepiert ist!«

»Wie?«

»Du hast schon richtig gehört«, Renan zog die Beine an und lümmelte sich herausfordernd in den Sessel.

»Und wie soll das abgelaufen sein?«, Alfred schien amüsiert.

»Keine Ahnung«, Renan rieb sich die Nase, »das konnte sie mir auch nicht erklären. Angeblich hat ihr Vater es auf dem Sterbebett geflüstert und noch etwas von irgendwelchen Zeichen erwähnt. Woraufhin die Tochter seinen Arbeitsweg abgefahren ist und an sieben Orten verschiedene Todessymbole entdeckt haben will.«

»Todessymbole?«, er schüttelte ungläubig den Kopf.

»Totenköpfe, Kreuze, Sensen und so weiter. Alle in unmittelbarer Nähe der Straßen an Häuserwände et cetera gesprüht.«

»Graffitis?«, lächelte er spöttisch und zündete sich eine neue Zigarette an.

»So was Ähnliches«, sagte sie unwirsch, während ihr Blick auf den Nürnberg-Krimi fiel. Sie nahm das Buch kurz hoch, überflog den Klappentext und warf es wieder zurück auf das Tischchen. »Und was mache ich, blöde Kuh? Ich setze mich doch tatsächlich an einem Samstag in einen Dienstwagen und fahre die Strecke ab!«, Renans Stimme begann, sich bedrohlich zu heben.

»Vorbildlicher Einsatz«, nickte Alfred.

»Haha! Sehr qualifizierter Beitrag«, es ärgerte Renan, wenn Alfred nicht dazu zu bewegen war, sich halbwegs sachlich zu äußern. Stattdessen übte er sich immer zuerst einmal in ironischen Kommentaren. Das war eine Unart, auf die man bei Polizisten in seinem Alter leider häufig traf. Was sie aber noch viel mehr ärgerte war, dass ihm ja wirklich oft etwas Gutes zu den vertrackten Fragen einfiel, sie es aber permanent aus ihm herausprügeln musste. Außerdem ärgerte sie sich über sich selbst. Wieder einmal hatte sie auf das Engelchen auf ihrer linken Schulter gehört und die merkwürdigen Angaben von Marion Shelley überprüft. Sie hatte sich den ganzen Tag einen Kopf über diese seltsamen Graffitis gemacht und war nun auch noch zu Alfred gefahren, um die Sache mit ihm zu besprechen.

»Es ist doch überhaupt nichts dabei, wenn du deinen erfahrenen Kollegen um Rat fragst«, hatte das Engelchen gesäuselt, »er wird sich freuen, dich zu sehen, und du hilfst damit einer verzweifelten Frau.«

»Es ist Samstag«, hatte das Teufelchen von rechts dagegen gestänkert, »du solltest auch mal an dich denken. Geh aus, du kannst Freunde treffen oder dich um dein vertrocknetes Liebesleben kümmern!«

»Geh lieber zu Alfred«, hielt das Engelchen dagegen, »zeig ihm, dass du Wert auf sein Urteil legst und dass du ihm vertraust!«

»Er wird sich bestenfalls über dich lustig machen«, prophezeite das Teufelchen.

»Wenn du mich nicht ernst nehmen willst, kann ich auch gerne wieder gehen«, giftete Renan.

»Aber Renan«, Alfred berührte beschwichtigend ihren Arm, »ich nehme dich doch ernst.« Er benutzte den Vornamen seiner Kollegin nur dann, wenn ihm wirklich etwas wichtig war. Sie hatte sich anscheinend gerade ordentlich in Rage phantasiert, und er spürte, dass er jetzt einen Gang zurückschalten musste. »Das tue ich übrigens fast immer. Die Frage scheint aber jetzt eher zu sein, ob wir die Aussage von Rothenbergs Tochter ernst nehmen müssen. Oder nicht?«

»Sehr richtig! Vielleicht könntest du dich mal dazu äußern?«

»Nun ja, zunächst könnten wir einfach unterstellen, dass die arme Frau den Tod ihres Vaters nicht so einfach verwinden kann und sich eine möglichst wirksame Ablenkung sucht ...«

»Genau. Das war auch mein erster Gedanke«, Renan beruhigte sich langsam wieder und blickte Alfred interessiert an.

»Dann müssen wir aber noch den politischen Aspekt so einer Sache bedenken«, er hob belehrend die Zigarette, »Rothenberg war nicht irgendwer, sondern ein vor allem in konservativen Kreisen hoch angesehener und beliebter Richter.«

»Das heißt?«

»Dass wir in so einem Fall immer sensibel sein müssen, weil man nie wissen kann, was das noch für Kreise zieht. Wenn ich dich richtig verstanden habe, hast du der Tochter ja auch aufmerksam zugehört, dir Notizen gemacht und sogar ihre Angaben umgehend überprüft?«

»Wie ich vorhin versucht habe, dir zu erzählen!«

»Und damit hast du alles richtig gemacht, Renan«, Alfred breitete die Arme aus und blickte seiner Kollegin offen ins

Gesicht. Er spürte, wie sie sich zunehmend entspannte, und musste sich wieder mal eingestehen, dass er ihr Selbstvertrauen noch immer zuweilen überschätzte.

»Dann sag das doch gleich«, entgegnete sie mit dem Anflug eines Lächelns.

»Entschuldige mein fehlendes Einfühlungsvermögen«, sagte er, »ich gelobe Besserung!«

»Nicht zu viel Asche auf dein Haupt, Alfred«, spottete sie versöhnlich, »aber wie gehen wir da jetzt weiter vor? Das ist doch wirklich ziemlich ...«, sie tippte mit dem Zeigefinger auf ihre rechte Schläfe und pfiff dabei.

»Also, normalerweise würde ich versuchen, den Angehörigen das Gefühl zu geben, dass wir uns der Sache annehmen, und das Ganze dann nach ein bis zwei Wochen abmoderieren, wenn sich die Trauer etwas gelegt hat. Das könnten wir hier auch so machen, je nachdem, wie sich der Rest der Familie zu dem Verdacht der Tochter verhält. Ein echtes Problem könnten wir allerdings mit diesen Graffitis kriegen«, er drückte die Zigarette aus.

»Wieso?«, Renan hatte an ihren Wollsocken herumgezupft, doch jetzt fuhr ihr Kopf plötzlich hoch.

»Weil der Rothenberg meines Wissens in den letzten Jahren ziemlich viele von diesen Sprayern zu unverhältnismäßig hohen Strafen verurteilt hat.«

»Woher weißt du so was bloß immer?«, fragte Renan halb aggressiv und halb bewundernd.

»Och, ich lese die Lokalzeitung, spreche mit Kollegen, und ich habe die natürliche Gabe, mir Kleinigkeiten relativ lange merken zu können, auch unwichtige.« Alfred stürzte den Rest seines Whiskys hinunter. »Auf jeden Fall glaube ich auch nicht, dass ich große Lust auf so eine Ermittlung habe.«

»Aber wir hätten da schon mal eine Zielgruppe mit einem Motiv«, grübelte Renan und nahm in Gedanken versunken den Nürnberg-Krimi noch einmal zur Hand.

II.

Takt

»Wie viel verdient denn so ein Richter?«, fragte Renan, als sie am Sonntag darauf die Auffahrt zum Bungalow der Familie Rothenberg hinauffuhren.

»Ich denke mal, du kannst dein Brutto verdoppeln«, erwiderte Alfred, »und dann als Netto nehmen.«

»So ein Haufen Schotter dafür, dass er im großen Stil Kids verurteilt?«

»Na ja, in seiner Stellenbeschreibung wird sich das schon etwas anders lesen«, Alfred lenkte seinen Alfa vor die Doppelgarage und stellte den Motor ab, »höre ich da bei dir etwa eine Spur von Neid auf die Besserverdienenden?«

»Und das von einem Alt-68er«, spottete sie, während sie die Beifahrertür aufstieß.

»Also, so alt bin ich nun auch wieder nicht!«

»Ich bin auf jeden Fall der Meinung, dass sich die Bezahlung ein bisschen nach der Leistung richten sollte.«

»Da bin ich ganz bei dir, Müller«, erwiderte Alfred generös, wobei er sich fragte, wie wohl die Leistung eines Richters zu messen sei. Anzahl der Urteile, Anzahl der Freisprüche oder der Vergleiche? Oder Höhe der Strafen?

Der Bungalow stammte offensichtlich aus den späten 70er-Jahren. Die Fassade war mit grobem Reibeputz versehen und weiß gestrichen. Auf der Vorderseite befanden sich nur zwei kleine, dunkelbraun lasierte Holzfenster. Die große Haustür war außen mit geschichteter Bronze verkleidet. Darüber befand sich ein Oberlicht und daneben ein klobiger verkupferter Briefkasten, auf dem der Familienname prangte. Alfred hatte nach dem gestrigen Besuch seiner Kollegin beschlossen, bezüglich der Anzeige von Marion Shelley lieber keine Zeit zu verlieren. Er betätigte den Klingelknopf, doch es dauerte fast eine Minute, bis ihnen die Tochter des Richters öffnete.

Die Familie hatte sich im Wohnzimmer versammelt. Die Witwe stand vor einem spärlichen Kaminfeuer und hielt die Arme vor dem Bauch verschränkt. Ihre Hände umklammerten die Enden einer hellblauen Strickjacke. Die Ähnlichkeit zu ihrer Tochter war trotz des Altersunterschieds nicht zu übersehen, sie hatte das gleiche runde Gesicht. Der Sohn saß in einem Ledersessel und blätterte verlegen in einem Einrichtungsmagazin. Eine großzügige Fensterfront gab den Blick auf eine verlassene Terrasse frei. Dahinter lag ein Garten, etwa von der Größe eines halben Fußballfeldes. An der gegenüberliegenden Wand döste ein roter Cockerspaniel in einem Hundekorb.

Nach dem üblichen Begrüßungsritual und den Beileidsbekundungen nahmen Alfred, Renan und die Tochter auf den wuchtigen Ledersesseln Platz, die um einen Tisch aus Rauchglas gruppiert waren, während die Mutter vor dem Kamin stehen blieb.

»Frau Rothenberg«, eröffnete Alfred die Befragung, »Ihre Tochter war gestern bei meiner Kollegin im Präsidium und hat Anzeige erstattet, weil sie der Meinung ist, dass Ihr Mann ermordet wurde.«

»Stützt die Polizei ihre Ermittlungen jetzt schon auf Meinungen?«, erwiderte sie tonlos.

»Auf Hinweise«, beschwichtigte Alfred, »immerhin gibt es etliche auffällige Graffitis auf dem Arbeitsweg Ihres Mannes zum Justizpalast.«

»Sie sollten sich lieber an die Fakten halten.«

»Die da wären?«, mischte sich Renan ein.

»Mein Mann ist an Krebs gestorben, Frau Kommissarin«, rief die Witwe und drehte sich zum Kaminfeuer um.

»Dass er Krebs hatte, steht sicher außer Frage«, sagte Alfred und zog sein Zigarettenetui aus der Tasche, »darf ich rauchen?«

»Tun Sie sich keinen Zwang an«, beschied Frau Rothenberg gleichgültig, während ihre Tochter auf einen marmornen

Aschenbecher auf dem Couchtisch deutete, in dem schon einige Zigarettenkippen lagen.

»Ob das aber wirklich die Todesursache war, können wir nur durch eine Obduktion feststellen.«

»Unterstehen Sie sich«, die Witwe fuhr herum, und der Hund hob ruckartig den Kopf.

»Frau Rothenberg ...«, Alfred hob peinlich berührt die Hände.

»Sie werden meinen Mann nicht aufschneiden, verstanden! Er wird übermorgen beerdigt, das ist mein letztes Wort.« Sie drehte sich wieder zum Feuer. Der Hund kam aus seinem Korb gelaufen und blickte besorgt zu ihr auf.

»Jetzt sei doch vernünftig, Mama«, schimpfte die Tochter und schlug mit der flachen Hand auf die Armlehne, »wir müssen herausfinden, was mit Papa passiert ist. Er hätte das doch auch gewollt.«

»Ja, genau«, die Mutter schaute ihrer Tochter in die Augen und funkelte sie zornig an, »es ist immer nur darum gegangen, was Ludwig wollte. Immer hat sich alles nur um ihn gedreht, seine Arbeit, seine Beziehungen, seine Stellung, seine Clubs – seinen Hund«, sie streichelte dem Tier halbherzig über den Kopf, »aber damit ist jetzt Schluss!«

»Bitte entschuldigen Sie, unsere Mutter ist noch sehr ...«, meldete sich der Sohn zum ersten Mal zu Wort.

»Und du sprich nicht in der dritten Person von mir, wenn ich mich im Raum befinde«, herrschte die Witwe ihren Sohn an.

»Aber Mama ...«, flehte er verlegen.

»Frau Rothenberg«, beschwichtigte Alfred, »Ihre Tochter hat bei uns Anzeige erstattet, und sie hat diese Graffitis entdeckt, die sich genau auf dem Arbeitsweg Ihres Mannes über die ganze Stadt verteilen. Wie Sie sicher wissen, war Ihr Mann sehr aktiv im Kampf gegen jugendliche Sprayerbanden ...«

»Das war wieder so eine fixe Idee von ihm, weil jemand vor ein paar Jahren ›Simone, ich liebe dich‹ auf unsere Mauer gesprüht hatte. Und anstatt einen Maler zu bestellen, musste er einen Kreuzzug beginnen«, unterbrach die Witwe wütend.

»Über die Verhältnismäßigkeit seiner Reaktionen haben wir hier nicht zu befinden«, erklärte Alfred sachlich, »auch nicht über die seiner Urteile. Aber es ist sehr gut möglich, dass wir auf weitere Hinweise stoßen, dass sich einer oder mehrere dieser Sprayer an Ihrem Mann rächen wollten. Eine Obduktion wird sich nicht vermeiden lassen, fürchte ich.«

»Ich habe ›Nein‹ gesagt. Sind Sie schwerhörig?«, fragte sie rhetorisch.

»Entschuldigung«, Renan sprang nun auf und ging forsch auf die Witwe zu, »wir opfern hier unser Wochenende, um den Tod Ihres Mannes aufzuklären, und Sie können mir glauben, dass uns das alles auch keinen Spaß macht. Aber die Entscheidung darüber, wie es weitergeht, müssen Sie schon uns und der Staatsanwaltschaft überlassen.«

Die Rothenberg war etwa Mitte 50 und fast so groß wie Renan. Sie musterte die junge Polizistin von oben bis unten. Es entstand eine bedrückende Stille im Raum, die nur durch das leise Knistern der Kaminglut und das Ticken einer Wanduhr gestört wurde. Schließlich trat die Witwe an eins der großen Fenster, die zum Garten hinausgingen, und begann, leise zu sprechen: »Die Staatsanwaltschaft. Recht und Gesetz. Strafe. Härte ... das hat alles schon viel zu lange gedauert ... genau wie diese Ehe!« Sie wandte sich ab und verließ das Zimmer, der Spaniel trottete hinter ihr her.

»War das denn unbedingt nötig?«, fragte Alfred vorwurfsvoll, als sie sich wieder im Auto befanden.

»Was denn?«, entgegnete Renan gereizt.

»Dass du die Witwe so angehst«, erwiderte er lauter werdend, »das ist doch nicht dein erster Fall. Etwas mehr Takt bitte, Renan!«

»Takt. Takt.«, sie verzog das Gesicht. »Wenn ich nicht Klartext mit ihr geredet hätte, würde sich das Gespräch jetzt noch immer im Kreis drehen!« Sie zog eine Nagelfeile aus der Tasche und begann, sich mit ihrem rechten Daumennagel zu beschäftigen.

»Türen muss man nicht immer aufsprengen, die meisten lassen sich nämlich öffnen«, grollte er, »ich dachte, das hättest du langsam kapiert!«

»Das war keine verheulte, trauernde Witwe, Alfred«, konterte Renan, »außerdem sind wir ziemlich unter Zeitdruck, wenn der Richter tatsächlich übermorgen unter die Erde kommen soll.« Sie bemerkte mal wieder, dass eine Auseinandersetzung mit ihrem Kollegen wesentlich weniger befriedigend war, wenn er damit anfing, und dachte angestrengt darüber nach, weshalb sie sich überhaupt auf Rechtfertigungen einließ. Empathie war eben nicht unbedingt ihre größte Stärke, na und?

»Wo fährst du überhaupt hin?«, fragte sie, als sie einen Blick aus dem Fenster warf.

»Wir gehen jetzt mal eine Runde spazieren«, beschied Alfred und parkte den Alfa am alten Kanal.

Sie gingen auf der rechten Seite des Kanals Richtung Südwesten. Es war später Vormittag, grau und unangenehm nasskalt, sodass fast keine weiteren Spaziergänger unterwegs waren.

Nachdem Mutter Rothenberg das Wohnzimmer verlassen hatte, konnten Alfred und Renan wenigstens noch die grundlegendsten Fragen mit deren Kindern klären. Rothenberg war seit 1978 Richter am Nürnberger Amtsgericht gewesen. Unterbrochen wurde diese Tätigkeit nach der Wiedervereinigung, als er freiwillig für mehrere Jahre nach Sachsen ging, um dort beim Aufbau des Justizwesens zu helfen. 1998 war er schließlich wieder in die Heimat zurückgekehrt, um kurz darauf als Jugendrichter seinen Kampf gegen Sprayer, jugendliche Dealer und andere Kleinkriminelle sowie gegen jede andere Art von Störung der öffentlichen Ordnung aufzunehmen. Die Liste seiner harten Urteile war kilometerlang, nicht auszudenken, wenn alle Verurteilten Verdächtige wären. Der Sohn hieß Martin und war der ältere der Geschwister. Er hatte Geographie studiert und leitete nun einen Teil der Universitätsbibliothek in Bochum. Er hatte den ausdrücklichen Wunsch seines Vaters, ebenfalls Jurist zu werden, ignoriert und sich in sein vergeistigtes Schneckenhaus zurückgezogen. Seit er in Bochum lebte, pflegte er kaum noch Kontakt zu den Eltern – alles in allem war er eine ziemliche Schlaftablette. Die Tochter dagegen hatte dem Vater mehr Freude bereitet. Sie war nach der Schule tatsächlich in seine Fußstapfen getreten, hatte sich im Laufe des Studiums aber auf internationales Handelsrecht spezialisiert und deswegen auch zwei Jahre in den USA studiert und gearbeitet. Im mittleren Management irgendeines international operierenden Konzerns hatte sie ihren Mann kennengelernt und ihn eineinhalb Jahre später geheiratet. Mittlerweile hatte sie mit ihm noch einen zweijährigen Sohn namens Joe. Leider war ihr Gatte zurzeit so unabkömmlich, dass er nicht mit zur Beerdigung seines Schwiegervaters nach Europa kommen konnte, und Joe, der noch zu klein war, um das alles zu verstehen, befand sich in der Obhut von Opa und Oma in Boston. Da die Tochter an einen unnatürlichen Tod ihres Vaters glaubte, die Mutter das aber nicht konnte oder wollte, und der Sohn offenbar über gar keine Meinung verfügte, befand sich die Familie nun in einer Pattsituation. Eine effektive Ermittlung wurde dadurch nicht gerade erleichtert.

»Also, die große Liebe zwischen Herrn und Frau Rothenberg scheint es ja nicht mehr gewesen zu sein«, sagte Alfred schließlich, als sie an der zweiten Schleuse vorbeikamen.

»Das ist doch immer dasselbe«, Renan winkte ab, »er verdient die Kohle, sie kümmert sich um die Kinder und das Haus. Irgendwann sind die Kinder weg, und das Haus allein ist auch nicht mehr abendfüllend. Und dann kommen die Wechseljahre und Depressionen und so weiter.«

»Du kennst dich aber gut aus«, spottete Alfred, während er eine Zigarette anzündete.

»Wie würdest du denn ihr Verhalten interpretieren?«, sie blies sich in die eiskalten Hände.

»Da könnte schon noch mehr dahinterstecken als der übliche Frust«, er stieß einen kräftigen Rauchschwall aus, »solche Frauen arrangieren sich doch oft mit der Situation, gründen karitative Projekte, engagieren sich ehrenamtlich, pflegen teure Hobbies oder beginnen Affären ...«

»Ein Liebhaber?«, Renan blieb stehen und packte Alfred am Arm. »Das wär's doch. Der könnte doch ein gutes Motiv gehabt haben, den Richter um die Ecke zu bringen.«

»Na ja«, Alfred runzelte die Stirn, »ich würde sagen, es kommt häufiger vor, dass der Ehemann den Liebhaber umbringt.«

»Aber es wäre eine Möglichkeit«, sie setzten den Spaziergang fort. An der vierten Schleuse überquerten sie den Kanal und machten sich auf den Rückweg.

»Das Dumme ist«, sprach Alfred schließlich weiter, »dass die beiden Kinder über das Privatleben ihrer Eltern nicht mehr wissen. Sie ist zu weit weg und ihn interessiert's ganz offensichtlich nicht. Bleibt nur noch die Witwe selbst. Ich bezweifle aber, dass sie uns nach dem heutigen Gespräch tiefer in ihre Intimsphäre blicken lässt.«

»Ja, ja, mea culpa, ist ja gut«, motzte Renan, »musst du immer so lange auf so was rumreiten?!«

»Ich habe das keineswegs nur auf dich bezogen«, verteidigte sich Alfred. Er fragte sich einmal mehr, ob sie ihn mit Gewalt missverstehen wollte. Das Wort »impulsiv« reichte häufig nicht aus, um die Persönlichkeit seiner jungen Kollegin zu beschreiben. Arbeitstage mit Renan Müller glichen des Öfteren einer Achterbahnfahrt. Sie war in der Lage, eine gute Stimmung binnen Sekunden ins Gegenteil zu verkehren und dann wieder zurück, wobei die Richtung von Plus nach Minus ihre größere Vorliebe zu sein schien. Dann fegte sie wie ein

Orkan über ihre Mitmenschen hinweg und gab keine Ruhe, bis sie einen Arbeitstag oder den Teamgeist zwischen ihnen gründlich massakriert hatte. In so einem Trümmerfeld fühlte sie sich dann erst so richtig zu Hause. Andererseits konnte sie die Ruinen ebenso schnell wieder aufbauen, und wenn sie sich dann beruhigt hatte, war die Angelegenheit ein für alle Mal erledigt. Sie trug nichts nach, und sie trat nicht nach. Alfred hatte über ein Jahr gebraucht, um das zu erkennen, und konnte dann immer besser damit umgehen, auch wenn es bisweilen trotzdem noch anstrengend war.

»Dein Beispiel von vorhin hat sich aber hoffentlich nicht auf deine Mutter bezogen«, nahm Alfred das Gespräch wieder auf.

»Meine Mutter? I wo«, Renan lächelte amüsiert, »erstens ist meine Schwester ja noch zu Hause, wenn auch nicht mehr lange, zweitens arbeiten meine Eltern fast jeden Tag zusammen in der Werkstatt, und drittens befinden sie sich nicht gerade in derselben Einkommensklasse wie die Rothenbergs. Die haben noch so viel vor, wenn sie mal mehr Zeit haben: das Haus umbauen, verreisen und so. Ich glaube, es ist oft ein Segen, wenn du dich erst mal 20 Jahre hocharbeiten musst.«

»Da hast du wahrscheinlich recht«, nickte Alfred. Er kannte Renans Lebenslauf und auch die Geschichte der Eltern ganz gut. Ihr Adoptivvater Erwin hatte kurz nach der Heirat mit Renans Mutter einen Raumausstatterbetrieb eröffnet. Später hatte er sich noch mit einem Schreiner zusammengetan und bot nun Inneneinrichtungen aus einer Hand an. Renan hatte sich über die Hauptschule und eine externe Mittlere-Reife-Prüfung in die Fachoberschule vorgekämpft. Durch die Aufnahme in den gehobenen Polizeidienst hatte sie an der Beamtenfachhochschule studieren können und war somit die Erste in der Familie, die es zu einem akademischen Abschluss gebracht hatte.

»Von daher müsste man sich ja mehr Sorgen um deine Ehe machen«, begann Renan zu necken.

»Moment«, sagte Alfred gedehnt, »erstens ist das schon die zweite Ehe, zweitens hätten wir überhaupt nichts dagegen, wenn Willy endlich ausziehen würde, drittens ist Irmgard ebenfalls berufstätig ...«

»... und viertens hätte sie nie und nimmer einen Lover nötig«, hänselte Renan weiter.

»Das hast *du* jetzt gesagt«, lachte Alfred und ging sofort zum Gegenangriff über, »wobei ich mir nicht so sicher bin, ob man das von dir auch behaupten kann.«

»Ich«, entrüstete sich Renan, »ich zehre noch an den Spätfolgen meiner letzten Beziehung.«

»Lothar«, sagte Alfred.

»Leon«, rief Renan, »hörst du eigentlich auch nur ein Mal zu, wenn ich dir was erzähle?«

»Durchaus«, sagte er gütig, »ich weiß auch noch, dass er Ingenieur war und mit dir im selben Haus gewohnt hat.«

»Er war noch kein Ingenieur«, korrigierte Renan, »und dass wir im selben Haus gewohnt haben, war eins der Probleme!«

»Wieso?«, fragte er. »Das ist doch optimal, kurze Wege bei eigener Privatsphäre.«

»Ja, in der Theorie hört sich das gut an«, seufzte Renan, »aber wenn die Praxis dann so aussieht, dass sich einer unter dem Vorwand persönlicher Freiheit jeder geplanten Aktivität verweigert, ist das scheiße. Der ist gekommen, wann er wollte, gegangen, wann er wollte, rauf, wann er wollte, runter, wann er wollte ... so funktioniert das nicht, ich bin kein Bus!«

»Verstehe.«

»Ich brauche das nicht regelmäßig«, echauffierte sich Renan weiter.

»Du hast was Besseres verdient«, sagte er, legte den Arm um ihre Schultern und drückte sie kurz.

»Schwierig«, sagte Rolf Wagner am Montagmittag gequält, während er zwei großformatige Fotografien betrachtete, die Renan soeben vom Erkennungsdienst erhalten hatte.

»Was ist schwierig?«, fragte Renan unwirsch.

»Die Einordnung«, erwiderte er, »da geht's um *credibility*«, er nickte heftig und sah Renan um Verständnis heischend an.

Rolf Wagner war ein Quereinsteiger. Eigentlich hatte er mal Kunstgeschichte studiert und danach mehrere Jahre im Ausland verbracht, was seinen Hang zu Anglizismen und anderen abstrusen Fremdwörtern erklären konnte. Schließlich war er in seine fränkische Heimat zurückgekehrt, um dort einige Zeit im Kulturreferat der Stadt Nürnberg tätig zu werden. Was er dort genau getrieben hatte, wusste bis heute niemand. Schließlich hatte er sich mit seinem Chef überworfen und war bei der Polizei eingestiegen. Er hatte zur selben Zeit wie Renan die Ausbildung absolviert und war ihr seitdem als permanent englisch sprechender Freak im Gedächtnis geblieben. Zuerst hatte das Polizeipräsidium daran gedacht, ihn als Experten bei der Bearbeitung von Kunstdiebstählen einzusetzen. Da aber im Raum Mittelfranken zu wenig Kunst- und Kulturgüter gestohlen wurden und das bayerische LKA nach einem Vorstellungsgespräch kein Interesse mehr an Rolf zeigte, drohte er schon, für längere Zeit im Heldenkeller der Nürnberger Kripo zu verschwinden, bis Kriminaldirektor Göttler den genialen Einfall hatte, ihn zur Bekämpfung der Graffitikriminalität heranzuziehen. Diese Form von Kunst war seit wenigen Jahren in den Status einer Sachbeschädigung erhoben worden, und auch der bayerische Innenminister hatte seinerzeit gefordert, dass diese »Krankheit« nun endlich ausgemerzt werden müsse. Ein Moment, den sich der ehrgeizige Chef der hiesigen Kripo nicht entgehen ließ und mit lautem Getöse eine Taskforce zur Bekämpfung der Schmierereien ins Leben rief. Diese Taskforce saß nun Renan gegenüber und nickte noch immer. Rolf war eher klein und trug eine markante Hornbrille, er war etwa zehn Jahre älter als Renan und seine Haarfarbe war komplett unbekannt, weil er Tag und Nacht, sommers wie winters, eine schwarze Baskenmütze trug. Rolf hatte seine Hauptaufgabe darin definiert, alle Arten von Graffiti im Großraum Nürnberg zu erfassen, zu katalogisieren, zu rubrizieren und natürlich auch zu deuten. Da dies aber nur etwa die Hälfte seiner Arbeitszeit in Anspruch nahm, verbrachte er den Rest damit, sich verquere Verschwörungstheorien auszudenken. Wenn die Kollegen von der Abteilung »Schwere Sachbeschädigung« Graffiti-Anzeigen nachgehen mussten, konnten sie sich an Rolf wenden und so relativ schnell herausfinden, ob diese Art von Graffiti schon einmal woanders aufgetaucht und ob der Urheber der Polizei bekannt war. Das setzte jedoch voraus, dass sie ihn überhaupt verstanden. Fast jeder, der mit Rolf kommunizierte, verspürte nach spätestens fünf Minuten den starken Drang, ihm an die Gurgel zu gehen und ihn anzuschreien, dass er sich jetzt endlich klar ausdrücken sollte. Renan riss sich zusammen, weil sie aus Erfahrung wusste, dass Rolf auf Aggressivität meistens nur mit einer bockigen Verweigerungshaltung reagierte und umgehend damit begann, seinen Gesprächspartner in eine seiner Verschwörungstheorien einzubauen.

»Rolf«, sagte sie wie eine Mutter zu ihrem Kleinkind, »ich möchte ja nur gerne wissen, ob dir diese Art von Graffiti bekannt vorkommt.«

»Na ja«, antwortete Rolf gedehnt, »diese *Pieces* sind schon weniger *old school*. Die *Characters* sind unüblich«, er nickte wieder heftig, während Renan ihn halb verzweifelt, halb mordlüstern fixierte.

»Die *Fadings* sind sehr sauber«, sprach Rolf schließlich weiter, »keine *Drops* und so ... sie sind ungewöhnlich klein, aber definitiv keine *Bombings*, auf jeden Fall ohne Tags.«

Renan massierte sich heftig die Stirn. Rolf musterte die vor ihm liegenden Fotos nochmals eingehend und wollte schon weitersprechen, als Renan panisch die Hand hob und sagte:

»Erkläre es mir, als ob ich fünf Jahre alt wäre, o. k.?«

»*All right*«, sagte Rolf so angestrengt, als wenn er unter Schmerzen leiden würde, »wenn ein *Piece* ...«

»Ein was?«

»Ein *Piece*, also ein Stück, ein Bild ...«

»Ein Graffiti?«, bot Renan an.

»Jaaa, also, wenn das nicht ge*tagged* ist, dann wissen wir nicht sofort, von wem es stammt.«

»Und warum?«

»Das *Tag* ist gewissermaßen die *Signature* ...«

»Die Unterschrift«, Renan entwickelte langsam einen sportlichen Ehrgeiz.

»Ja, die meisten Sprayer, die was auf sich halten, setzen halt ihr *Tag* unter ein *Piece*.«

»Gut«, Renan atmete etwas auf, »dann heißt das, dass dieser Sprayer uns nicht bekannt ist.«

»Na ja, nein«, presste Rolf gequält hervor, »es heißt nur, dass wir das *Piece* nicht ad hoc zuordnen können. *That's it.*«

»Himmelherrgott«, rief Renan und haute mit beiden Fäusten auf die Tischplatte, »hast du jetzt solche oder so ähnliche Graffitis schon einmal gesehen, ja oder nein?«

»Ähhmm ...«

»Ja oder nein?«, Renan stand auf und beugte sich bedrohlich über Rolfs Schreibtisch. »Wenn du jetzt irgendwas anderes sagst, reiß ich dir die Mütze runter!«

»Nein«, antwortete Rolf, wobei sich Schweißperlen auf dem freien Teil seiner Stirn bildeten.

»Na also«, Renan ließ sich erschöpft in ihren Stuhl sinken, »war das jetzt so schwer, hmm?«

»Deine Frage zielte auf einen Abgleich aller bisher registrierten Fälle«, entschuldigte sich Rolf, »und die habe ich eben nicht im Kopf.«

»Aber das ist doch vollkommen klar«, sagte Renan milde lächelnd.

»Wenn du mir zum Beispiel konkret Verdächtige nennen kannst, wäre es für mich wesentlich leichter«, erklärte Rolf.

»Ich mache dir einen Verfahrensvorschlag«, sie fragte sich, wo plötzlich seine Anglizismen geblieben waren,

»spätestens morgen kriegen wir raus, welche Sprayer der Richter Rothenberg in den letzten Jahren verurteilt hat. Die müsstest du ja eigentlich alle kennen ...«

»Jaaa.«

»Genau, und dann kannst du mir doch sagen, ob diese Art von ... *Piece* ... zu einem oder mehreren von ihnen passt. Wie findest du das?«

»*Groovy*!«

Obwohl Alfred sich häufig als leidenschaftslos bezeichnete, war er es selten. Die Frage, ob eine Ermittlung eingeleitet oder fortgeführt werden sollte, brachte ihn eigentlich immer zu einer Meinung. Die galt es dann gegenüber seinem Vorgesetzten oder der Staatsanwaltschaft zu vertreten. Letztes Jahr zum Beispiel wollte Herbert Göttler unbedingt, dass er einen Soziologieprofessor zum Hauptverdächtigen im Fall eines erhängten Studenten machen sollte. Alfred war die Spur zu dem Mann aber viel zu plump gelegt, und der Herr Kriminaldirektor gab erst Ruhe, als Alfred ihm eröffnete, dass der Hochschullehrer der Bruder eines bayerischen Staatssekretärs war. Am Ende war es doch ein Selbstmord gewesen, und der Herr Direktor konnte wieder mal voller Genugtuung verkünden, dass Morde in seiner Stadt im Prinzip ausgeschlossen waren.

An diesem Montagmorgen bog er in den Hof des Justizpalastes ein und hatte noch immer keine Tendenz in irgendeine Richtung verspürt. Es war ihm tatsächlich egal, ob der Staatsanwalt den Fall Rothenberg weiterverfolgen wollte oder nicht. Er schlug die Wagentür zu und beschloss, noch eine Zigarette zu rauchen, bevor ihn die rauchfreie Zone der Justiz für eine halbe Stunde gefangen nahm. Das Wetter besserte sich langsam. Der Hochnebel riss auf und ließ immer häufiger Sonnenstrahlen durch, die den Schauplatz der Kriegsverbrecherprozesse in ein strahlendes Licht tauchten. Dazu wehte ein leichter Wind, und es roch irgendwie nach Winter, obwohl noch nichts davon zu sehen war. Alfred verspürte mal wieder eine leichte Amtsmüdigkeit und fragte sich, warum er jetzt nicht im Hochzillertal oder in Cortina d'Ampezzo Ski fahren war. Das hätte wenigstens für etwas Schwung gesorgt. Eine verschneite Hütte im Bayerischen Wald hätte es zur Not auch getan. Den ganzen Tag Holz hacken und abends am Kaminfeuer ein paar Whiskys kippen, während draußen ein Schneesturm tobte. Hin und wieder brauchte er das – auch beruflich. Und insgeheim war er heilfroh darüber, dass er selbst hier auf einen Schneesturm mit schwarzen Augen und einem türkischen Vornamen zurückgreifen konnte. Bei Gesprächen mit Herrn Klatte war ihm jedoch ein windstilles Klima lieber. Renan hielt Klatte für arrogant und oberflächlich und hatte sich ihrerseits als unverschämt und inkompetent im Gedächtnis des Staatsanwalts verewigt. Diese Ausprägungen gegenseitiger Hochachtung waren in Arbeitsbeziehungen zwar nichts Seltenes, Alfred hielt es aber für unangebracht, sich das jedes Mal dezidiert an den Kopf zu werfen. Für die Polizei war ein gutes Verhältnis zur Staatsanwaltschaft ganz entscheidend, und so ging Alfred immer alleine, wenn sie es mit Klatte zu tun hatten. Renan fühlte sich dadurch zwar grundsätzlich bevormundet, aber das war mit etwas Ablenkung meistens gut und schnell aus dem Weg zu räumen. Heute hatte er sie dazu gebracht, sich mit Rolf Wagner auseinanderzusetzen, während er in die Fürther Straße fuhr, und Alfred war sich sicher, dass der bemerkenswerte Kollege für ausreichend Zerstreuung sorgen würde.

Jörn Klatte war ein Nordlicht, wie es im Buche stand. Er mochte ein paar Jahre jünger sein als Alfred und trug bereits einen schwarzen Anzug samt der typischen weißen Krawatte. Er legte großen Wert auf Umgangsformen und hatte sich nach 20 Jahren immer noch nicht mit dem hiesigen Dialekt angefreundet. Dies war wohl ein weiterer Grund für sein angespanntes Verhältnis zu Renan, die sich gemeinhin wenig Mühe gab, ihren leichten Akzent zu verbergen. Alfred selber hingegen war der Sohn schlesischer Flüchtlinge und hatte die ersten Jahre seines Lebens noch in Thüringen verbracht.

Er begrüßte Klatte nach allen Regeln der Kunst und pflegte in den ersten fünf Minuten einen galanten Smalltalk über das vergangene Weihnachtsfest und die personellen Veränderungen bei der Kripo.

»Wie ich höre, ist die Stelle des Dezernatsleiters bei Ihnen immer noch nicht besetzt«, sagte Klatte, nachdem er Alfred einen Kaffee angeboten hatte, den abzulehnen ein grober Fauxpas gewesen wäre.

»Kriminaloberrat Reuther ist erst Ende Dezember endgültig in den Vorruhestand gegangen«, erklärte Alfred, »jetzt kommt ja im neuen Jahr erst mal die Polizeireform und wahrscheinlich noch eine dreimonatige Wiederbesetzungssperre, und danach werden wir weitersehen.«

»Na, das wäre doch etwas für Sie, Herr Albach«, sagte der Staatsanwalt gönnerhaft.

»Gott bewahre«, lächelte Alfred scheinbar geschmeichelt, »das ist ja schon fast ein politischer Posten.«

»Nichts für einen Schnüffler der alten Schule«, scherzte Klatte die Hände faltend, »Sie verzeihen diese saloppe Bezeichnung.«

»Oh, ich halte sie für durchaus zutreffend«, wehrte Alfred ab und nippte an seiner Kaffeetasse.

»Dann dürfen wir also noch etwas gespannt sein«, schloss Klatte den einführenden Dialog ab und widmete sich kurz seinem Bildschirm. »Sie haben mir die groben Umstände der Angelegenheit schon per E-Mail mitgeteilt ... ja, was soll man dazu sagen?«

»Das weiß ich in der Tat auch nicht«, Alfred schüttelte den Kopf, »ich versuche seit zwei Tagen auf meine innere Stimme zu hören, aber sie sagt mir einfach nichts.«

»Ja, ja, das geht mir manchmal ähnlich«, nickte der Staatsanwalt, »ich kannte den Kollegen Rothenberg ganz gut. Er war ein eiserner Verfechter des Rechts. Man kann natürlich trefflich darüber diskutieren, ob seine Einstellung nun modern war ... und seine Tochter behauptet jetzt, dass er ermordet wurde?«

»Sie hat den Verdacht geäußert und formal Anzeige erstattet«, sagte Alfred.

»Und welche Haltung nimmt die Witwe in dieser Angelegenheit ein?«

»Leider eine gegenteilige«, Alfred legte die Stirn in Falten.

»Misslich, misslich«, seufzte Klatte.

»Wenn wir herausfinden wollen, ob an dem Verdacht der Tochter etwas dran ist, dann werden wir die Leiche obduzieren müssen«, Alfred lehnte sich zurück und blickte den Staatsanwalt an, »oder sehen Sie das anders, Herr Klatte?«

»Nein, nein, da haben Sie ganz recht«, Klatte faltete die Hände unter dem Kinn zusammen und starrte auf die Schreibtischplatte. Alfred spürte, wie es in dem Mann arbeitete. Eigentlich wäre es überhaupt keine Frage, so einem Verdacht nachzugehen, aber die Tatsache, dass dieser Tote ein angesehenes Mitglied des Justizwesens war, schien eine genaue Untersuchung der Todesumstände von selbst zu verbieten. Sollte man einen ehemals geschätzten Kollegen wie ein Autowrack zerlegen lassen? Die abwehrende Haltung der Witwe tat ein Übriges.

»Wenn wir wenigstens einen stichhaltigen Verdacht hätten«, nahm Klatte das Gespräch wieder auf, »aber an dem Krebs besteht ja wohl kein Zweifel?«

»Offenbar nicht.«

»Und dann die Sache mit diesen Graffitischmierereien«, der Staatsanwalt blickte wieder auf seinen Bildschirm.

»Das ist für mich der schwerwiegendste Teil der Anzeige von Frau Shelley«, Alfred erhob den Zeigefinger. »Wie Sie sicher wissen, war der Richter sehr aktiv im Kampf gegen diese Szene. Er muss in den letzten Jahren mehrere Dutzend von denen verurteilt haben ...«

»... und das zu unverhältnismäßig hohen Strafen. Ich kann mir vorstellen, worauf Sie hinauswollen, Herr Albach.

Und eines dieser Symbole soll sich gegenüber vom Gericht befinden, schreiben Sie?«

Die zwei Männer verließen den Justizpalast. Auf der anderen Seite der Straße befand sich ein leer stehendes einstöckiges Gebäude mit Flachdach. Vor vielen Jahren war direkt daneben die Möbel-Quelle gewesen, und bis vor Kurzem hatte sich wohl so eine Art griechische Disko darin befunden. Die Schaufenster waren immer noch mit weißer Folie verklebt und mit griechischen Buchstaben versehen. Auf dem Mauerwerk über den Fenstern prangte das letzte einer Reihe von makabren Graffitis, ein Richtblock mit darin steckendem Henkerbeil. Von beidem tropfte Blut. Das Bild war etwa eineinhalb Meter lang, einen dreiviertel Meter hoch und in den Farben Schwarz, Silber, Braun und Rot gehalten.

»Ts, ts, ts«, Klatte stemmte die Fäuste in die Hüften und schüttelte den Kopf, während er nach oben blickte, »das ist mir tatsächlich noch gar nicht aufgefallen.«

»Das würde es wahrscheinlich niemandem, wenn man nicht vorher schon auf dem Weg zur Arbeit eine Reihe ähnlicher Bilder gesehen hätte«, erläuterte Alfred, der sich eine Zigarette angezündet hatte.

»Da haben Sie recht«, erwiderte Klatte, seinen Trenchcoat zuknöpfend, »man sieht ja tagtäglich so viele von diesen Schmierereien, dass man überhaupt nicht mehr darauf achtet, wenn sie nicht gerade die eigene Hauswand entstellen, hahaha«, er lachte gekünstelt.

»Das Büro von Herrn Rothenberg ging nach dieser Seite hinaus«, sagte Alfred, wieder auf den Justizpalast blickend, »wir haben schon Fotos machen lassen.«

»Lassen Sie mich mal nachdenken«, Klatte rümpfte die Nase, »meines zeigt nach Osten, und Rothenberg war im Stock darüber und zwar ... ja, doch«, er drehte sich wieder zu dem Graffiti. »Und davon sind tatsächlich weitere sieben Stück über die ganze Stadt verteilt, sagen Sie?«

»So viele haben wir bis jetzt auf dem Arbeitsweg des Richters gefunden«, nickte Alfred.

»Und sonst nirgendwo anders?«, fragte der Staatsanwalt ungläubig.

»Das versucht meine Kollegin gerade herauszufinden«, Alfred trat die Zigarette aus, »wir haben da so einen ... nun ja, sagen wir ... Experten in unseren Reihen.«

»Diese Information wäre für weitere Ermittlungen nicht ganz unbedeutend«, sinnierte Klatte, sein Kinn reibend.

»Ich frage mich nur, ob der Richter dieses Bild überhaupt aus seinem Büro erkennen konnte«, gab Alfred zu bedenken. »Das sind ja doch so fünfzig, sechzig Meter Entfernung.«

»Sie haben recht«, beschied Klatte entschlossen, »wir sollten sein Büro in Augenschein nehmen. Mal gucken, ob es schon einen neuen Besitzer hat.«

Leider musste Klatte bei einem Blick auf die Uhr feststellen, dass er bereits seit fünf Minuten eine Verhandlung gehabt hätte. Er verwies Alfred daher an den Hausmeister und bat den Kommissar, ihn am Nachmittag nochmals anzurufen. Klatte wollte die Angelegenheit gegebenenfalls noch mit dem Oberstaatsanwalt besprechen. Der Hausmeister hatte – wie in seiner Zunft üblich – überhaupt keine Zeit, sodass er Alfred nur schnell das Büro aufschloss und dann schnurstracks wieder abzog. Alfred sollte nach getaner Arbeit die Tür einfach hinter sich schließen, er würde dann später absperren kommen.

Alfred betrat den Raum, der offenbar noch keinem neuen Benutzer zugeführt worden war und blickte aus dem Fenster. Das blutende Beil war eigentlich ganz gut zu sehen. Er fragte sich, woher irgendwelche Sprayer so genau über den Arbeitsplatz des Richters Bescheid wissen konnten. Andererseits war der Justizpalast ja kein Sperrgebiet, jeder konnte hinein oder hinaus, und so mancher kleiner Sachbeschädiger betrat das Gebäude womöglich unfreiwillig. Alfred wollte sich in den Schreibtischsessel des Richters setzen und merkte in letzter Sekunde, dass er gar nicht vorhanden war. Er ging auf die andere Seite des Büros und ließ sich auf einem der Besucherstühle nieder. Ludwig Rothenberg hatte offenbar ein gewisses Faible für alte Behördenmöbel besessen. Der Schreibtisch war definitiv eine Antiquität. Ein schwarz-braun gebeiztes Eichenmöbel mit gedrechselten Füßen. Alfred schätzte das Baujahr etwa auf die Jahrhundertwende. Sämtliche Schränke waren aus den 50er-Jahren. Helles Eichenfurnier mit Holzrollos. Der Schreibtisch sah noch immer so aus, als ob der Richter nur mal schnell in der Mittagspause wäre. Alfred ging wieder zurück und öffnete die linke Schreibtischtür. Darin befand sich hauptsächlich Papier: Briefbögen, Schmierblätter, Umschläge für die Hauspost und ein paar alte Gesetzestexte. In der rechten Seite fand er hinter ein paar alten Aktenordnern und drei Bedienungsanleitungen auch eine Flasche Whisky.

»Darf man fragen, was Sie hier machen?«, hörte er plötzlich eine schneidende Stimme. Er richtete sich wieder auf, wobei ihm unter leisem Krachen ein bohrender Schmerz ins Knie fuhr und blickte den Frager freundlich an.

»Albach«, sagte er, seinen Ausweis vorzeigend, »Hauptkommissar bei der Mordkommission. Und Sie sind?«

»Andreas Reinhardt. Staatsanwalt.« Er ging weiter in das Zimmer hinein und stellte sich auf die andere Seite des Schreibtisches. Reinhardt musste Mitte 40 sein, er trug einen unscheinbaren Anzug und hatte abstehende Ohren samt einem fliehenden Kinn.

»Kennen wir uns nicht von irgendwoher?«, Alfred runzelte die Stirn.

»Tut mir leid«, Reinhardt zuckte mit den Schultern, »nicht dass ich wüsste.«

»Kannten Sie Richter Rothenberg?«, fragte Alfred nach einer kurzen Pause.

»Ja, natürlich«, Reinhardt schüttelte verständnislos den Kopf, »wir kennen uns alle hier, so groß ist der Betrieb ja nicht.«

»Wissen Sie dann vielleicht etwas über seine Prozesse gegen jugendliche Sprayerbanden?«

»Nur, dass er sie geführt hat«, er steckte die Hände in die Hosentaschen und blickte aus dem Fenster, »ich hatte mit keinem der Fälle zu tun.«

»Schade eigentlich«, seufzte Alfred.

»Wieso eigentlich Mordkommission?«, der Staatsanwalt drehte sich abrupt zu Alfred um. »Rothenberg ist doch an Krebs gestorben.«

»Scheinbar«, Alfred hob die Schultern, »aber gleichzeitig liegt eine Anzeige vor, dass er ermordet wurde.«

»Eine Anzeige? ... Von wem?«

»Von seiner Tochter«, Alfred lehnte sich lässig gegen das Fensterbrett, »sie ist zur Beerdigung aus den Staaten gekommen.«

»Und wie um Himmels willen kommt sie darauf?«, Reinhardt schien vollkommen verwirrt.

»Das ist eine lange Geschichte. Sehen Sie das Graffiti da, auf der anderen Seite der Fürther Straße? Davon zieren noch weitere den Arbeitsweg des Richters.«

«Was Sie nicht sagen«, der Staatsanwalt schien nun eher amüsiert, »und so was reicht für eine Mordermittlung?«

»Das wird Ihr Kollege Klatte entscheiden«, erwiderte Alfred, »hatte Richter Rothenberg eigentlich keinen Stuhl?«

»Wieso?«

«Weil hier keiner steht. Er wird ja nicht hinter seinem Schreibtisch gekniet haben.«

»Mein Gott, Herr Kommissar!«, rief Reinhardt. »Vielleicht war er kaputt, oder es hat ihn irgendjemand brauchen können – etwas pietätlos zwar, aber möglich. Fragen Sie doch mal den Hausmeister.«

»Nicht so wichtig.« Alfred winkte ab.

»Ja, dann entschuldigen Sie mich«, Reinhardt ging forsch in Richtung Bürotür, »ich habe auch noch ein paar Fälle zu bearbeiten.«

Alfred blickte sich noch einmal um und fand auf der Ablage über dem Waschbecken zwei Wassergläser. Er zog die Whiskyflasche aus dem Schreibtisch, machte es sich wieder auf dem Besucherstuhl bequem, schenkte das Glas halb voll und blickte nachdenklich auf den nicht vorhandenen Schreibtischstuhl.

III.

Graffiti für Anfänger

Renan hatte die Stiefel ausgezogen und saß im Schneidersitz auf dem Sofa in der hinteren linken Ecke. Das *Brozzi* war zu dieser Zeit am Montagnachmittag nur halb voll. Weiter vorne brüteten die offenbar zum Inventar gehörenden Schachspieler über ihren nächsten Zügen, in der Mitte waren drei Mütter damit beschäftigt, das Chaos ihrer Kleinkinder an den Stufen zum Podest zu ignorieren, und hinten rechts befand sich ein großer Tisch voller Kollegiaten, die sich nicht mehr zu ihren Nachmittagskursen in die Schule aufraffen konnten. Das *Brozzi* war für Renan und Alfred zu einer Art Filiale ihres Büros geworden, und Renan nutzte die Wartezeit, um sich etwas mit der Thematik des aktuellen Falles zu beschäftigen. Sie blätterte in einem großformatigen Taschenbuch und machte sich hin und wieder Notizen, während die Oberstufenschüler zwei Tische weiter zu wahrer Höchstform in Sachen Lehrerparodien aufliefen.

»Es hat noch nie jemand geschafft, mich so wütend zu machen wie du, Katharrrina«, intonierte einer im wütenden sonoren Singsang, während die anderen in hysterisches Gelächter ausbrachen.

Renan hätte sich dadurch eigentlich gestört fühlen müssen, stattdessen aber stellte sie eine vage Empfindung von Neid fest. Neid und vorauseilende Schadenfreude. Sie hatte in ihrer Schulzeit nie die Gelegenheit gehabt, mit Klassenkameraden den Nachmittagsunterricht zu schwänzen. Nach der Schule musste sie schleunigst nach Hause, Schularbeiten machen und dann meistens noch in der Werkstatt helfen. Ihre Mutter duldete da keinen Schlendrian, sie wollte um alles in der Welt, dass Renan eine gute Schulbildung bekam, damit ihr ein ähnliches Schicksal wie ihr selbst erspart bliebe. Schadenfroh war Renan deshalb, weil diese Grünschnäbel da drüben keine Ahnung hatten, was im Leben noch alles auf sie zukam. Sie wünschte sich, denselben Kreis in fünf Jahren hier noch einmal versammelt zu sehen, dann wäre ihnen das Lachen mittlerweile wahrscheinlich vergangen. ›Sind wir wieder garstig heute‹, dachte sie, während das Teufelchen auf der Schulter zufrieden grinste.

»Mahlzeit«, sagte Alfred, als er mit einer großen Tasse Kaffee und einer belegten Breze zu ihr an den Tisch trat.

»Es ist fast vier, Alfred«, erwiderte Renan humorlos.

»Was nichts an der Tatsache ändert, dass ich heute noch nichts gegessen habe«, erklärte er, zog seinen Mantel aus und nahm aufstöhnend Platz.

»Moment«, protestierte sie, »bei Dienstbeginn heute Morgen hattest du einen Apfel in der Hand.«

»Also, erstens ist ein Apfel nichts zum Essen im engeren Sinne«, Alfred nahm einen Schluck Kaffee, »und zweitens habe ich nur ein paar Stücke von der Schale gebraucht, weil mein Tabak so trocken war.« Er fingerte grinsend in seinem Sakko und legte die Rauchutensilien auf den Tisch.

»Und ich dachte schon, du willst dich langsam mal gesünder ernähren«, sagte sie mit einer Spur liebevoller Verachtung.

»Wann war ich denn bitte schön das letzte Mal krank?«, fragte er herausfordernd, derweil ihm einige Brezenkrümel im rechten Mundwinkel hängen blieben.

Renan schob den Unterkiefer vor, riss die Augen auf und tippte mit dem Zeigefinger energisch auf die entsprechende Partie ihrer Lippen. Irgendwie schien ihr Kollege über keine voll entwickelte Sensorik im Gesichtsbereich zu verfügen, und so hatte sie sich im Laufe der Jahre angewöhnt, ihn immer gleich direkt auf Suppenreste oder andere Speisespuren in seinem Antlitz aufmerksam zu machen. Was Alfreds sonstige Gesundheit anging, konnte sie ihm jedoch tatsächlich nicht widersprechen. Er qualmte wie ein Fabrikschlot im Wirtschaftswunder, trank Kaffee, als ob er dafür bezahlt würde, bezeichnete Salat als »Hasenfutter« und nahm Obst am liebsten in Form von hochprozentigen Spirituosen zu sich. Alkoholiker der Beta-Klasse war er für Renan sowieso. Und trotzdem konnte sie sich an keinen einzigen Tag erinnern, wo Alfred krankheitsbedingt dem Dienst ferngeblieben wäre. Was nichts damit zu tun hatte, dass er sich mit 40 Grad Fieber noch ins Büro schleppte, sondern damit, dass er anscheinend nie krank wurde. Im Winter klagte er manchmal über Halskratzen, kaufte sich dann Hustenbonbons und Mentholzigaretten, warf den Inhalt von einem Röhrchen Aspirin ein und erschien tags darauf wie neugeboren wieder zur Arbeit. Natürlich durfte all dies nicht darüber hinwegtäuschen, dass er, seinem Alter entsprechend, über genug kleine Wehwehchen und Zipperlein verfügte, mit denen er bisweilen auch großzügig zu kokettieren pflegte.

»Und?«, fragte der nunmehr entkrümelte Ausbund an Gesundheit. »Womit beschäftigst du dich da gerade?«

»Das ist so ein Buch über Graffiti, habe ich RW heute abgenommen«, antwortete Renan stolz, während sie ein Eselsohr in die gerade gelesene Seite knickte.

»RW?«, Alfred hatte bereits wieder eine Selbstgedrehte im Mund.

»Rolf Wagner halt«, sagte sie kopfschüttelnd.

»Interessante Benennung«, sagte er und zog sich den Aschenbecher in Reichweite.

»So haben wir ihn an der FH immer genannt«, Renan blätterte in ihren Aufzeichnungen, »eine menschliche Bezeichnung erschien für ihn irgendwie unpassend.«

»Verstehe. Hat er dir weiterhelfen können?«

»Tu doch nicht so scheinheilig«, blaffte Renan, »glaubst du etwa, ich weiß nicht, dass du mich nur wieder von Klatte fernhalten wolltest?!«

»Touché«, lächelte Alfred, »aber du musst schon zugeben, dass eine Konsultation des Kollegen in dieser Sache nicht unbedingt fern liegt.«

»Ja, ja!«, sie rümpfte die Nase. »Solange man nicht glaubt, dass was dabei rauskommt.«

»Das ist aber schlecht«, folgerte Alfred, »der Staatsanwalt hat natürlich auch gleich gefragt, ob denn solche Graffitis auch sonstwo in der Stadt zu finden sind oder nur auf Rothenbergs Arbeitsweg.«

»Na ja, in dieser Frage habe ich ihn immerhin soweit gebracht, dass er zugegeben hat, sich an keine derartigen Motive irgendwo anders erinnern zu können.«

»Na, also«, Alfred nahm einen großen Schluck Kaffee.

»Aber was beweist das schon?«, fragte sie rhetorisch. »Wir müssen halt unbedingt rauskriegen, wen aus der Szene Rothenberg in den letzten Jahren verknackt hat. Mit diesen Namen kann ich dann wieder zu RW gehen und ihn soweit bringen, dass er unsere Graffitis hier mit ihren vergleicht. Ich hoffe nur, RW ist in der Lage, das ausnahmsweise mal schnell zu machen.«

»Und wofür hast du jetzt dieses Nachschlagewerk mitgenommen?«, er beugte sich vor und musterte das Buch neugierig.

»Das«, Renan hielt den Schinken hoch, »ist so eine Art ›Graffiti für Anfänger‹«, da steht alles Mögliche drin über Stile, Motive, juristische Konsequenzen, berühmte Sprayer und so weiter.«

»O. k.«, Alfred blickte seine Kollegin fragend an.

»*Styles, Characters, Caps*«, Renan verzog bei jedem Wort das Gesicht, »*Outlines, Fill-Ins*, das *Tag*-Alphabet ... ich glaube, was diese englischen Ausdrücke angeht, habe ich RW heute ein bisschen Unrecht getan, die Autoren bezeichnen wirklich alles auf Englisch.«

»Wenn es uns zu neuen Erkenntnissen führt, ist mir die Sprache ziemlich egal«, seufzte er, »dann könntest du auch gerne mit einem türkischen Buch ankommen.«

»Lass stecken, Alfred«, tat Renan die Anspielung auf ihre Herkunft ab, »aber sag mal, hast du dir die Graffitis in deiner Umgebung mal genauer angeschaut?«

»Bin ich, ehrlich gesagt, noch nicht dazu gekommen«, erwiderte er stirnrunzelnd.

»Hast du noch nicht bemerkt, dass das fast immer Schriftzüge sind?«

»Schriftzüge?«

»Ja. Kurze Wörter mit stark verfremdeten Buchstaben – *Style Writing* nennt sich das. Da steht dann so was wie ›Fame‹, ›Peace‹, ›UFO‹, ›Kesh‹, ›Love‹, was weiß ich.«

»Hm«, Alfred rieb sich das Kinn, »wenn ich es mir recht überlege, ist da was dran.«

»Aber hallo! Hier sind bestimmt dreißig verschiedene Style-Writing-Alphabete drin«, sie hielt das aufgeschlagene Buch hoch.

»Stimmt«, Alfred beugte sich vor und kniff die Augen zusammen, »meistens sind sie stark eckig oder aufgeblasen.«

»Du musst dir mal zum Beispiel die Brücken über dem Kanal und der Südwesttangente ansehen. Die sind voll mit solchen *Styles*.«

»Aber Männchen und so was gibt es auch«, warf Alfred mit erhobenem Zeigefinger ein.

»Die heißen dann *Characters*«, sagte Renan, um einen neunmalklugen Tonfall bemüht, »die gibt es tatsächlich, jedoch wesentlich seltener. Sind wahrscheinlich schwieriger zu machen.«

»Mickymäuse habe ich auch schon mal gesehen, glaube ich«, warf Alfred ein.

»Comicfiguren werden anscheinend gerne genommen«, bestätigte Renan, »Donald Duck, Schlümpfe, Schweinchen Dick, bis hin zu Asterix und Lucky Luke. Dann gibt es noch menschliche Figuren«, sie blätterte in ihren Notizen, »wie zum Beispiel sogenannte *B-Boys*, irgendwelche Bubengesichter mit Mützen und Tierdarstellungen. Ratten, Krokodile, Dinosaurier oder andere Monstertypen.«

»Und keine Totenköpfe?«, fragte Alfred zweifelnd.

»Nicht viele«, sie schüttelte den Kopf.

»Meinst du dann, dass wir mit unserer Graffiti-Rache-Theorie auf dem Holzweg sind?«

»Keine Ahnung«, Renan blies sich eine Locke aus der Stirn, »es stellt sich doch erst mal die Frage, was jemand mit den Graffitis bezwecken wollte.«

»Dem Richter Angst machen«, Alfred zog tief an der Zigarette, »oder auf seinen bevorstehenden Tod hinweisen oder ... beides?«

»Ihn warnen?«, warf Renan ein.

»Glaube ich nicht«, er lehnte sich nach vorne über die Tischkante, »wenn das jemand gewollt hätte, hätte er es deutlicher gemacht. Diese Graffitis sind ja nur ganz vage Andeutungen. Als Warnung völlig unbrauchbar.«

»O. k.«, sagte Renan und strich etwas von ihrer Liste, während Alfred sich wunderte, dass sie seine Beurteilung einfach so hinnahm.

»Wenn also jemand ankündigen will, dass er Rothenberg demnächst umbringt, wäre es doch ziemlich hohl, das mit *Characters* zu machen, die man sofort einem Urheber zuordnen kann.«

»Völlig richtig«, nickte Alfred.

»Gerade die Leute aus der Szene müssten ja wissen, dass es jemanden bei der Polizei gibt, der darauf spezialisiert ist ... so lange sie RW nicht persönlich kennen, müsste das doch abschrecken.«

»Das heißt, der oder die Sprayer haben absichtlich nicht in ihrem authentischen Stil gearbeitet, um nicht gleich aufzufliegen«, folgerte Alfred, die Zigarette ausdrückend.

»Also, ich würde es so machen«, Renan spielte mit ihrer leeren Teetasse, »das würde aber auch bedeuten, dass wir keinen ordinären Schmierfinken suchen, sondern jemanden, der in der Lage ist, seinen Stil zu ändern.«

»Also einen Graffitikünstler aus der oberen Liga«, setzte Alfred nach.

»Genau, würde ich meinen«, sie breitete die Hände aus, »es ist wahrscheinlich nicht allzu schwer, sich schnell ein paar Style-Buchstaben anzueignen und damit ›Love‹ auf einen

Brückenpfeiler zu sprühen, aber dann plötzlich in einer ganz anderen Machart Totenköpfe hinzukriegen, das kann nicht jeder.«

»Es sei denn, sie haben Schablonen benutzt«, gab Alfred zu bedenken.

»Negativ«, Renan schüttelte die rechte Hand und hielt mit der linken wieder das Buch hoch, »hier sind Schablonen-Graffitis, siehst du ... diese harten Trennlinien, völlig anders.«

»Du hast mich überzeugt«, Alfred machte eine demütige Geste. Er war einmal mehr beeindruckt, wie schnell sich Renan in komplett fremde Materien eindenken konnte, und mit welcher Hartnäckigkeit sie dann Nachforschungen betrieb. Und mit fortlaufender Zeit schaffte sie es immer besser, sich mit ihrem Talent nicht permanent selbst im Weg zu stehen. Sie musste noch wesentlich mehr Gelassenheit lernen, um sich nicht zu schnell mit ihrem Temperament in Kleinkriege oder Sackgassen hineinzumanövrieren, aber ein gutes Stück der Strecke hatte sie schon geschafft – wenn er da an den Beginn ihrer Zusammenarbeit vor drei Jahren dachte ... Wichtig war nur, dass sie nicht zu gelassen wurde, wie er es manchmal schon an sich selbst diagnostiziert hatte.

»Du hast dich nicht von dem verrückten Kollegen ablenken lassen, Initiative ergriffen und dich blitzschnell selbst in die Sache eingefuchst. Das war brillante Arbeit, dickes Lob!« Alfred lehnte sich zurück und begann genüsslich, neue Zigaretten zu drehen.

»Ja, ähm, danke«, stotterte Renan. Jetzt hatte diese rauchende Ratte es wieder mal geschafft. Renan spürte deutlich, wie sie im Gesicht errötete. Die Kommunikation mit Alfred war im Allgemeinen durch regen Schlagabtausch und gegenseitige Ironie bestimmt. Sie waren beide nicht auf den Mund gefallen und lieferten sich fast täglich verbale Schlachten, die immer seltener von Rivalität und immer häufiger von gut getarnter Sympathie zeugten. Wenn er dann aber plötzlich und ohne Vorwarnung dazu überging, ihr Komplimente zu machen oder Lob auszusprechen und das auch noch ehrlich meinte, dann konnte sie Alfred einfach rein nichts mehr entgegensetzen.

»Ich muss aufs Klo«, sagte sie und verließ fluchtartig und ohne Stiefel das Sofa.

Es war bereits vollkommen dunkel, als sie am Südklinikum ankamen. Der Verkehr auf dem Frankenschnellweg hatte sich durchgehend vom Plärrer bis zum Kreuz-Süd gestaut, und währenddessen hatte Marion Shelley drei Mal auf Renans Handy angerufen, wo sie denn blieben. Alfred parkte den Wagen unmittelbar vor dem Haupteingang auf einem Behindertenparkplatz. Er hasste Krankenhäuser. Das versammelte Elend um einen herum konnte ihn direkt depressiv machen, ganz zu schweigen von dem Gedanken, einmal selbst wieder einrücken zu müssen. Das nächste Mal kam bestimmt, dafür würde das fortschreitende Alter schon sorgen. Nein, da ging Alfred lieber zu Obduktionen oder Begräbnissen, die hatten es dann wenigstens schon hinter sich.

Sie trafen Marion Shelley im zweiten Stock auf der onkologischen Station. Sie war der Sekretärin des Chefarztes so lange auf die Nerven gegangen, bis sie zum Professor vorgelassen wurde und der Herr ihr zusagte, nach der Abendvisite ein Gespräch mit ihr und den ermittelnden Kriminalbeamten zu führen. Professor Maibaum war groß, hager und grauhaarig und trug die obligatorische weiße Arztkluft. Er bat die Gäste in sein Büro und gab sogleich zu verstehen, dass seine Zeit äußerst knapp bemessen sei. Offenbar besaß der Professor eine große Leidenschaft für den Segelsport, denn an allen Wänden befanden sich Fotografien von Yachten und anderen Wasserfahrzeugen. Auch er selbst war in der Gischt irgendeines Weltmeeres mehrfach abgelichtet worden. Auf einem niedrigen Aktenschrank hinter seinem Schreibtisch standen mehrere Pokale.

»Ich habe Herrn Rothenberg mehrere Wochen hier in der Klinik behandelt«, berichtete der Professor über seine

Lesebrille blickend, »er war ja Privatpatient und hatte somit Anspruch auf eine Chefarztbehandlung.«

»Ist Ihnen an der Krankheit meines Vaters irgendetwas aufgefallen?«, Marion Shelley war ungeduldig.

»In welchem Zusammenhang?«, fragte Maibaum.

»Das weiß ich nicht«, entgegnete die Tochter hilflos, »aber wie ich Ihnen ja schon erklärt habe, glaube ich nicht an einen natürlichen Tod meines Vaters.«

»Frau ähm ...«

»Shelley.«

»Frau Shelley. Sie haben wirklich mein aufrichtiges Mitgefühl«, der Professor lehnte sich in seinem Ledersessel zurück, »aber Ihr Vater hatte Leberkrebs. Ein bösartiger Tumor. Das ist tragisch, das ist sehr schmerzhaft, aber es ist leider Gottes natürlich.«

»Wäre es Ihnen aufgefallen, wenn da noch etwas anderes gewesen wäre als der Krebs?«, fragte Alfred dazwischen. »Es steht sicher außer Frage, dass er daran erkrankt war, aber wir haben gewisse Gründe, noch nach anderen Ursachen für seinen Tod zu forschen.«

»Wir haben alle möglichen Untersuchungen gemacht«, Maibaum blätterte in einer Akte, die auf seinem tischtennisplattengroßen grauen Schreibtisch lag, »aber für die von ihm geschilderten Symptome gibt es keine andere Ursache als das Karzinom.«

»Irgendwelche Gifte vielleicht, Viren oder sonst was?«, fragte Marion Shelley verzweifelt.

»Wie gesagt, uns ist nichts dergleichen aufgefallen«, Maibaum lehnte sich wieder zurück und formte mit den Fingern ein Dreieck, auf dessen Spitze er sein Kinn platzierte.

»Wissen Sie, dass es in meiner Familie väterlicherseits noch nie Krebs gegeben hat, ich meine, das hat doch auch immer was mit Vererbung zu tun, oder?«

»Es gibt eine gewisse erbliche Prädisposition für Krebserkrankungen«, stimmte ihr der Mediziner zu, »aber das schließt nicht aus, dass Ihr Vater eben der Erste in einer langen Linie war, den die Krankheit befallen hat. Zumal wir in den letzten 100 Jahren zwei Weltkriege und auch noch Seuchen und Grippeepidemien hatten, von Unterernährung, Typhus, TBC und so weiter ganz zu schweigen. Vielleicht sind einige Ihrer Vorfahren verstorben, bevor ein Krebs diagnostiziert werden oder ausbrechen konnte.«

»Können Sie aus seiner bisherigen Krankengeschichte irgendwelche Rückschlüsse ziehen?«, hakte Alfred noch einmal nach.

»Da haben wir leider das Problem, dass Ihr Vater«, er nickte der Tochter zu und blickte wieder in die Akte, »nur sehr selten einen Kollegen aufsuchte. Der einweisende Hausarzt hatte ihn vorher sechs Jahre nicht mehr gesehen.«

»Ja, da war er ziemlich stur«, sagte Marion Shelley traurig, »er hat immer behauptet, dass die Natur sich selbst am besten hilft und alles andere nur unnötig Kosten verursacht.«

»Bei einer Erkältung trifft das auch zu«, seufzte Maibaum, »aber bei Krebs ... Es war auf jeden Fall schon viel zu spät, als er zu uns kam. Der Ursprung des Krebses saß wohl in den Hoden ...«

»Wieso Hoden?«, Alfred ließ überrascht von der Betrachtung eines Katamarans hinter dem Professor ab. »Sie sagten doch gerade, dass es Leberkrebs war.«

»Gestorben ist er an Leberkrebs«, sagte Maibaum in einem gütig belehrenden Tonfall, »aber den Ursprung seiner Krebserkrankung vermute ich in den Hoden.«

»Metastasen?«, fragte Renan.

»Ja, natürlich«, beschied Maibaum, »an Hodenkrebs stirbt niemand. Unglücklicherweise haben diese Zellen jedoch die Angewohnheit, sich schnell auf gut durchblutete lebenswichtige Organe auszubreiten. Und da der Richter offenbar nur ungern zu einem Arzt ging, war es schon zu spät, als er zu uns kam. Er muss schon monatelang starke Schmerzen gehabt haben. Wir konnten nicht viel mehr tun, als diese zu lindern.

Schließlich äußerte er den Wunsch, entlassen zu werden, und dem haben wir entsprochen. Die Medikamente konnten ihm schließlich auch zu Hause verabreicht werden.«

»Wie lange war er denn hier?«, fragte Renan.

»Drei Wochen.«

»Ich würde mir gerne mal sein Zimmer ansehen.«

»Sein was?«, der Professor schien überrascht. »Ja sicher. Da wenden Sie sich am besten an die Stationsschwester. Ich habe hier noch ziemlich viel zu tun.«

Die Erste-Klasse-Zimmer gingen auf eine Art Innenhof hinaus. Die Stationen des Südklinikums waren in kleinen Karrees angeordnet, sodass man von den meisten Fenstern nur wieder auf andere blicken konnte. Renan hatte sich, eine kurze Entschuldigung murmelnd, an den Angehörigen des momentanen Patienten vorbeigedrückt und das Fenster aufgerissen. Aufgrund der Dunkelheit war nicht allzu viel zu erkennen, aber es gab in ihrem Blickfeld kaum einen Quadratzentimeter Platz, auf den ein Graffiti gepasst hätte. Zudem wäre es nahezu unmöglich gewesen, hier unbemerkt ein größeres Motiv irgendwo hinzusprühen.

»Könnten Sie jetzt bitte das Fenster wieder schließen«, wetterte Schwester Cordula, »Herr Veilgruber hat gerade eine schwere OP hinter sich!«

»Ja, ja«, erwiderte Renan ebenso ungehalten. Sie schloss das Fenster und blickte sich intensiv in dem kleinen Zimmer um. Der Innenarchitekt hatte sich nicht viel Mühe gegeben. Ein Krankenhausbett, daneben der rollbare Nachttisch mit ausklappbarer Verlängerung. Hinter dem Bett ein Kanal mit Anschlüssen für Strom, Sauerstoff und Druckluft. An der gegenüberliegenden Wand war ein Bildschirm montiert, links und rechts davon hingen zwei unsägliche Bilder von fotografierten Blumen und Wiesen. Auf einem kleinen quadratischen Tisch lag eine Zeitung und ein Speiseplan. Rechts vom Bett befanden sich drei Einbauschränke und ums Eck die Tür zum Bad.

Renan verließ zögernd den Raum samt der verärgerten Schwester und dem an der Tür stehen gebliebenen Alfred. Auf dem Gang wartete Marion Shelley.

»Waren Sie auch hier, als Richter Rothenberg in diesem Zimmer lag?«, fragte Alfred die Schwester.

»Die letzte Woche hatte ich Urlaub«, antwortete Cordula resolut und marschierte in Richtung Stationszimmer.

»Das heißt, Sie hatten zwei Wochen lang mit dem Richter zu tun«, folgerte Alfred, der zusammen mit den anderen zwei Frauen ihre Verfolgung aufnahm.

»Mit ihm und zwanzig anderen Patienten«, die Schwester stellte sich an einen Wagen aus Aluminium und nahm Eintragungen in Krankenkurven vor.

»Ist Ihnen in dieser Zeit irgendetwas aufgefallen?«

»Die Lernschwester hat mal wieder die Bettpfannen nicht sterilisiert, der Zivi war wie so häufig krank und die Putzfrauen haben mindestens drei Tage gebraucht, bis eine alte Wurstscheibe unter dem Heizkörper auf Zimmer 18 wegkam ...«, laut klatschend schlug sie die Blätter ihrer Dokumentation um.

»Keine Schmierereien, Graffitis oder so?«, fragte Renan, einen Schritt auf die Schwester zugehend.

»Graffitis? Hier auf der Station?«

»Von mir aus auch im Treppenhaus, auf dem Parkplatz oder sonst wo.«

»Nein ... also, Sie haben Ideen!« Offenbar ließ sich diese Halbgöttin in Weiß nicht von irdischen Polizisten in die Enge treiben.

»Hat der Richter Besuch bekommen?«, fragte Alfred.

»Natürlich. Jeder unserer Patienten bekommt Besuch«, nun überprüfte sie hastig einige vordosierte Medikamente.

»Wer hat ihn denn so besucht?«, wollte Alfred wissen.

»Mein Gott, wir pflegen die Besucher nicht zu fragen, wer sie sind, und woher sie kommen«, Schwester Cordula schickte sich an, die Gruppe zu verlassen.

»Aber Sie werden doch bestimmt merken, ob es sich um Familienmitglieder oder zum Beispiel um Arbeitskollegen handelt.«

»Manchmal ... würden Sie mich bitte durchlassen?!«

»Beantworten Sie bitte erst meine Frage«, erwiderte Alfred mit plötzlich einsetzender dienstlicher Autorität.

Schwester Cordula musterte ihn samt seinen beiden Begleiterinnen mit wütenden Blicken. Schließlich lehnte sie sich auf die Oberfläche ihres Wagens.

»Seine Frau war ein paarmal da«, antwortete sie, während sie in die Flucht des Ganges blickte, wo ihre Kolleginnen gerade mit der Verteilung des Abendessens anfingen, »und dann waren da noch verschiedene Herren, wahrscheinlich auch Richter oder so.«

»Wie viele verschiedene waren das denn?«

»Vier, vielleicht fünf. Hören Sie, die Besucher kommen meistens nachmittags und abends, und ich habe wechselnde Dienstzeiten. Ich kann Ihnen beim besten Willen keine genaue Liste von allen seinen Besuchern machen.«

IV.

Chromosomenanomalie

»Fred?«, rief Irmgard, als Alfred abends die Wohnungstür aufschloss.

»Ja«, antwortete er, bereits Böses vorausahnend.

»Gut, dass du kommst. Du musst mir schnell mal helfen!«

Alfred entledigte sich seines Mantels und der Schuhe und ging zögernd ins Wohnzimmer. Dort stand seine Frau zwischen einer Bronzeskulptur und einem etwa zwei Quadratmeter großen Gemälde, das sie an den Couchtisch gelehnt hatte. Irmgard war eine resolute Gymnasiallehrerin (Englisch und Latein) von 45 Jahren. Sie trug eine braune Flanellhose im Marlene-Dietrich-Stil und einen Pullover mit pink-blauem Burberry-Muster. Beide Kleidungsstücke waren Alfred bis dato unbekannt gewesen. Ihre braun-grünen Augen wanderten zwischen der Skulptur und dem Bild hin und her und blieben schließlich im Blick ihres Gatten hängen. Obwohl Irmgard blonde Haare hatte, waren ihre Augenbrauen fast schwarz, was ihrem Blick grundsätzlich eine gewisse Strenge verlieh.

»Das oder das?«, fragte sie.

»Gerdi«, nölte Alfred mit stark gerunzelter Stirn.

»Was?«

»War das jetzt wirklich unvermeidlich?« Er ließ sich stöhnend in einen Sessel fallen und griff instinktiv zum Zigarettenetui.

»Was hast du dich überhaupt zu beschweren?«, entgegnete sie trocken. »Du warst doch dabei auf der Vernissage von Nastassja Dark vor drei Wochen.«

»Diese Dürre mit den schwarz angemalten Augen?«

»Und ich habe dir dort schon gesagt, dass dieses Bild ausnehmend gut in unser Wohnzimmer passen würde und diese Skulptur gut in die Ecke neben den Fernseher.«

»Jetzt weiß ich auch wieder, wo ich diesen segelohrigen Staatsanwalt schon mal gesehen habe«, murmelte Alfred.

»Wie bitte?«

»Ach, nichts ... Von kaufen war aber nicht die Rede«, Alfred ging in die Küche und holte sich ein Bier aus dem Kühlschrank.

»Ich will ja auch nur eins von beiden haben«, beschwichtigte Irmgard süffisant lächelnd, »und du hast jetzt noch die Chance, bei der Auswahl mitzureden.«

»Das wäre ja mal was ganz Neues«, erwiderte Alfred spitz, wobei sie beide ganz genau wussten, dass er sich in der Märtyrerrolle des ständig übergangenen und bevormundeten Ehemanns eigentlich pudelwohl fühlte. Das war sein Platz in der Welt, und Alfred tat sein Bestes, um ihn auszufüllen. Die Gestaltungskraft seiner Frau war für ihn natürlich enorm entlastend, und er hatte auch nichts gegen das Was und das Wie ihrer Aktionen. Nur beim Womit konnten sie sich manchmal nicht einigen. Das Wohnzimmer sollte neu gestaltet werden – gut. Und zwar moderner – auch recht. Aber doch nicht damit! Das Gemälde war ein Rechteck von zwei auf einem Meter. Auf einem gelblich-weißen Hintergrund waren braune und schwarze ... Linien oder Spalten gemalt, wobei die Farbe in dicken Batzen aufgetragen war. Im oberen Drittel war mit Weiß und Schwarz eine schwungvolle Form zu sehen, die Alfred an einen Pferdekopf erinnerte. Die schwarzen Linien waren auch hier mit irgendetwas verklumpt worden.

»Hat die da Sägespäne reingemischt?«, fragte er, auf das Bild zugehend.

»Untersteh dich bloß, da rumzukratzen!«, mahnte Irmgard mit lachenden Augen.

»Nein, nein«, Alfred setzte seine Brille auf und näherte sich der Leinwand bis auf wenige Zentimeter, »ich frage mich aber schon, was das überhaupt darstellen soll.«

»Es heißt Chromosomenanomalie«, erklärte sie.

»Und kostet?«

»1500.«

»Was?!«, umgehend musste er sich wieder setzen.

»Du zahlst es doch nicht«, sagte sie streng.

»Aber auf gar keinen Fall!«, bestätigte er. »Und der da?«, er deutete auf die etwa einen Meter zwanzig große Bronzefigur, die offenbar einen sehr schmalen menschlichen Körper mit multiplen Löchern und Perforierungen darstellte.

»Tantalus!«

»Auch eins fünf?«

»Nein, eins zwo.«

»Dann bin ich für Tantalus.«

»Ach, Fred!«, Irmgard zog die Augenbrauen zusammen, während er scheinbar unbeteiligt an seiner Bierflasche nippte.

»Er ist billiger und braucht weniger Platz«, Alfred hob unschuldig die Hände.

»Na ja, zumindest beurteilst du Kunst nach transparenten und objektiven Kriterien«, entgegnete sie ironisch lächelnd, »aber ich bin mir nicht sicher, dass das meine Entscheidung beeinflusst.«

»Du bist die *major domina*«, er senkte ergeben das Haupt.

»Das ist erstens falsch angeglichen und zweitens unzutreffend«, sie setzte sich auf die Armlehne des Sessels und legte ihm die Hand auf die Schulter, »wenn, dann müsstest du *patrona* sagen.«

»Wie wär's mit vorgesetzter Dienststelle?«

»Vetomacht gefällt mir besser.«

»Legislative?«, schlug Alfred vor.

»Nein, ich bin deine Vetomacht und zwar die einzige!«

»Wo haben Sie denn Ihren geistreichen Kollegen gelassen?«, fragte die Gerichtsmedizinerin abfällig, als Renan am Dienstagnachmittag den Sektionssaal betrat.

»Ich glaube, der traut sich so schnell nicht wieder her«, lächelte Renan diplomatisch und streckte die rechte Hand aus. Die Pathologin, die kaum älter als sie selbst war, zögerte kurz und schlug dann ein.

»Der gute Alfred kann manchmal einfach kein Fettnäpfchen auslassen. Mein Name ist übrigens Müller.«

»Möbius.«

»Es geht um den toten Richter Rothenberg«, sagte Renan, ihren Schal abwickelnd.

»Ach, der«, erwiderte die Ärztin gereizt, machte auf dem Absatz kehrt und lief in den Sektionssaal. Renan folgte ihr durch eine silber glänzende Metalltür. Die Möbius schlug das Laken zurück, das über die frisch sezierte Leiche gebreitet war und griff nach einer Registermappe. Die Leiche bot den üblichen Anblick eines obduzierten Körpers. Im oberen Drittel war der Schädel aufgesägt worden, um das Gehirn zu entnehmen. Das Organ wurde erst gewogen, dann wurden Gewebeproben genommen und untersucht. Am Ende wurde es wieder in den Schädel gepackt, der »Deckel« wieder aufgesetzt und die Haut mit groben Stichen vernäht. Dasselbe passierte mit den inneren Organen. Der Oberkörper wurde vom Solarplexus aus mit drei Schnitten geöffnet und nach der Prozedur wieder zusammengeflickt. Auf dem massigen, gelblichen Leib des Richters verlief ein riesiges Ypsilon mit hässlichen Einstichen links und rechts, die nie wieder verheilen würden. Renan hatte sich – wie alle – mit der Zeit an Obduktionen gewöhnt. Das erste Mal hatte sie beim Anblick eines geöffneten Schädels nebst dem Enzephalon auf der Waage ohne Vorwarnung kotzen müssen und dabei Alfreds neue Wildlederschuhe in Mitleidenschaft gezogen, was diesen dazu veranlasst hatte, ihr auch noch gönnerhaft lächelnd auf die Schulter zu klopfen. Beim zweiten Mal hielt ihr der Pathologe schon eine Zinkschale hin, sie schaffte es aber noch bis zum Ausgussbecken am Ende des Seziertisches. Dann folgte noch zwei Mal ein heftiger Brechreiz ohne Auswurf, und seitdem klappte es mehr oder weniger – je nach Tagesform. Heute ging es ganz gut, weil der Richter schon wieder zugenäht war und sich außerdem ihr Mitleid für den Toten in Grenzen hielt.

»Sie hätten meinen Bericht spätestens morgen Früh erhalten«, sagte die Ärztin vorwurfsvoll, während ihr Adlatus verschiedene Skalpelle und anderes Werkzeug einsammelte. »Ich möchte sowieso mal wissen, was dieser ganze Zinnober zu bedeuten hat. Der Mann hatte eindeutig Leberkrebs im Endstadium. Deswegen hätten Sie nicht herzukommen brauchen.«

»Könnten Sie uns mal kurz alleine lassen?«, fragte Renan den Gehilfen, der seine Chefin fragend ansah, sich dann aber schließlich zögernd mit einer Schale voller medizinischem Werkzeug entfernte. Renan baute sich auf der linken Seite des Richters auf und blickte die ihr gegenüberstehende Medizinerin ernst an.

»Also, bloß weil mein Kollege Sie vor einem halben Jahr mit einem Ossi-Witz vor den Kopf gestoßen hat, brauchen Sie heute nicht mehr die Beleidigte zu spielen. Zumal ich selbst überhaupt keine solchen Witze kenne und sie auch nicht zum Lachen finde!«

Die Ärztin blickte sie mit ihren blau-grauen Augen an. Ihr Blick verriet, dass sie noch nicht so genau wusste, was sie von Renans Konfrontation halten sollte. Also setzte Renan noch mal nach: »Ich würde also daher vorschlagen, dass wir gegenseitig darauf vertrauen, dass die Andere schon genau weiß, was sie tut. Ich werde Ihre Ergebnisse nicht in Zweifel ziehen und Sie nicht meine Verdachtsmomente. Und wenn ich auf Gags verzichte, die sich gegen Ostdeutsche richten und Sie im Gegenzug keine Türkenwitze reißen, sehe ich keinen Grund, warum wir nicht prächtig miteinander auskommen sollten.«

Die Pathologin blickte eine Zeit lang betreten auf die spärlichen Brusthaare des Richters. Schließlich nahm sie entschlossen wieder Blickkontakt auf und hielt Renan die Hand hin. »Du kannst Sandra zu mir sagen.«

»Sandra«, Renan packte die Rechte der Ärztin energisch, »Renan, wohlgemerkt, nicht Renate!«

»Kenne ich«, Sandra deutete mit zwei Fingern auf Renans Nase, »da gab's mal eine Schauspielerin, die so hieß. Ich glaube, die hat vor Urzeiten in einem Schimanskifilm mitgespielt. Wie hieß der noch?«, sie kniff fragend ein Auge zu, »›Faust auf Faust‹?«

»Nein, ›Zahn um Zahn‹ ... oder so ähnlich«, Renan biss sich auf die Unterlippe, »egal, ist jedenfalls verdammt lang her.«

»Tut mir leid, wenn ich etwas genervt bin«, die Ärztin strich sich eine dunkelblonde Strähne aus der Stirn, »aber ich bin hier zur Zeit praktisch alleine. Dann ist noch der Assi von unserem Professor krank geworden, und ich muss jetzt auch noch das Seminar für die Zweitsemester übernehmen. Und wenn dann so was reinkommt, bis gestern erledigt werden soll, und der bearbeitende Kriminalbeamte auch noch Albach heißt ...«

»Niemand weiß besser als ich, wie sehr der einen auf die Palme bringen kann«, beschwichtigte Renan, »aber dieser Fall ist tatsächlich dringend. Der Richter war so was wie ein lokaler Promi und hatte viele Freunde ...«

»Und Leberkrebs im Endstadium«, lächelte Sandra kopfschüttelnd. Sie setzte sich eine schwarz umrandete Brille auf und blätterte in der Registermappe. »Das ist eindeutig. Bösartiges Karzinom, fast überall Metastasen. Ich wüsste nicht, wie ein Mörder so etwas bewerkstelligen sollte.«

»Ja stimmt, das Dumme ist nur, wir haben schon relativ handfeste Hinweise, dass ihm jemand was anhaben wollte«, erwiderte Renan, »offensichtlich gibt es auch genügend Personen mit einem Tatmotiv. Der Typ war so etwas wie ein hiesiger Ronald Schill.«

»Was, der war das?«, die Medizinerin nahm ihre Brille wieder ab, »Schulschwänzer ins Gefängnis und so?«

»Genau der«, nickte Renan, »wobei die Schulschwänzer nicht zu unseren Verdächtigen zählen, aber in der Graffitiszene müssen wir uns mal umsehen ... Könnte da wirklich nichts Anderes mehr sein? Habt ihr vielleicht Gifte gefunden oder so was?«

»In rauesten Mengen«, Sandra lächelte milde. »Was glaubst du denn, was ihm die behandelnden Kollegen alles verabreicht haben. Von Antibiotika über Betablocker, bis hin zu Morphium und Diacephan gegen die Schmerzen. Die Leber war nicht nur vom Krebs befallen. Die ist die reinste Sondermülldeponie!«

»Und so was wie Arsen oder Strychnin wäre dann wohl nicht mehr nachweisbar, oder?«, fragte Renan.

»Auf jeden Fall nur unter erschwerten Bedingungen«, sie setzte die Brille wieder auf und blätterte weiter, »die Todesursache war eindeutig Leberversagen, und wir haben mit der Standarduntersuchung keine andere Ursache dafür gefunden als den Krebs. Sorry.«

»Und, gibt es noch etwas anderes als die Standarduntersuchung?«, fragte Renan entmutigt.

»Puh, das geht dann schon extrem in die Details«, Sandra klappte die Mappe zu, »aber wenn wir konkrete Hinweise haben, schauen wir an bestimmten Stellen ganz genau hin. Also bei Wasserleichen zum Beispiel auf die Lunge. Dann wird auch das Wasser ganz genau untersucht. Meerwasser, Süßwasser, Chlor oder nicht, vor oder nach dem Ertrinken in die Lunge gekommen und so weiter. Das weißt du ja selbst. Aber hier«, sie tätschelte dem Richter den Wanst, »wo soll ich da anfangen? Habt ihr Hinweise auf eine Vergiftung?«

»Nicht die Bohne.«

»Schon allein dieses Thema füllt Bibliotheken«, die Pathologin zog das Laken wieder über den Toten, »da müssen ganz schnell die Kollegen vom Tropenmedizinischen Institut konsultiert werden, von mittelamerikanischen Pfeilgiften verstehe ich nämlich nur sehr wenig bis gar nichts. Oder es gibt ein besonderes Pilzgift, das den Abbau von Alkohol im Körper verhindert. Wenn du danach auch nur ein Glas Wein trinkst, stirbst du …«, sie verließ den Raum und winkte Renan, ihr zu folgen. Im Nebenraum war ihr Assistent gerade mit der Reinigung der Instrumente beschäftigt. Sie schnippte mit den Fingern und deutete mit dem Daumen hinter sich, woraufhin der schmächtige Mann umgehend in den Sektionssaal eilte, um den Richter wieder zu verstauen. Sandra Möbius betrat ein kleines Büro, das durch Glaswände vom Saal getrennt war und warf sich in den Sessel hinter dem grauen Schreibtisch.

»Also, wo soll ich suchen?«, fragte sie, während sie auf einen der Besucherstühle deutete.

»Ich habe keine Ahnung, ehrlich«, gab Renan unumwunden zu, »das Ganze ist ein verdammtes Rätsel, und wir stehen wie der Ochs vorm Berg.« Sie öffnete die Akte und zog einen Stapel Fotos heraus.

»Da waren überall makabre Graffitis entlang seines Arbeitsweges zu finden«, Renan breitete die Bilder auf dem Schreibtisch aus, »von Herpersdorf über den Südfriedhof bis hin zum Justizpalast. Verbunden mit den verurteilten Sprayern bereitet uns das ziemlich Kopfzerbrechen.«

»Warum sind die denn so schlecht?«, fragte Sandra, auf drei der Fotos deutend.

»Keine Ahnung«, Renan lehnte sich zurück, »die hat die Spurensicherung aus seinem Büro heraus aufgenommen. Von da aus ist das letzte Graffiti auf der anderen Straßenseite zu sehen. Wahrscheinlich war der Film fehlerhaft.«

»Ich wüsste aber wirklich beim besten Willen nicht ...«, Sandra lehnte sich ebenfalls in ihrem Sessel zurück und spielte mit einem 30-cm-Lineal aus Holz. Sie kratzte sich damit den Nasenrücken und ließ es dann mit hoher Frequenz leicht gegen die Stirn schnellen.

»Hast du vorhin nicht etwas von Studenten erzählt?«, fragte Renan unsicher.

»Die Zweitsemester?«, Sandra beugte sich vor und ließ das Lineal abrupt auf die Tischplatte fallen, »die können noch nicht mal das Skalpell richtig halten ... aber warte mal ...«, sie lehnte sich erneut zurück, griff zum Lineal und presste es gegen ihre dünnen Lippen, »ich hatte da mal einen Prof in Magdeburg, der war ein absoluter Spezialist für merkwürdige Todesursachen. Den wollte ich sowieso schon lange mal wieder anrufen.«

»Hört sich gut an«, sagte Renan. »Wie lange wirst du denn brauchen, bis du den erreichst?«

»Also, ein bis zwei Tage musst du mir schon geben«, bat Sandra, »selbst wenn er eine zündende Idee hat, muss ich ja noch die Untersuchungen vornehmen und vielleicht sonst wen hinzuziehen.«

»Das wäre schon o. k.«

»Gut.« Die Medizinerin erhob sich. »Dann würde ich vorschlagen, wir machen uns beide wieder an die Arbeit.«

»Vielen Dank, Sandra«, lächelte Renan und gab ihr die Hand. Irgendwie mochte sie so sperrige Typen immer lieber als scheinheilige Schleimscheißer, »ich lasse dir die Fotos hier. Damit du unseren Fall nicht vergisst.«

»Eigentlich heiße ich Sandy«, erwiderte sie.

»Sandy?«

»Ja, aber das klingt mir zu ostdeutsch.«

Als Alfred am nächsten Morgen das Büro betrat, fand er auf seinem Schreibtisch einen Teller mit drei Stücken Schokoladenkuchen vor. Wie er sehen konnte, war Renan schon vor ihm hier gewesen, befand sich aber gerade nicht im Raum. Er warf einen vorsichtigen Blick in den schwarzen Rucksack auf ihrem Schreibtischstuhl und sah den Rand einer größeren Tupperdose. Dann setzte er sich Kaffee auf und meditierte anschließend einige Minuten vor dem Kuchenteller. Ganz klar, das konnte nur ihre Rache für seine lobenden Worte vorgestern im *Brozzi* sein. Wenn sie sich jetzt aber extra dafür einen kostbaren Abend um die Ohren geschlagen hatte, müsste er sich langsam Sorgen um seine Kollegin machen.

»Albach, Apparat Müller«, meldete er sich, als Renans Telefon klingelte.

»Zwingel hier. Habe die Ehre«, klang es im breiten Fürther Schmäh aus der Muschel.

»Peter?«, fragte Alfred.

»Na, freilich. Vom Erkennungsdienst, nää.«

»Weiß ich doch. Weiß ich. Wie geht's denn so?«

»Na ja, nicht ganz schlecht«, schmähte Zwingel, »und dir, Herr Albach?« Er pflegte noch die alte Unsitte fränkischer Bürobelegschaften, die förmliche Anrede zu gebrauchen und dabei den Gesprächspartner zu duzen.

»Absolut grauenvoll«, erwiderte Alfred bestimmt, »ich glaube, das mit der Frühpensionierung wird nicht mehr lange dauern.«

»Glückwunsch«, sagte Zwingel, »aber wo ist denn die Kollegin Müller?«

»Gerade nicht am Platz«, Alfred lehnte sich in seinem Stuhl zurück und nahm einen Schluck aus der Kaffeetasse.

»Ich habe hier einen Zettel auf meinem Tisch wegen der Fotos vom Gericht.«

»Ja?«

»Sie hat wissen wollen, warum die nichts geworden sind.«

»Dann warst du wohl höchstpersönlich am Auslöser?«, fragte Alfred.

»Freilich. Ich habe die ganzen Schmierereien fotografiert und am Schluss noch die in der Fürther Straße vom Bürofenster von Herrn Rothenberg aus.«

»Ja, und warum sind gerade die misslungen?«, Alfred war sich nicht ganz sicher, ob ihn das wirklich interessierte.

»Das wenn ich wüsste«, ächzte Zwingel, »das muss am Film gelegen haben. Ich habe noch im Auto einen neuen eingelegt, und alle 36 Aufnahmen sind jetzt hin. Die auf den anderen Filmen sind in Ordnung ... also war halt irgendwie der Film schlecht. Was Besseres fällt mir auch nicht ein.«

»Hört sich logisch an«, nickte Alfred.

»Würdest du das deiner Kollegin dann ausrichten?«

»Selbstverständlich. Der Film war fehlerhaft, schon notiert.«

»Also dann, mach du's gut, Herr Albach ...«

»Ach, Peter ...«

»Ja?«

»Diese Bilder hast du doch am Montagmorgen gemacht, oder?«

»In aller Herrgottsfrühe! Euch hat's doch so pressiert!«

»War da ein Schreibtischstuhl gestanden?«

»Was?«

»War hinter dem Schreibtisch, also dort, wo der Richter gearbeitet haben muss, ein Sitzmöbel?«

»Ja, natürlich.«

»Und wie hat das ausgesehen?«

»So ein schwarzer, ziemlich großer Chefsessel halt. Aus Leder. Warum?« Zwingels Ton verriet Unverständnis.

Der Junge sah aus wie eine originalgetreue Kopie von Bart Simpson. Trotz der winterlichen Temperaturen trug er nur eine dreiviertellange Jeans und ein rotes Kapuzenshirt. Unter der Baseballkappe hatte er sich zudem ein Tuch um den Kopf gebunden. Er hieß Jan Danner und saß seit vier Monaten im Jugendarrest. Er war einer der Letzten, die Rothenberg wegen »gemeinschädlicher Sachbeschädigung« zu einem halben Jahr Freiheitsstrafe verurteilt hatte – zur Höchststrafe. Ihm zur Seite saß eine Sozialarbeiterin der Jugendgerichtshilfe. Eine sommersprossige Schwäbin von etwa vierzig Jahren, deren Redseligkeit eine geordnete Befragung des Jugendlichen ziemlich beeinträchtigte.

»Der Jan hat doch damals S-Bahnzüge besprüht«, verteidigte sie flehend ihren Schützling.

»Nur einen«, warf Jan ein.

»Ja, natürlich, bloß einen«, nickte die Sozialarbeiterin, »was soll denn der mit so Totenköpfen zu tun haben?«, sie deutete fahrig auf die Fotos auf dem Tisch.

»Wenn Sie mich einmal zu Wort kommen lassen, werde ich es gerne erklären und zwar ihm. Ich glaube nämlich, dass ein 18-Jähriger für sich selbst sprechen kann«, erwiderte Renan sachlich aggressiv. Sie befanden sich in einem Besuchsraum der Jugendjustizvollzugsanstalt Ebrach, und Renan verlor langsam die Geduld mit der Sozialtante. Wenn die hier alle so waren, sah sie schwarz für die Resozialisierung der Jugendlichen.

»Also, Jan«, nutzte Renan die peinliche Pause aus, »niemand sagt, dass du etwas mit diesen Graffitis hier zu tun hast, o. k.?«, sie sah dem Jungen ernst ins Gesicht, woraufhin er unschuldig grinste. »Es könnte aber sein, dass sie in Zusammenhang mit dem Tod von Richter Rothenberg stehen, und nun«, sie hob bedrohlich die rechte Hand, als die Sozialarbeiterin zu einem neuerlichen vorauseilenden Verteidigungsplädoyer ansetzen wollte, »komme ich als Erstes zu dir, weil ich ja irgendwo anfangen muss, o. k.?«

»O. k.«, erwiderte Jan in einer Mischung aus Frechheit und Neugier.

»Du bist der Letzte, den Rothenberg verurteilt hat. Du bist außerdem einer der talentiertesten Sprayer in der Gegend ...«

»Oh, danke«, der Junge deutete eine Verbeugung an.

»Sagt unser Experte«, Renan hob die Schultern und zog ein weiteres Foto aus einer Akte, »auf jeden Fall sollte einer, der ›GRAFKING‹ in dieser Art auf einen ganzen Bahnwagen malen kann, auch zu so was in der Lage sein, oder?«

»Tun Sie immer alles, was Sie könnten?«, fragte der Lümmel, sich eine Kippe anzündend.

»Immer«, entgegnete Renan.

»Dann werden Sie ja bestimmt bald Polizeichefin oder Oberforstdirektorin oder so.«

»Jan«, die Sozialarbeiterin schlug leicht auf den Tisch und sah den Grafking böse an.

»Schon o. k.«, Renan hob die Hand, »du bist nicht auf den Mund gefallen ... gefällt mir irgendwie«, sie blätterte in der Akte. »Auf den Kopf anscheinend auch nicht. Wenn das hier stimmt, bist du mit einem Notenschnitt von zwei in der zehnten Klasse vom Gymnasium geflogen.«

»So schlecht war ich?«

»In Kunst und Mathe immer nur Einser«, zitierte Renan unbeeindruckt weiter, »nur in den Lernfächern lief's nicht so.«

»Ich bin nun mal ein fauler Sack«, entschuldigte sich Jan und zog an seiner Kippe.

»Nicht wenn's um Schuleschwänzen und Wändebesprühen geht, scheint mir ...«

»Wenn man mir ein *Piece* nicht nachweisen kann, war ich's nicht«, grinste der Bengel, »das ist bei mir schon wie bei Rembrandt.«

»Du bist einer von den ganz Großen«, sagte Renan halb ernst, halb ironisch.

»Allerdings.«

»Du bist keiner von diesen Schmierfinken, die den Namen von irgendeiner Frau auf einen Verteilerkasten pinseln, oder?«

»Würde ich nie machen, echt!«, er verzog angeekelt den Mund.

»Abgesehen davon, dass sie dich bei der S-Bahn erwischt haben, bist du doch ein cleveres Kerlchen ...«

»Vorsicht, wenn Sie mich anbaggern wollen, ich bin schon vergeben«, grinste der Bursche.

»Hoffentlich nicht an einen von den harten Jungs im Regelvollzug«, folgte Renan einer Eingabe des Teufelchens auf ihrer rechten Schulter.

»Mich erwischt keiner mehr«, Jan nahm sein Käppi ab und spielte etwas hippelig damit herum. Renan meinte, eine leichte Nervosität zu verspüren, und gebot der Sozialarbeiterin, die einschreiten wollte, abermals Einhalt.

»Du meinst, weil du keine illegalen Graffitis mehr produzierst, wenn sie dich hier rauslassen«, bemerkte Renan etwas von oben herab.

Der Junge antwortete nicht, sondern blickte auf die ausgedrückte Zigarette im Aschenbecher. Es schien fast so, als würde er ernsthaft über etwas nachdenken.

Schließlich begann die Sozialarbeiterin wieder zu sprechen: »Also, ich bin mir da ganz sicher, dass der Jan danach wieder auf die richtige Bahn kommt. Mit ein bisschen Glück bekommt er eine Lehrstelle als Maler ...«

»Ich war es aber nicht«, unterbrach der Jugendliche seine Betreuerin, während Renan erheblich daran zweifelte, ob das der richtige Zukunftsentwurf für einen intelligenten und künstlerisch veranlagten jungen Menschen war.

»Angenommen, du müsstest das beweisen, was dann?«, fragte Renan.

»Ich war doch schon verhaftet, bevor das da überhaupt entstanden ist«, erklärte er seufzend und deutete auf das Schafott in der Fürther Straße.

»Bist du dir da sicher?«, fragte Renan.

»Logisch!«

»Warum?«

»Weil ich genau auf der anderen Seite Verhandlung hatte, hallo?«, Jan schüttelte verständnislos den Kopf.

»Und da merkst du dir so genau, was gegenüber auf die Wand gesprüht ist?«, fragte Renan absichtlich provozierend.

»Allerdings, Lady!«, Jan wurde lauter. »Am ersten Tag war noch nichts da. Als ich am zweiten Tag das Gericht verlassen habe, ist es mir sofort aufgefallen. Ich bin immerhin vom Fach.«

»Das war dann also Ende Oktober«, stellte Renan fest.

»In der Nacht vom 29. auf den 30., wenn Sie's genau wissen wollen.«

Irgendwie hatte Alfred es geschafft, Rolf Wagner in die Kantine zu bringen. Der Speisesaal im dritten Stock war normalerweise der einzige Ort, wo man sich vor dem verrückten Kollegen absolut sicher fühlen konnte. Das dort zubereitete Essen verhalf seiner Paranoia nämlich zu derartigen Höhenflügen, dass er tagelang danach nicht mehr in der Lage war, sich auf seine Arbeit zu konzentrieren. Heute stand Putengeschnetzeltes mit Reis auf dem Speiseplan für Fleischfresser, und Alfred hatte sich schon einen ordentlichen Nachschlag geben lassen. Er ließ sich's so richtig schmecken, während eine auf dem Nebentisch liegen gebliebene *Bild*-Zeitung von der erneuten Ausbreitung der asiatischen Vogelgrippe warnte und Rolf an einem kleinen Wasser nuckelte. Renan hatte sich nicht für die fetttriefenden Kartoffelpuffer erwärmen können und trat mit zwei Schalen voll grünem Salat und einem O-Saft an den Tisch heran. Die Luft war dampfig und hatte das typische Aroma von Natriumglutamat.

»Mahlzeit«, knurrte Renan.

»Ah, die Kollegin«, freute sich Alfred, während Rolf stockend nickte.

»Was hast du denn da für einen Riesenschinken hinten in deinem Auto?«, fragte Renan, bevor sie sich missmutig über den sauren Salat hermachte.

»Ach, das«, Alfreds Ton wurde abfällig, »das ist der letzte Auswuchs von Irmgards Kunstaufrüstung für unsere Wohnung.«

»Also, durchs Fenster hat's ganz interessant ausgesehen«, meinte sie achselzuckend.

»Du kannst es gleich mitnehmen«, Alfred erhob die Gabel, »ich fahre es dir bis zur Haustür, wenn du möchtest? Kostet nur 1500 Euro.«

»Das ist mehr, als ich im Monat verdiene!«

»Immerhin ein echter Dark, oder sagt man eine echte Dark, Kollege?«, wandte sich Alfred an Rolf.

»Die Nastassja«, Rolf lächelte verschlagen und nickte.

»Ja, kennst du die?«, fragte Alfred erstaunt. »Ist das Teil wohl wirklich was wert?«

»Jaaa, schwierig«, ächzte Rolf, »Kulturförderpreis der Stadt, *Fame* and *Glory* und so ...«

»Hat die bekommen?«, Alfred unterbrach die Arbeit auf dem Teller und heftete seinen Blick an Rolfs Lippen.

»Jaaa, 89 oder so. Ist dann aber ziemlich abgestürzt, schon klar.« Rolfs Nicken wurde langsamer.

»So alt ist die doch noch gar nicht«, Alfred zog die Augenbrauen zusammen. »89 muss sie fast noch ein Kind gewesen sein.«

»So Anfang zwanzig halt«, RW fixierte Renans Salat, als ob radioaktive Strahlung von ihm ausging, »und dann das ganze

Programm. Alkohol, LSD, Bulimie und so, und seit ein, zwei Jahren schwimmt sie wieder ... also, da geht wieder was ... ist ziemlich *busy*.«

»Genie und Wahnsinn liegen eben oft nah beieinander«, bemerkte Renan beiläufig.

»Genie?«, fragte Alfred.

»Gschmarri«, beschied Rolf an seiner Brille nestelnd.

»Wie bitte?«, Renan wurde laut.

»Das ist doch Old School Show Business«, er nahm seine Brille ab, wohl weil er hoffte, dadurch ihrem bösen Blick zu entgehen, »Entziehungskur, Therapie, Psycho-Tour ... Tod und Wiedergeburt, *back to life* und so ...«

»Deinen Jan Danner kannst du dir jedenfalls rektal einführen«, giftete Renan, »der war zum Zeitpunkt, als das Graffiti in der Fürther Straße entstand, nämlich schon im Prozess!«

»Jaaa«, stöhnte Rolf wie unter Schmerzen, »war ja nur ein Versuch ... *by any chance* ...«

»Da kann ich aber auch gleich zu einem Wahrsager gehen«, hetzte Renan weiter.

»Jetzt geht's um Wissensmanagement ...«, RW setzte seine Brille wieder auf.

»Und glaub ja nicht, dass du dich jetzt in dein Schneckenhaus zurückziehen und die beleidigte Leberwurst spielen kannst«, sie drohte ihm mit einigen aufgespießten Salatblättern, »spätestens morgen will ich von dir eine neue Liste von Verdächtigen, die zum fraglichen Zeitpunkt nicht in Haft waren.«

»Renan«, versuchte Alfred zu beschwichtigen, »Danner war ein heißer Tipp. Das ist jeder, der in den letzten zwei Jahren von Rothenberg verurteilt wurde und gut mit der Sprühdose umgehen kann ... Und außerdem kann es doch gut sein, dass eine ganze Gruppe dahintersteckt und nicht nur ein Einzelner ...«

»Was hast du dich jetzt da überhaupt einzumischen ...?«, Renan fuhr herum.

»Liebe Kollegen, liebe Kollegin«, Herbert Göttler war unversehens vor ihrem Tisch aufgetaucht, »ich freue mich, dass Sie Ihre Konflikte sofort und offen austragen. Das ist unerlässlich für eine konstruktive Teamarbeit.«

»Herr Kriminaldirektor«, Alfred lächelte bittersüß, »ich dachte, Sie wären diese Woche noch im Urlaub?«

»Irrtum, Alfred«, Herbert Göttler setzte sich auf den freien Stuhl neben Rolf, »die letzten Tage war ich auf einem Führungskräfteseminar in München ... Aber Sie waren ja auch nicht gerade untätig, wie ich höre.«

»Dürfen wir jetzt davon ausgehen, dass Sie unsere Vorgehensweise im Fall Rothenberg missbilligen?«, fragte Alfred scheißfreundlich.

»Aber in keinster Weise, Alfred«, Göttler strich sich die Krawatte glatt, »Ihre Arbeit – und auch Ihre, Renan«, er nickte ihr zu, »verdient Anerkennung.«

Renan blickte verwirrt von Göttler zu Alfred, der seine Verblüffung ebenfalls nur notdürftig verbergen konnte. Normalerweise schien es der Herr Kriminaldirektor immer nur darauf anzulegen, ihnen Prügel zwischen die Beine zu werfen, und wenn er einmal einer Sache zustimmte, so musste sie immer bis gestern erledigt worden sein. Herbert Göttler war nicht nur ein karrieresüchtiger Wichtigtuer, sondern obendrein noch Alfreds Intimfeind. Und auch wenn ihn eigentlich niemand bei der Kriminaldirektion für voll nahm, so konnte er doch extrem unangenehm werden, wenn er seine persönlichen Ambitionen in Gefahr sah. Diese bezogen sich einerseits auf absurde Zielvorgaben, wie zum Beispiel Nürnberg zur sichersten Großstadt Deutschlands zu machen, andererseits auf seinen politischen Ehrgeiz, der bis ins Innenministerium reichte. Einen Posten als Staatssekretär hatte er sich wohl bisweilen schon ausgerechnet. Alles in allem war er unangenehm, egomanisch, aber berechenbar. Die freundliche Show, welche er jetzt gerade abzog, konnte einen daher nur im höchsten Maße beunruhigen.

»Wissen Sie eigentlich«, fuhr Göttler fort, »dass über die Hälfte aller Mordfälle in der Bundesrepublik unentdeckt bleiben, weil die Ärzte bei der ersten Leichenbeschau nicht ordentlich hinsehen? Oftmals bekommt die Polizei sogar konkrete Hinweise aus dem näheren Umfeld der Toten, aber die Staatsanwaltschaft will das Geld für eine Obduktion nicht ausgeben«, er nahm seine randlose Brille ab und putzte sie mit einem Taschentuch.

»War das wirklich ein Führungskräfteseminar?«, Alfred hatte als Erster wieder Worte gefunden.

»Was?«, Göttler setzte seine Brille wieder auf. »Das Seminar? Ja, darauf komme ich gleich noch. Auf jeden Fall werden Jahr für Jahr Hunderte von Mordfällen erst gar nicht bekannt, weil Ärzte betrügen, Polizisten schlampern und Staatsanwälte sparen. Aber nicht in meiner Stadt. Hier laufen keine Mörder frei herum ...«

»Und das hat nicht zufällig etwas damit zu tun, dass Herr Rothenberg ein Parteifreund ...?«, lehnte Alfred sich mit seiner Vermutung ganz schön aus dem Fenster.

»Mit der Verbindung zu der Graffitiszene haben Sie ins Schwarze getroffen, da bin ich vollkommen sicher«, fuhr Göttler unbeeindruckt in seiner Laudatio fort, »der Vizepräsident war auch sehr angetan.«

»Also, eigentlich stehen wir noch ziemlich am Anfang ...«, meldete sich Renan mit einem nervösen Seitenblick zu Wort.

»Ja, natürlich, Renan«, Göttler beugte sich lächelnd über den Tisch, »und ich bin sehr erfreut, dass die dezernatsübergreifende Kooperation zwischen Ihnen und Rolf so reibungslos funktioniert«, er tätschelte RW die Schulter.

»Schwierig«, kam es gequält über Rolfs Lippen.

»Nun stellen Sie Ihr Licht mal nicht unter den Scheffel, Rolf«, Göttler lehnte sich wieder zurück und pustete ein Stäubchen vom Ärmel seines Nadelstreifenanzuges, »es wird sowieso höchste Zeit, dass wir die vollkommen veraltete Einlinien-Organisation bei der Kripo überwinden, diese

Polizeireform war ja nur ein Tropfen auf dem heißen Stein. Ich sehe mit Freude, dass Sie schon in Form einer Matrix arbeiten. Aber das ist ja auch schon 100 Jahre bekannt. Mittlerweile sollten wir langsam bei kybernetischen Systemen angelangt sein ...«, er blickte nickend in die Runde.

»Kybernetische Systeme?«, Renans Blick ließ deutliche Zweifel am Geisteszustand ihres Vorgesetzten erkennen.

»Ich habe da wirklich einige sehr interessante Inputs bekommen, und Sie wissen ja, dass ich immer schon ein dynamischer und konsequenter Reformer war«, der Kriminaldirektor erhob sich. »Ich erwarte dann täglich Ihren Bericht, Alfred.«

»Das ist ein Irrenhaus. Ich hab's immer gewusst«, stöhnte Renan, als Göttler die Kantine verlassen hatte.

»Seit wann werden wir eigentlich mit Vornamen gesiezt?«, fragte Alfred.

»Seit wann findet er eigentlich irgendetwas gut, was wir machen?«, fragte Renan.

»Was ist eigentlich ein kybernetisches System?«, fragte Alfred.

»*Danger Zone*«, sagte Rolf und verließ eilig den Saal.

V.
Der Blitzkreis

Die einzige legale Raucherzone des Südklinikums befand sich im Untergeschoss unweit der Zufahrt für die Notaufnahme. Zwei Zivildienstleistende und zwei Lernschwestern standen schlotternd in dem Betoneck und zogen hastig an ihren Zigaretten, als sich Alfred dazugesellte. Es war Mittwochnachmittag, und Alfred und Renan waren zum Schichtwechsel noch einmal hergekommen, in der Hoffnung, dass ein anderer Teil der Belegschaft womöglich aufmerksamer mit dem Privatpatienten Rothenberg umgegangen war als die unleidige Schwester Cordula. Deren Stellvertreter jedoch, ein Pfleger namens Manfred, war noch ein größerer Fehltritt. Er war bärtig, von der Statur eines Grizzlys und offenbar im Klassenkampf der 70er-Jahre stehen geblieben. Er erklärte, dass Privatpatienten bei ihm keine Vorzugsbehandlung bekämen und Richter Rothenberg eh nur ein reaktionärer alter Sack gewesen war, dem er lediglich deswegen die tägliche Thrombosespritze verabreicht hatte, weil er diesen Scheißjob brauchte, um seine Familie zu ernähren. Über Besucher des Richters konnte er keine Angaben machen, und Graffitis waren ihm auch nirgendwo aufgefallen. Zumindest nicht im Bereich der Klinik. Dies bewog Renan dazu, sich jede Pflegekraft auf der Station einzeln vorzunehmen, während Alfred beschlossen hatte, den Ort aufzusuchen, wo schon immer die heißesten Informationen gehandelt wurden – die Raucherecke.

»Entschuldigung«, lächelte er, seinen Mantelkragen hochschlagend, »hätten Sie vielleicht Feuer?«

»Logo«, einer der Zivis klappte ein Benzinfeuerzeug auf und hielt es ihm vor die Nase.

»Besten Dank«, Alfred zog kräftig an, »ganz schöne Zumutung, das hier, oder?«

»Erklären Sie das mal unserer Verwaltung«, schimpfte eine der jungen Schwestern.

»Ist eigentlich gar nicht zulässig, Rauchern keinen eigenen Raum zur Verfügung zu stellen«, ergänzte die andere.

»Haben Sie denn keinen Betriebsrat?«, fragte Alfred.

»Die Herren und Damen «, meinte der Zivi mit dem Pferdeschwanz, »haben anscheinend immer Wichtigeres zu tun.«

»Anrechnung der Bereitschaftszeiten«, sagte der Andere mit den großen Koteletten.

»Arbeitssicherheit«, sagte die blonde Schwester.

»Und die Parkplätze für unsere Ärzte«, ergänzte die Rothaarige.

»Vergesst die Sparvorschläge nicht«, der Koteletten-Zivi hob den Rest seiner Kippe, »demnächst werden sie vorschlagen, in die OP-Lichter Energiesparbirnen zu drehen.«

»Oder den Luftdruck in den Rollstühlen abzusenken«, sagte der Andere, was die Gruppe zu einem zynischen Ausbruch von Heiterkeit bewegte.

»Arbeitet einer von Ihnen zufällig auf der onkologischen Station?«, fragte Alfred unvermittelt.

»Ich«, die Rothaarige hob die Hand, »warum?«

»Ich bin von der Kripo und ermittle hier in einem Mordfall«, gab Alfred offen zu.

»Mordfall?«, fragte die blonde Schwester.

»Krass«, beschied der Pferdeschwanz-Zivi mit Namen Michael.

»Auf unserer Station soll jemand ermordet worden sein?«, fragte die Rothaarige, deren Namensschild sie als Lernschwester Stefanie auswies.

»Wahrscheinlich nicht direkt auf Ihrer Station«, erklärte Alfred, »aber es handelt sich um einen Mann, der einige Wochen als Patient hier war und kurz darauf verstorben ist. Hatten Sie mit Herrn Rothenberg zu tun?«

»Dem dicken Richter?«, rief Stefanie.

»Ist ja abgefahren«, die Augen des Koteletten-Zivis begannen zu leuchten, »wer hat ihn denn kaltgemacht? Bestimmt der unleidige Manfred, oder?«

»Nein, nein, der hatte doch Anspruch auf Chefarztbehandlung«, feixte Stefanie und zündete sich gleich noch eine Zigarette an.

»Ich bin zwar für jeden Hinweis dankbar«, lächelte Alfred, der es heimlich genoss, wie das junge Quartett an seinen Lippen hing, »aber wir haben bisher keinen Grund, einen oder eine der hier Bediensteten zu verdächtigen.«

»Och«, die Zivis schienen enttäuscht, während die jungen Frauen Alfred weiterhin mit großen Augen anschauten.

»Es geht uns eigentlich um zwei andere Fragen«, Alfred senkte seine Stimme ein wenig und verschränkte die Arme, »wir wüssten gerne, wer ihn außer Familienangehörigen noch besucht hat ...«

»Der hatte ziemlich viel Besuch«, erklärte Stefanie, »meistens Männer, also ältere, um die vierzig, fünfzig oder so. Ich glaube, das waren auch alles Richter. Zumindest haben die so ausgesehen.«

»Wie denn?«, fragte die Blonde.

»Na, ja. So langweilig und wichtig halt«, Stefanie schürzte trotzig die Lippen.

»Krass«, meinte Michael.

»Vielleicht können Sie mir nachher einzelne von ihnen näher beschreiben? Also, wenn wir wieder im Warmen sind, meine ich.«

»Klar, wenn Manfred mich lässt«, sie zuckte die Achseln.

»Und dann würde mich noch interessieren, ob Sie hier am Gebäude oder im Gebäude oder irgendwo in der Nähe Graffitis gesehen haben, während der Richter hier war«, forschte Alfred eifrig weiter.

»Wie, Graffitis?«, Stefanie zog die Augenbrauen zusammen und blickte Alfred zweifelnd an.

»Na ja, Graffitis eben«, Alfred verspürte einen gewissen Erklärungsnotstand, »Bilder, Zeichnungen, vorzugsweise mit Todessymbolen, Kreuzen, Galgen oder Ähnlichem.«

»Voll krass«, Michael schüttelte den Kopf.

»Sind Sie wirklich von der Polizei, oder sind Sie denen von der Psychiatrischen entwischt?«, fragte die Blonde und ging schon mal einen Meter weiter auf Abstand.

»Manchmal bin ich mir da auch nicht so sicher«, lächelte Alfred, während er seinen Ausweis zwischen Zeige- und Mittelfinger drehte.

»Also, ich habe keine Graffitis gesehen«, der Koteletten-Zivi schüttelte den Kopf.

»Dito«, sagte Michael.

«Da war aber schon dieser Blitz«, Stefanie blickte starr ins Leere.

»Was für ein Blitz?«, Alfred spürte, wie sein Blutdruck langsam anstieg.

»Da war ein Blitz in einem Kreis«, Stefanie schaute Alfred mit großen Augen an, »da war wirklich ein Blitz in einem Kreis. Aber das war kein Graffiti. Den hat jemand mit so einem dicken Filzstift an die Wand geschmiert.«

»Und wo war das?«, fragte Alfred.

»Na, im Zimmer von dem Rothenberg. Direkt gegenüber von seinem Bett.«

»Ich habe aber dort nichts dergleichen gesehen«, wandte Alfred ein.

»Wir haben's natürlich sofort weggemacht«, erklärte die Lernschwester entgeistert.

»Wann?«, Alfreds Vokabular reduzierte sich drastisch.

»Das weiß ich nicht mehr genau«, Stefanie überlegte, »muss in der Woche gewesen sein, als sie den Rothenberg entlassen haben.«

»War er zu der Zeit noch hier? Das ist jetzt sehr wichtig, Stefanie«, Alfred bemühte sich um eine gemäßigte Lautstärke.

»Schaut doch oben im Dienstplan nach«, schlug die blonde Schwester vor.

»Gute Idee«, sagte Alfred, »wer hat denn dieses ... Symbol zuerst entdeckt?«

»Das war die Gabi, unsere FSJ-lerin«, erklärte Stefanie, »sie kam in der Frühschicht als Erste ins Zimmer und hat es mir gleich gezeigt. Ich habe dann schnell ein Bild drübergehängt, damit unser Stationsdrachen nichts sieht, und als die Luft rein war, haben wir es weggeschrubbt.«

Sie beendeten die Raucherpause und gingen wieder in das Gebäude.

»Wie hat denn Herr Rothenberg darauf reagiert?«, fragte Alfred, als sie auf den Aufzug warteten.

»Keine Ahnung«, Stefanie überlegte, »wir haben uns eher dafür interessiert, wie wir es wieder wegkriegen. Außerdem war der Richter ziemlich zugedröhnt, die haben ihm Morphium gegen die Schmerzen gegeben und dann auch noch Schlaftabletten.«

»Aber gesehen hat er es schon?«, sie bestiegen den Lift, gefolgt von den drei neugierigen Kollegen.

»Da bin ich ziemlich sicher«, Stefanie schob sich einen Kaugummi in den Mund, »wir haben da locker eine halbe Stunde rumgemacht mit Spiritus und Scheuerpulver. Er lag im Zimmer, und das Teil war genau in seinem Blickfeld.«

»Also, nur damit ich das richtig verstehe«, Renan schlug die Beifahrertür zu, »irgendwann in der Nacht vom 13. auf den 14. Januar spaziert jemand in das Zimmer vom Rothenberg und malt mit einem fetten, schwarzen Edding einen Kreis und einen Blitz an die Wand?«

»So muss es gewesen sein«, ächzte Alfred, während er das Bild aus dem Fond hievte.

»Und was in drei Teufels Namen soll das bedeuten?«, sie zog den Reißverschluß ihres Parkas hoch.

»Woher soll ich das wissen«, Alfred wirkte genervt, »Hochspannung vielleicht?! Könntest du mir bitte mal das Tor aufhalten?«

Sie befanden sich am Eingang eines alten Fabrikareals in Fürth, unweit der Stadtgrenze. Es war schon dunkel. Das

Ensemble war seit Jahrzehnten aufgelassen und bot nun den buntesten Blüten der Subkultur ein Heim. Neben einer Kneipe, einem Theater und einer Galerie befanden sich in den verfallenen Backsteingebäuden noch mehrere Werkstätten und Künstlerateliers. Das von Nastassja Dark war im zweiten Stock eines Hintergebäudes. Sie klopften mehrmals, ohne dass jemand öffnete. Alfred verspürte gute Lust, die Chromosomenanomalie einfach an die Stahltür zu lehnen und wieder zu verschwinden, brachte es aber angesichts des immensen Preises nicht übers Herz.

»Also ich brauche jetzt ein Bier«, sagte Alfred knatschig und schritt seiner Kollegin voraus über den schwach beleuchteten Hof zu der Kneipe, die im Erdgeschoss des Ostflügels untergebracht war. Er stellte die Chromosomenanomalie vorsichtig an eine Säule und ließ sich an einem der wackligen Tische nieder. Das Lokal befand sich in einer ehemaligen Fabrikhalle von etwa 150 Quadratmetern. An den Wänden hingen Gemälde, die Alfreds Retourstück wie einen antiquierten Ölschinken aussehen ließen. Das Mobiliar war bunt zusammengewürfelt, die Tische aber immerhin mit weißen Tüchern bedeckt. Aus großen Lautsprechern klang dezente Chill-Out-Musik. Außer ihnen waren noch keine Gäste da.

»Hallo«, Renan stellte sich mit bösem Blick an den Tisch, »wie wär's, wenn du mal fragst, was ich jetzt eigentlich machen will.«

»Was willst du machen?«, seufzte er, Böses ahnend.

»Feierabend! Schau mal auf die Uhr«, sie stützte sich auf die Tischplatte und beugte sich drohend zu ihm hinüber.

»Wunderbar«, sagte Alfred, »dann trinken wir jetzt ein After-Work-Bier und danach fahre ich dich nach Hause.«

»Und wenn ich jetzt kein After-Work-Bier trinken will?«

»Dann nimmst du eben ein Wasser«, Alfred schälte sich aus seinem Mantel, »oder eine Flasche Sekt. Ich zahle.«

»Es geht nicht darum, wer zahlt«, ereiferte sich Renan, »es geht darum, dass du ungefragt über meine Freizeit verfügst!«

»Dann geh vor zur U-Bahn und fahr heim«, Alfred ließ beide Hände auf die Tischplatte fallen, »wenn es so eine Zumutung ist, eine halbe Stunde deiner Freizeit mit mir zu teilen!«

»Was soll denn dieses Getue?« In Renans Zorn mischte sich eine Spur Besorgnis. Sie setzte sich nun doch und sah ihrem Kollegen zu, wie er ein Bier bestellte. Sie stützte das Kinn in die rechte Hand und sah Alfred forschend an. Dieser unterbrach ihren Blickkontakt immer wieder und sah sich in der ehemaligen Fabrikhalle um. Erst nach einigen Minuten fiel Renan auf, dass er noch gar nicht rauchte. Irgendetwas stimmte mit Alfred nicht. Das ›Geh zur U-Bahn und fahr heim‹ war ebensowenig seine Art wie das Auslassen einer Rauchgelegenheit. Sie fragte sich, ob dieses Verhalten mit den neuesten Hinweisen aus dem Südklinikum zu tun hatte. Die nachträgliche Entdeckung einer Wandzeichnung in Rothenbergs Krankenzimmer warf mehr neue Fragen auf, als sie alte beantwortete. Konnte es der Streich eines Zivis gewesen sein? Oder war es die letzte in einer Reihe von Todesbotschaften? Dann musste man sich fragen: Warum plötzlich ein Blitz? Welche Bedeutung sollte damit verbunden werden? Und wie sollte man den Stil einer Strichzeichnung einem Graffitisprayer zuordnen? So ein Fragendomino war bei laufenden Ermittlungen kein ungewöhnliches Phänomen. Es war ein wenig wie der Kampf gegen ein Monster mit vielen Köpfen. Kaum hatte man ihm einen abgeschlagen, wuchsen zwei neue nach. Nur, seit wann ließ sich Alfred von so was die Laune verderben? Er hatte gefälligst seine Rolle als kindsköpfiger, aber souveräner Seniorbulle zu spielen, damit sie nach Lust und Laune das Rumpelstilzchen geben konnte. Was er da gerade tat, grenzte schon an einen Tabubruch. Allein die Annahme, dass womöglich auch Alfred Albach einen schlechten Tag pro Halbjahr haben konnte, vermochte sie noch zu beruhigen.

»Willst du keine rauchen?«, fragte Renan schließlich.

»Oh«, Alfred wirkte entgeistert, »das hätte ich jetzt fast vergessen.«

»Ist alles in Ordnung mit dir?« Ihr Blick verriet Verwirrung.

»Es ist eine schwierige Balance zwischen Routine und Herausforderung«, Alfred nahm einen großen Schluck Bier, »ich bin schnell gelangweilt, wenn ich nicht genug gefordert werde. Aber dieser Fall wird mir gerade ein bisschen zu anstrengend.«

»Ich glaube, ich weiß, was du meinst.«

»Wirklich? ... Ich habe einfach keine Lust mehr, solche Spielchen zu spielen. Was soll der ganze Quatsch mit den Graffitis und Zeichnungen? Heute habe ich mir gedacht, schreibt doch einfach euere Namen und die Adressen an die Wand und, wenn's geht, das Mordmotiv gleich dazu, dann haben wir's alle hinter uns. Verschont mich mit irgendwelchen Symbolen. Ich bin doch kein Vodoo-Priester ...« Renan musste schmunzeln, während er fortfuhr: »... und dann kommt noch unser Herr Direktor mit seiner neuen Charme-Offensive, und zu guter Letzt werde ich nicht mal diesen Mist hier wieder los!«, er winkte fahrig in Richtung der Chromosomenanomalie.

»Vielleicht wirst du einfach alt und brauchst mehr Routine und ... Ruhe?«, sie zog die Oberlippe hoch und schüttelte zweifelnd den Kopf.

»Da sprichst du ein wahres Wort gelassen aus«, Alfred zog den Tabak aus der Tasche, »vor allem brauche ich mehr Sonne. Das mit dem Winter hier wird immer schlimmer, Renan.«

»Ich fand's eigentlich schon immer schlimm«, sie entspannte sich etwas, als Alfred mit dem Drehen einer Zigarette begann, »du kriegst doch wohl kein Rheuma?«

»Schon möglich«, er befühlte seinen Rücken.

»Dann wollen wir hoffen, dass du wenigstens geistig fit bleibst«, kommentierte Renan.

»Das ist das Nächste«, Alfred legte die frisch gedrehte Zigarette wieder weg, »ich bin mir sicher, dass ich diesen Blitzkreis irgendwoher kenne. Aber glaubst du, mir fällt's ums Verrecken ein?«

»Jetzt hab dich mal nicht so«, mahnte Renan, »bloß weil dir ein Detail im Laufe der Jahrzehnte verloren geht, wirst du nicht gleich Alzheimer haben.« Sie bemerkte, wie er bei der Benennung der Krankheit hypochondrisch zusammenzuckte. »Aber interessant wäre es schon, das genauer zu wissen.«

»Du hast recht«, er fischte seinen Terminkalender aus dem Sakko, »gleich morgen mache ich einen Termin beim Neurologen aus.«

»Ich meinte die Bedeutung dieses Zeichens, Alfred!«

»Ach so?«

»Aber das wird dir schon wieder einfallen«, Renan zuckte mit den Schultern, »und wenn nicht dir, dann eben jemand anderem.«

Sie stand auf und ging zum Tresen, um sich einen Yogi-Tee mit Milchschaum zu holen. Er atmete tief durch und nahm noch einen kräftigen Schluck. Erst jetzt fiel ihm auf, dass es sich nicht um ein unsägliches hiesiges Industriegebräu handelte, sondern um ein schmackhaftes, bernsteinfarbenes Bier aus dem Umland. Ein dicker Pluspunkt für dieses Lokal. Einmal mehr bewunderte er die Unberechenbarkeit seiner Kollegin. Er hätte wetten können, dass sie sich in seine fehlende Erinnerung an den Blitz verbeißen und ihn den Rest des Abends in ihrer typischen Ungeduld bedrängen würde, gefälligst sein Gedächtnis anzustrengen. Renan war eine harte Arbeiterin. Er wusste, dass ihr noch nie etwas geschenkt worden war. Sie hatte sich ihre Schulabschlüsse und auch die Aufnahme in den Polizeidienst sowie das anschließende Studium schwer erkämpfen müssen. Ihm selber war eigentlich immer alles zugeflogen. Alfred hatte in der Mittelstufe des Gymnasiums beschlossen, nur noch Ziele anzustreben, die sich mit einem vertretbaren Arbeitsaufwand realisieren ließen und war in den Jahren darauf zu einem richtig guten Schüler avanciert. Irgendwie hatte er gelernt, sich auf das Wesentliche zu konzentrieren und erreichte immer mehr mit immer weniger Anstrengung. Schließlich hatte er sich mit seinem alten Herren überworfen, weil er nicht gewillt war, die Strapazen eines Studiums der Rechte, der Medizin oder der Astrophysik auf sich zu nehmen, und die Einstellung entwickelt, das Leben, sich selbst und vor allem seinen Job nicht zu wichtig zu nehmen. Bei Renan war das anders. Er hatte durchaus Verständnis dafür, sah es jedoch als eine seiner vornehmsten Aufgaben an, ihr etwas mehr Gelassenheit beizubringen. Eine echte Herausforderung, aber ihre Reaktion vorhin war ein deutlicher, wenn auch nicht vorhersehbarer Erfolg.

»Tut mir leid, wenn ich meine schlechte Laune an dir ausgelassen habe«, sagte er, als sie mit der Teeschale wieder an den Tisch trat, »ich weiß, dass ich kein Recht dazu habe, auch wenn du es täglich bei mir tust.«

»Freut mich, dass du das auch so siehst«, erwiderte sie lächelnd, und Alfred meinte, einen riesigen Stein plumpsen zu hören, als er sich endlich seine Kippe anzündete.

»So«, der Stift quietschte, während Alfred den Kreis zog, »und innen drin war ...«, mit einem lauten Fiiieep setzte er die Spitze an den Blitz. Es roch stark nach Chemikalien.

»Und das soll sich im Krankenzimmer meines Mannes befunden haben?«, fragte die Witwe.

»Ich habe keinen Grund, den beiden Schwestern nicht zu glauben«, Alfred stöpselte den Stift zu.

»Sehen Sie jetzt ein, dass mein Vater nicht einfach an Krebs gestorben ist?«, fuhr die Tochter dazwischen.

»Frau Shelley«, Alfred legte die Stirn in Falten, »es dürfte Ihnen nicht entgangen sein, dass wir seit Tagen ermitteln. Meine Kollegin hat Ihre Anzeige sofort ernst genommen, und Sie können mir glauben, dass jemand anders Sie binnen fünf Minuten aus dem Präsidium komplimentiert hätte ... Wir müssen uns jedenfalls an Tatsachen und Ermittlungsergebnisse halten, und dieses Zeichen«, er klopfte auf seine Zeichnung, »ist eines.«

»Entschuldigung«, sagte die Tochter zerknirscht, »es macht mich nur so fertig, dass ich nichts mehr tun kann.«

»Das ist verständlich«, sagte Alfred mitfühlend, »Sie erinnern sich also nicht, dieses Symbol jemals gesehen zu haben?«

»Nein«, die beiden Frauen schüttelten die Köpfe, wobei die Mutter dem Cockerspaniel zu ihren Füßen den Kopf tätschelte. Die Witwe schien sich während der letzten Tage etwas gefangen zu haben. Es war Donnerstagmorgen, und sie zeigte sich wesentlich gelöster und kooperativer als bei ihrem ersten Besuch. Alfred fiel auf, dass sie kein Schwarz trug, sondern eine Jeans und einen rostroten Rollkragenpullover aus Wolle. Die Haare waren im Nacken zusammengebunden. Fast hätte man den Eindruck gewinnen können, dass sie im nächsten Moment in den Garten gehen würde, um ein paar Pflanzen umzutopfen.

»Frau Rothenberg«, hakte Alfred nach, »Ihre Tochter kann es ja gar nicht gesehen haben, da sie erst viel später ins Land kam. Aber Sie ... waren Sie am 13. Januar spätabends oder am 14. früh im Krankenhaus?«

»Das kann ich Ihnen beim besten Willen nicht mehr sagen, Herr Kommissar«, die Witwe öffnete ein Kistchen auf dem Couchtisch und entnahm ihm einen dünnen Zigarillo.

»Wir sind aber ziemlich sicher, dass Ihr Mann es noch gesehen haben muss, bevor die zwei jungen Schwestern es wieder entfernt haben«, er beugte sich über den Couchtisch und gab der Frau Feuer, »hat Ihr Mann vielleicht davon gesprochen? Hat er erwähnt, was es für eine Bedeutung haben könnte?«

»Nein«, die Witwe überlegte kurz und stieß dabei einen Rauchkringel aus, »nein. Er hat eigentlich immer nur gesagt, dass er nach Hause wollte. Er hasste Krankenhäuser.«

»Trotzdem würde es mich schon sehr wundern, wenn Ihre Tochter die Erste gewesen wäre, der er das mitgeteilt hat«, Alfred griff ebenfalls zum Zigarettenetui.

»Ich kann mir vorstellen, dass sich das etwas unglaubwürdig anhört«, Theresa Rothenberg lehnte sich zurück und blickte Alfred durch eine dünne Rauchsäule an, »aber stellen Sie sich eine Ehe vor, Herr Kommissar, die nur noch aus einer Hülle bürgerlichen Lebens besteht ...«

»Frau Rothenberg«, Alfred wurde verlegen, »Sie haben meine Fragen beantwortet, es ist wirklich nicht notwendig ...«

»Ich möchte nicht, dass Sie glauben, ich würde Ihnen aus bösem Willen Informationen vorenthalten«, fuhr die Witwe bestimmt fort, »wir haben schon seit Jahren nur noch nebeneinanderher gelebt. Ich habe meinen Mann vielleicht drei Mal in der Woche besucht und war jedes Mal froh, wenn schon jemand anders da war und ich nach einer halben Stunde wieder im Auto saß. Ich habe ihm frische Wäsche gebracht, ein paar Zeitungen und bittere Schokolade. Mehr konnte und wollte ich nicht für ihn tun.«

»Beziehungen haben Hochs und Tiefs«, es lag Alfred fern, den Ehetherapeuten zu spielen, aber irgendwas musste er ja sagen, »Sie brauchen sich nicht zu rechtfertigen.«

»Von Beziehung kann man nicht mehr reden«, sie blies wieder einen Kringel aus, »es war eher eine Nicht-Beziehung, Herr Kommissar, ein Vakuum.«

Alfred bemerkte, wie die Augen der Tochter traurig zu glänzen begannen. Sie erhob sich wortlos und ging mit einem leisen Schniefen aus dem Zimmer. Alfred zog seufzend seinen Notizblock aus der Tasche und gab vor, etwas aufzuschreiben, während Theresa Rothenberg ihn frontal fixierte. Er war gerade dabei, sich eine halbwegs professionelle Abschiedsfloskel zurechtzulegen, als sie ihn fragte:

»Haben Sie auch Kinder, Herr Albach?«

»Einen Sohn, Mitte zwanzig«, er zog tief an der Zigarette, »wir haben aber auch schon eine Scheidung hinter uns.«

»Dann waren Sie mutiger als ich«, entgegnete sie, »für Ihren Sohn war es das Beste, glauben Sie mir.«

»Wahrscheinlich«, nickte er. Die Wendung der Gesprächssituation hin zu einem Austausch zwischen zwei Eltern erwachsener Kinder empfand Alfred als entlastend, also fuhr er fort:

»Aber ich gäbe was darum, wenn er schon so weit wäre wie Ihre Tochter. Sie hat immerhin ein Studium abgeschlossen, einen Beruf, mit dem sich Geld verdienen lässt, ist verheiratet und ... hat Sie zur Oma gemacht«, er lächelte spitzbübisch.

»Vor allem hat sie meinen Mann zum Opa gemacht. Sie ist ihr Leben lang von ihm verhätschelt worden und hat seine Erwartungen stets erfüllt. Ich hatte damit immer so meine Probleme«, sie drückte ihren Zigarillo aus, »wir entstammen derselben Generation, Herr Albach, daher hoffe ich, dass Sie mich ein wenig verstehen können.«

»Es spielt zwar überhaupt keine Rolle, aber ich kann das durchaus.«

»Und dennoch ist sie meine Tochter«, sie blickte kurz gedankenverloren durch die Fensterfront in den Garten, wo die Wintersonne für ein kräftiges Farbenspiel sorgte. »Es tut mir weh, sie so leiden zu sehen. Sie kann nicht richtig um ihren Vater trauern und hängt deswegen so an ihrer Mordtheorie.«

»Ihre Tochter ist eine sehr aufmerksame und hartnäckige Frau«, verteidigte Alfred sie, »wenn wir es hier tatsächlich mit einem Verbrechen zu tun haben, ist es allein ihr Verdienst gewesen, dass es ans Licht gekommen ist. Sie können durchaus stolz auf sie sein.«

»Ich danke Ihnen und Ihrer Kollegin auf jeden Fall, dass Sie Marion ernst genommen haben«, die Witwe erhob sich und gab damit das Zeichen zum Aufbruch, »das hat ihr gut getan. Ich wollte das alles erst nur schnell hinter mich bringen. Mittlerweile habe ich eingesehen, dass es für mich persönlich keine Rolle spielt, ob Ludwig ermordet wurde, und ob er ein paar Wochen früher oder später unter die Erde kommt.«

»Sie hören wieder von uns«, sagte Alfred und drückte Theresa Rothenberg die Hand.

Renan durchwühlte unterdessen RWs Büro. Gleichwohl sie ursprünglich nicht in dieser Absicht hergekommen war, hatte das Teufelchen auf der rechten Schulter sie überzeugt, dass sie ohne den Kollegen wahrscheinlich schneller das Gesuchte finden würde. RW war außer Haus oder krank, und Renan hatte sich von den Kollegen im Nachbarbüro die Tür aufschließen lassen, indem sie vorgab, dass sich noch eine ihrer Akten in dem Raum befinden würde. Letztlich war es ihr lieber, selbst nachzuforschen, als sich mit dem schrägen Berufsgenossen zum x-ten Mal in einem Gesprächs-Irrgarten zu verheddern. Renan war ein Mensch, der seine eigene Unordnung wunderbar ertragen konnte, die anderer Leute jedoch meist ablehnte. RW hatte alle möglichen fliegenden Zettel und entwickelten Fotos in großen Kuverts über den ganzen Raum verteilt. Akten waren zwar vorhanden, beinhalteten aber meist theoretische Abhandlungen. In einem Stahlschrank mit vier Schubladen mit Hängeregistraturen fand sie ein halbwegs sortiertes System. Dumm nur, dass RW die Akten nicht nach Motiven, sondern nach Urhebern strukturiert hatte. Es stand also nicht »Blitze« oder »Äxte« auf den Reitern, sondern »Axel S.«, »Erdem Ö.« oder »Südstadt-Gang«, und selbst das war kaum zu entziffern. Renan verspürte wenig Lust, jede einzelne Mappe nach einem Blitzkreis oder ähnlichen Motiven zu durchsuchen und nahm stattdessen lieber Stichproben aus den Leitz-Ordnern, die auf zwei IKEA-Holzregalen lagerten und kryptisch bis gar nicht beschriftet waren. Diese Holzmöbel konnten unmöglich Inventar des Präsidiums sein, und Renan fragte sich, ob RW Angst vor Formaldehyd-Ausdünstungen hatte oder aus noch abstruseren Gründen dem klassischen Behördengrau misstraute. Sie fand massenweise ausgedruckte Digitalfotografien von allen möglichen Graffitis. Stellenweise schimmerte sogar ein Grundzug von Ordnung durch. In einer Akte befanden sich ausschließlich Schmierereien auf öffentlichen Objekten. Sandsteinmauern, Denkmälern, Schulhäusern sowie auf den verschiedensten S-, U- und Straßenbahnwagons. Eine andere enthielt Graffitis auf Brückenpfeilern, Schallschutzwänden und Unterführungen, Stellen also, wo sie weniger Schaden angerichtet hatten. Dann gab es noch eine Sammlung mit Verschandelungen privater Hausmauern. Auf keinem der Fotos war ein Blitzkreis oder ein anderes Todessymbol zu sehen. Stattdessen mehr oder weniger platte Parolen wie »Bullen raus«, »CSU VERBOT JETZT«, »Erlaubt ist, was Spaß macht« oder »Die

Brezel des Bösen«. Dann gab es noch die aufwendig gestylten Ein-Wort-Botschaften à la »FAKE«, »SCENE« und »BEAST«. Nicht zu vergessen die Liebesbekundungen an die internationale Frauenwelt. Renan fand diese Coming-outs noch wesentlich peinlicher als die Zettelchen in der Schule »Willst du mit mir gehen? Ja. Nein. Vielleicht ...« Schließlich setzte sie sich an RWs Schreibtisch und sah die Kuverts mit den Fotoabzügen durch. Sie fand besprühte Gewächshäuser im Knoblauchsland, beschriftete Bahnunterführungen sowie eine Reihe von *B-Boys* auf allen möglichen Untergründen. Wieder nichts, was nach ihrem Symbol aussah. Auch keine der makabren Zeichen konnte sie finden. Renan verstand langsam, dass RW anscheinend wirklich nicht besonders viel über die Symbole, die sie suchten, wissen konnte. Womöglich war sein unzusammenhängendes Geplapper ja nur ein Schutzmechanismus. Renan fand selten etwas dabei, eine Schwäche zuzugeben. Wenn RW wirklich niemals etwas Derartiges gesehen hatte, warum sagte er es dann also nicht einfach?

»Das wird ja immer schöner!«

»Waah!«, schrie Renan und schreckte hoch.

»Dringst du hier unbefugt in fremde Büros ein?«, fragte Alfred nur halb entrüstet.

»Sag mal, spinnst du?«, fuhr Renan ihn an. »Schon mal was von Anklopfen gehört?!«

»Ich habe ganz dezent gegen die Tür getippt, aber du warst anscheinend so in deine Expedition vertieft, dass es dir entgangen ist«, Alfred musterte interessiert die auf dem Tisch ausgebreiteten Fotos, »wie bist du überhaupt hier reingekommen? Unsere Schlüssel sperren doch gar nicht auf diesem Stockwerk.«

»Die Tür war offen«, log Renan, »ich wollte nur möglichst schnell sehen, ob RW vielleicht etwas von diesem Blitzkreis hat, also ob der vielleicht schon mal aufgetaucht ist – irgendwo ...«

»Und?«, er zog neugierig einen der Leitz-Ordner aus dem Regal.

»Bisher nicht. Ich glaube, er kann wirklich nichts dafür. Unsere Motive sind wohl vorher noch nie hier in der Gegend aufgetaucht.«

»Hast du auch in den Schubladen nachgesehen?«, Alfred trat wieder an den Schreibtisch.

»Natürlich nicht«, entrüstete sich Renan.

»Und warum nicht?«

»Das wäre eine Verletzung seiner Privatsphäre.«

»Ach?«, in Alfreds Miene mischte sich Verwunderung mit Ironie.

»In den Schreibtischschubladen liegen immer die persönlichen Sachen«, sie schüttelte den Kopf, »Medikamente, Schmähbriefe, die man nie abgeschickt hat, Alkohol, Pornohefte ... ich will das gar nicht wissen.« Angewidert wandte sie ihren Blick von den Schubbladen ab.

»Ich glaube, ich muss bei Gelegenheit mal einen Blick in deine Schubladen werfen«, Alfred rüttelte leicht an dem Möbel, »... da, sind sowieso abgeschlossen.«

»Wenn du das tust, Alfred, dann sind wir geschiedene Leute, verstanden?«, sie blickte ihn finster an.

»Aber das war doch nur ein Scherz«, beschwichtigte er.

»Alles, was man zum Arbeiten braucht, befindet sich auf meinem Tisch. Es gibt überhaupt keinen Grund, eine Schublade zu öffnen«, ereiferte sie sich weiter.

»Ich habe es ja kapiert«, Alfred wurde ungeduldig, »außerdem würde ich dafür plädieren, dass wir uns jetzt aus diesem Büro entfernen, in das du dir unbefugten Zutritt verschafft hast!«

»Musst du immer sticheln?«, sie lehnte sich in Rolfs Stuhl zurück und funkelte ihren Kollegen an.

»Ich dachte nur, dass ich dir die Ergebnisse meiner heutigen Befragung lieber in unserem Büro mitteilen würde. Wir können aber auch Mittag machen. Da du ja anscheinend hier nichts Brauchbares gefunden hast, spricht doch nichts dagegen, dass wir gehen, oder?«

»Von mir aus«, schnaubte sie.

Als sie ihr Büro betraten, herrschten in dem Raum gefühlte 45 Grad. Offenbar funktionierte die Heizung wieder. Renan riss alle Fenster auf, während Alfred die neuerliche Befragung der Witwe Rothenberg kurz zusammenfasste.

»Sie hat auch keine Ahnung«, sagte er, sich seines braunen Cordsakkos entledigend, »weder Mutter noch Tochter können mit diesem Symbol etwas anfangen.«

»Fantastisch«, ächzte sie, »also hat sich der Richter seiner Frau gegenüber nicht dazu geäußert? Schwer zu glauben.«

»Du hättest sie heute kaum wiedererkannt«, Alfred stand vor dem Spiegel über dem Waschbecken und zupfte an einer widerspenstigen Haarsträhne herum, »sie war kooperativ, aufgeräumt und hat unumwunden zugegeben, dass ihre Ehe ein Desaster war.«

»Na ja, so wirklich neu ist das auch nicht gerade«, Renan ging zum Heizkörper, »hey, der Regler steht nur auf zwei. Warum glüht das Ding so?«

»Aber jetzt kommt's: Als ich schon im Auto sitze und losfahren will, kommt die Tochter nochmal aus dem Haus und erzählt mir, dass ihre Mutter eine Affäre hätte.«

»Was?«

»Ja«, Alfred machte sich an der Kaffeemaschine zu schaffen, »sie hat beobachtet, dass nahezu täglich ein mit der Familie befreundeter Anwalt ein- und ausgeht.«

»Denunzieren tut sie also auch noch«, Renan zog ihren Pullover aus.

»Nun mal langsam«, Alfred setzte sich wieder, »grundsätzlich ist diese Information schon sehr wichtig, Nebenbuhler und betrogene Ehemänner sind immer verdächtig ...«

»Wenn der Lover den Ehemann hätte beseitigen wollen, hätte er doch nicht so einen Zirkus mit Wandmalereien veranstaltet. Noch dazu, wo der Alte sowieso gestorben wäre«, meinte Renan, »das wirst du doch bitte nicht ernst nehmen!«

»Ich wollte nur sicher gehen, dass du das genauso siehst«, lächelte er.

»Ach so«, grummelte sie. Hatte er es wieder geschafft, sie aufzuziehen, »ja, ich sehe das genauso.«

»Das ist sehr erfreulich«, er lächelte noch immer, »weniger gut ist, dass wir dadurch der Lösung des Falles auch nicht näher kommen.«

»Allerdings«, Renan kaute auf einem Bleistift herum.

VI.

Strahlung

Auf dem Weg zur Gerichtsmedizin fuhren sie noch einmal über Fürth. Sie hatten Glück, Nastassja Dark war zugegen. Die Künstlerin war eine magere Frau mit grau durchsträhntem, schwarzem Haar. Nach dem, was sie von Rolf Wagner erfahren hatten, musste sie etwa Anfang vierzig sein, doch die Falten in ihrem Gesicht und die dunkel umrandeten Augen ließen sie eher wie fünfzig wirken. Die Künstlerin trug einen grauen Overall und war gerade am Arbeiten, als Alfred und Renan das Atelier betraten. Sie ließ die beiden herein und bat gleich darauf um fünf Minuten Geduld, sie müsse noch ein wichtiges Telefonat zu Ende führen. Während sie in einem Nebenzimmer verschwand, entledigte sich Alfred der Chromosomenanomalie, und Renan begann mit einer Begutachtung der in dem hellen Raum herumstehenden Werke. Zwei halbfertige standen offen auf Staffeleien. Andere lehnten von Bettlaken verhüllt an den verschiedenen gusseisernen Pfeilern, die seit über 100 Jahren die Decke am Herabstürzen hinderten. An den Wänden hingen noch sechs offenbar vollendete Werke. Sie waren allesamt bedrückend und wirkten fast verzweifelt in ihren Farbkombinationen. Nastassja Dark schien es bei ihren Werken immer wieder auf eine dreidimensionale Wirkung anzukommen. Oft befanden sich dicke Batzen Farbe auf den Leinwänden, teilweise hatte sie aus Gips oder – wie bei der Chromosomenanomalie – durch Mischung der Farbe mit Sägespänen reliefartige Strukturen auf den Bildern erzeugt. Eine Leinwand war in der Mitte aufgeschlitzt. Farblich kombinierte sie gerne Schwarz, Braun und Grautöne mit Gelb und Orange, kaltem Blau und schmutzigem Grün. Rot war nur auf einem Bild in einer rostfarbenen Ausprägung zu sehen. Klare Formen oder Motive waren nicht auf Anhieb zu erkennen. Schließlich gesellte sich Renan wieder zu ihrem Kollegen, der auf einem ramponierten Biedermeier-Sessel

Platz genommen und schon wieder eine brennende Fluppe im Mund hatte.

»Sag mal, musst du immer und überall paffen?«, sie setzte sich auf einen zweiten Sessel, der zusammen mit Alfreds und einem Beistelltisch eine Sitzgruppe bildete.

»Da es offensichtlich nicht verboten ist, wollte ich die Gelegenheit nutzen«, erwiderte er, auf einen Aschenbecher deutend, der am Rand des Tischchens überquoll.

»Das riecht hier so stark nach Farbe und Lösungsmittel, dass ich ernsthaft fürchte, der Laden explodiert jeden Moment«, sagte sie schnüffelnd.

»Dann würde es wenigstens etwas wärmer«, Alfred schüttelte sich kurz und verschränkte die Arme vor der Brust.

»Kein Wunder«, Renan wies mit dem Kinn auf die Front der alten, mehrfach unterteilten Fabrikfenster, »das ist alles nur einfach verglast. Die muss schon mindestens zwei Bilder pro Monat verkaufen, um nur ihre Heizkosten zu bezahlen.«

»Dann sollte sie vielleicht ein wenig ansehnlichere Ware produzieren«, Alfred hustete kurz.

»Seit wann denn so spießig?«, fragte sie spitz.

»Ich und spießig?«, Alfred schien entrüstet. »Ich habe nicht das Geringste gegen moderne Kunst. Dix, Klee, Warhol, Haring ... alles o. k., aber ich zahle keine 1500 Steine für etwas, das ich selbst genauso gut hinkriegen würde.«

»Ich verstehe überhaupt nichts davon«, Renan hob die Schultern, »aber ich weiß, was mir gefällt.«

»Und das gefällt dir?«, Alfred wies auf die Chromosomenanomalie.

»So halb«, Renan spreizte die Finger der rechten Hand und drehte sie hin und her, »aber das da hinten, das finde ich schon ganz gut«, sie zeigte auf eine Kombination von Schwarz und Braun mit Gelbtönen » ... ich glaube, das ist ein Stier.«

»Tatsächlich?«, Alfred zog seine Brille aus der Brusttasche.

»Aber die sind alle so groß, da brauchst du schon einen entsprechenden Raum, damit das wirkt ...«

»Und einen entsprechenden Geldbeutel ... Und dann ist das alles so düster und ... morbide ...«

»Kunst spiegelt immer nur den Betrachter«, sagte Nastassja Dark, »wenn Sie meine Bilder sehen, sehen Sie sich selbst von innen.« Sie trat an die Sitzgruppe und überreichte Alfred 300 Euro. »Hier, die Kaution, die Ihre Frau hinterlegt hat.«

»Siehst du«, Renan nickte Alfred wissend an.

»Schade, wenn Sie Ihre innere Schönheit nicht durch meine Werke filtern können.«

»Schönheit liegt immer im Auge des Betrachters«, entgegnete Alfred, »aber dafür behalten wir ja den Tantalus.«

»Finden Sie Trost in der Skulptur?«, die Künstlerin lehnte sich an den nächstgelegenen Pfeiler und blickte Alfred gleichzeitig besorgt und müde an.

»So würde ich das nicht bezeichnen«, Alfred sah keinen tieferen Sinn in diesem Gespräch, konnte sich der seltsamen Aura der Frau aber auch nicht durch eine schnelle Abschiedsfloskel entziehen.

»Dann sollten Sie ihn nicht behalten«, Nastassja Dark zog ebenfalls einen Drehtabak aus einer Tasche ihres Overalls, »bringen Sie ihn wieder zurück.«

»Also, so missraten ist er nun auch wieder nicht«, Alfred wurde verlegen, »außerdem ist meine Frau ganz vernarrt in diese Figur«, er rettete sich, indem er aufsprang und der Künstlerin Feuer anbot. Sie hielt die Zigarettenspitze ungewöhnlich lange in die Flamme und bedachte Alfred mit einem prüfenden Blick, bis sie endlich den Rauch in Form eines dicken Ringes wieder ausblies.

»Jedes meiner Werke ist Tod und Wiedergeburt, Sünde und Erlösung, es ist ein einziges, langes und komplexes Gebet. Ich möchte, dass meine Gebete erhört werden, indem andere Menschen das verstehen, was ich schaffe.«

»Ja, öh, das ähm, machen wir ja schon«, stammelte Alfred.

»Dieses Bild«, sie deutete auf die Chromosomenanomalie, »ist eine offene Tür. Dahinter liegt alles, was ich habe. Lust und

Leid, Hoffnung und Trauer, Verdammnis und Errettung. Das braucht Sie nicht zu kümmern, es ist nur eine Tür. Sie müssen nicht hindurch. Sie können sie zuschlagen und verriegeln, aber das ändert nichts daran, was sich dahinter verbirgt.«

»Immerhin können Sie davon leben«, meldete sich Renan, die das bisherige Gespräch halb verständnislos, halb fasziniert verfolgt hatte.

»Oh ja«, die Künstlerin blickte sie aus hellen, türkisfarbenen Augen an, »ich lebe von meiner Kunst und durch meine Kunst, sie macht das Dasein halbwegs erträglich. Das ist bei sehr vielen Künstlern so. Ich habe zudem noch das Glück, dass sie mich warm hält und ernährt. Das ist bemerkenswert, aber nicht das Wichtigste.«

»Ich find's jedenfalls klasse, wenn jemand mit so was genug Geld zum Leben verdient«, beteuerte Renan, »so viele begabte Leute geben auf und enden dann als Versicherungsvertreter oder ... Beamte, ha!«, sie lachte kurz auf.

Nastassja Dark schien von so viel Unbekümmertheit etwas überfahren zu sein und lächelte Renan nur nachdenklich an, wobei ihr zwei farbgesprenkelte Haarsträhnen in die Stirn fielen.

»Du bist auch begabt«, stellte sie schließlich fest.

»Ja, sicher«, Renan hasste ungefragte Duzerei, musste aber in erster Linie lachen, »in Kunst hatte ich immer eine Vier und was Musik angeht, bin ich über drei Gitarrengriffe nicht hinausgekommen.«

»Das spielt keine Rolle«, beschied die Künstlerin, »ich sehe die schöpferische Kraft in deinen Augen. Sie schläft vielleicht, aber sie ist eindeutig da.«

»Also, ich weiß nicht ...«, Renan wurde stutzig.

»Du solltest sie wecken«, sagte Nastassja Dark, »sie wird dein Leben bereichern ... hier«, sie drückte der verdutzten Renan einen kleinen, polierten Stein in die Hand.

»Was ist das?«, Renan betrachtete das Stück kritisch.

»Ein Herz.«

»Sieht gar nicht so aus«, mischte sich Alfred ein.

»Es sieht nicht aus wie das internationale Symbol für ein Herz, entspricht aber ziemlich genau der Form eines echten, menschlichen Herzens«, sie tippte sich auf die Brust.

»Echt?«, Renan hielt den Stein hoch, während Alfred abermals seine Brille aufsetzte.

»Er war schon so, als ich ihn gefunden habe«, erklärte die Künstlerin, »ich habe ihn nur aufgehoben, ein wenig geschliffen und poliert. Das ist der Kern der Kunst. Wir müssen gar nicht so viel erschaffen, das Meiste ist schon da, du musst es nur erkennen. Alles andere ist Handwerk und lässt sich schnell lernen. Du hast den Blick dafür, glaub mir.«

»Ein Herz aus Stein?«, fragte Renan.

»Stein ist auf Dauer weicher als Wasser«, Nastassja Dark lächelte, »nicht vom ersten Eindruck täuschen lassen.«

»Faszinierend«, Renan wollte der Frau das Herz zurückgeben.

»Behalte ihn«, sagte sie, »er wird dir helfen, deinen Blick zu schärfen.«

»Tja, ähm«, Renan zögerte kurz, »ja, dann vielen Dank.«

»Vielleicht hätten wir ihr sagen sollen, dass wir Polizisten sind?«, meinte Alfred, als sie sich Erlangen näherten.

»Meinst du, sie hätte sich dann nicht so bemüht, mich von meiner künstlerischen Veranlagung zu überzeugen?«, fragte Renan und biss in einen Apfel.

»Sie hätte vielleicht bemerkt, dass ihre Ausführungen auch für unsere Arbeit zutreffen. Das Wichtigste ist doch, dass wir mit offenen Augen durch die Welt spazieren und Kleinigkeiten erkennen, die von großer Bedeutung sein können«, er musterte das Stück Obst seiner Kollegin kritisch, »alles andere ist Handwerk – vollkommen richtig.«

»Auch Phantasie ist wichtig«, ergänzte Renan, »in Fällen wie diesem hier geht es doch hauptsächlich darum, sich irgendwie in den Täter hineinzuversetzen. Erst wenn ich selbst einen blassen Schimmer habe, was er sich gedacht haben könnte, komme ich weiter.«

»Sehr richtig«, bestätigte Alfred, »... diesen Butzen steckst du aber nicht ...«

»Nein, ich werde ihn aus dem Fenster werfen«, erwiderte sie laut und entsorgte den Überrest des Apfels.

»Und genau deswegen kommen wir hier auch nicht vom Fleck«, er ignorierte ihren genervten Ton lächelnd, »wir haben einfach keine passenden Verdächtigen. Von Tatzeit oder -waffe ganz zu schweigen ...«

Renan zog ein Tempo aus ihrer Umhängetasche und schnäuzte sich vernehmlich.

»Und wenn die nette Dame von der Gerichtsmedizin uns in der nächsten halben Stunde nicht maßgeblich weiterbringt, dann werden wir die Ermittlungen wohl vorerst einstellen müssen«, fuhr Alfred fort, »ich sehe jedenfalls kaum noch ...«

»Hier musst du links«, rief Renan plötzlich.

»Das sieht aber auch alles gleich aus hier«, Alfred fuhr eine gewagte Schikane, während der Fahrer hinter ihnen zornig hupte, »mit dieser Stadt werde ich nie warm werden!«

»Strahlung«, sagte Sandra Möbius.

»Also Atomstrahlung, oder wie?«, Renan wechselte einen fragenden Blick mit Alfred, der sich bedeckt hielt, seit sie das Reich der Pathologin betreten hatten.

»Radioaktive Strahlung«, wiederholte die Medizinerin und lehnte sich mit aufeinander gepressten Lippen zurück. Sie saßen im Büro der Pathologin unter zwei grell scheinenden Neonröhren. Aus einem CD-Rekorder in der Ecke tönten leise französische Chansons. Auf dem Tisch türmten sich mindestens ein Dutzend Registermappen und mehrere Zentimeter fliegende Blätter. Halbrechts dampfte eine große schwarze Kaffeetasse mit der Aufschrift »Schneid' nicht so auf!« vor sich hin.

»Und wie soll das ... also, was war dann die Tatwaffe ... und wann hat der Täter ...?«, meldete sich Alfred zu Wort.

»Ihr wollt von mir wissen, ob der Richter auf irgendeine Weise unnatürlich ums Leben gekommen sein könnte, obwohl er offensichtlich und eindeutig Leberkrebs im Endstadium hatte, richtig?«

»Richtig«, bestätigte Renan.

»So«, Sandra setzte ihre Hornbrille auf und blätterte in einer Akte, »wir haben uns hier also zwei Nächte um die Ohren geschlagen. Wir haben so ziemlich alles an ihm seziert und Gewebeproben von Stellen entnommen, von denen ich schon fast vergessen hatte, dass es sie im menschlichen Körper gibt – nebenbei bemerkt war dieser Körper ziemlich groß.«

»Niemand möchte Ihre Kompetenz in Abrede stellen«, Alfred meinte, die Pathologin beschwichtigen zu müssen, derweil sie selber mehr zufrieden oder amüsiert als entnervt wirkte.

»Das würde ich euch auch nicht raten«, entgegnete sie mit einer gnädigen Handbewegung, »auf jeden Fall haben wir die Sache ernst genommen. Wir haben definitiv kein Gift gefunden, das ihm nicht zur Behandlung seiner Krankheit verabreicht worden wäre. Gehirnschlag, Herzinfarkt et cetera können wir alles ausschließen. Keine sonstigen Anzeichen einer äußeren Einwirkung. Nadelstiche, natürlich, er war ja in stationärer Behandlung ...«

»Und wie kommst du jetzt auf Strahlung?«, fragte Renan ungeduldig.

»Ich versuche es eben, jedem recht zu machen, und ich muss sagen, in diesem Fall bin ich schon ein wenig stolz darauf, dass mir das noch eingefallen ist«, sie nahm die Brille ab und lächelte ein Gewinnerlächeln.

»Also Tod durch radioaktive Strahlen? Wie bei diesem russischen Agenten, der vor ein paar Monaten in London gestorben ist?«, fragte Renan ungläubig.

»Indirekt«, Sandra nahm einen Schluck aus der Pathologen-Tasse, »ich muss gestehen, dass ich mich an diesen Fall auch nicht mehr bewusst erinnern kann. Die Fälle sind auch nicht wirklich vergleichbar, aber mein alter Professor in Magdeburg hat mich darauf gebracht ...«

»Dieser Russe, der ehemalige KGB-Agent«, Alfred rieb sich die Nase, »wie hieß der noch mal? Litwin ..., Litwo ...?«

»Litvinenko«, antwortete Sandra ohne nachzudenken, »er wurde mit einer radioaktiven Substanz namens Polonium vergiftet. Das ist ein Alphastrahler, der eingeatmet, geschluckt oder sonst irgendwie in den Körper aufgenommen werden muss, um schädlich zu wirken. Die Folge ist dann sozusagen der Zerfall körpereigener Zellen. Nach ein paar Tagen oder spätestens Wochen versagen lebenswichtige Organe.«

»Und was war nun mit dem Richter?«, Renan zappelte mit dem rechten Fuß.

»Bei dem lag keine radioaktive Vergiftung vor«, die Rechtsmedizinerin lehnte sich in ihrem Stuhl zurück und blickte an die Decke, »aber wenn sich ums Verrecken keine andere Todesursache finden lässt als der Krebs, ist der nächste logische Schritt, zu überlegen, ob dieser vielleicht unnatürlich verursacht wurde, oder?«

»Verstehe«, Alfred zog die Augenbrauen hoch und lehnte sich nach vorne.

»Und da gibt es grundsätzlich drei Möglichkeiten«, dozierte Dr. Möbius, »man kann einen Organismus mit fremden Krebszellen infizieren. Dann gibt es bestimmte Substanzen, wie beispielsweise Benzol, die krebserregend wirken, allerdings führen die zu Leukämie, und die hatte er nicht. Drittens hätte man ihn radioaktiver Strahlung aussetzen können, damit sich sozusagen ein eigener Krebs entwickelt.«

»Wie zum Beispiel bei den ganzen Menschen, die nach der Tschernobyl-Katastrophe gestorben sind«, warf Renan ein.

»Genau so«, nickte Sandra, »so stark muss die Strahlung aber gar nicht gewesen sein. Eine schwächere Konzentration ist auch ausreichend, sie muss nur relativ lange auf den Körper einwirken.«

»Wie lange denn?«, fragte Renan.

»Das ist so unterschiedlich wie die Menschen selbst«, die Pathologin blies die Backen auf, »auf jeden Fall glaube ich nicht, dass unser Toter durch fremde Zellen infiziert wurde. Das ist gar nicht so einfach, die hätte man ihm ja direkt injizieren müssen, ganz zu schweigen davon, dass man erst mal an die Krebszellen herankommen muss. Da käme nur ein Arzt als Täter infrage, von wem sonst würde sich ein Mensch mit einer Spritze traktieren lassen.«

»Bei Junkies wäre das eine Überlegung wert«, sinnierte Alfred, »aber Richter Rothenberg hat sich sicherlich kein Heroin gespritzt.«

»Definitiv nicht«, die Gerichtsmedizinerin schüttelte den Kopf, »das ist übrigens ein ziemlich durchtriebener Plan. Um den Krebs hervorzurufen, benötigt man Material, das Gammastrahlung absondert. Das hat für den Täter den Vorteil, dass sein Opfer es nicht essen oder einatmen muss. Das Material muss nur irgendwo in seiner Nähe versteckt sein, dafür dauert es aber auch länger, bis es dem menschlichen Organismus schadet. Diese Strahlung wäre aber im Gewebe noch schwerer nachzuweisen als etwa das Polonium bei Litvinenko. Genau genommen ist es überhaupt nicht nachweisbar!«

»Und wie seid ihr dann draufgekommen?«, fragte Renan noch reichlich skeptisch.

»Unser Glück war, dass mir ein Kollege aus der Strahlenbiologie noch einen Gefallen schuldig war. Ich habe ihm vorgestern einige Gewebeproben gegeben. Gammastrahlung, die auf den Körper längere Zeit eingewirkt hat, ist eigentlich nicht nachweisbar, weil sich ja – anders als beim Polonium – der Strahlenherd nicht im Körper befindet. Aber man kann in Gewebeproben anormale Isotopenveränderungen erkennen.«

»Anormale was?«, Renan blickte Alfred an, der nur mit seinen Schultern zuckte.

»Die ionisierten Verbindungen führen zu spezifischen Zellschädigungen ...«, Sandra blickte die hilflos dreinschauenden Ermittler an und gab es auf:

»Kurz und gut: Wenn dieser Litvinenko-Fall nicht gewesen wäre und ich keine Kontakte zur Strahlenbiologie hätte, wären wir nie im Leben auf diesen Verdacht gekommen!« Es entstand eine Pause, in der sich Renan und Alfred zweifelnd anblickten und Sandra einen Schluck Kaffee trank. Schließlich setzte sie noch nach: »Ich bin keine Kriminalistin, aber sagte nicht Sherlock Holmes, wenn man alles Unmögliche ausschließt, muss das, was am Ende übrig bleibt, die Lösung sein?«

»Und wenn sie noch so unwahrscheinlich klingt«, Alfred stützte das Kinn in seine rechte Hand.

»Die Tochter hat doch so fest darauf bestanden, dass in der Familie ihres Vaters noch niemals jemand Krebs hatte«, erinnerte sich Renan, »muss natürlich nichts heißen, aber es würde in dieses Bild passen.«

»Er war ja noch nicht so alt«, sagte Sandra, »es wäre aber schon hilfreich zu wissen, wann der Krebs das erste Mal diagnostiziert wurde, und ob er sich schnell oder langsam entwickelt hat. Dummerweise liegen darüber aber keine Aufzeichnungen des Hausarztes vor.«

»Weil er wohl kein besonders großer Freund Ihrer Zunft gewesen ist«, Alfred hob entschuldigend die Hand und zog seinen Notizblock heraus, »wie die Tochter angibt, war ihr Vater der Meinung, dass sich die Natur am besten selbst hilft und Ärzte nur unnötige Kosten verursachen ...«

»Also, diese Obduktion wird auch nicht gerade billig, das verspreche ich euch«, Sandra lachte heiser, »aber gut, wenn kein genauerer Krankheitsverlauf dokumentiert ist, gibt es halt auch keine genaueren Ergebnisse.«

»Ermordet durch Radioaktivität?«, Renan zog die Stirne kraus. »Mann, ist das abgefahren!«

»Könnte es eine natürliche Erklärung für diese Strahlenfolgen in seinem Körper geben?«, fragte Alfred.

»Die kann es sicherlich geben«, die Pathologin griff wieder zur Kaffeetasse, »zum Beispiel, wenn er ein großer Pilzfreund war und exzessiv Steinpilze, Maronen und andere Röhrlinge verspeist hat. Die sind seit Tschernobyl stark belastet.«

»Das können wir schnell überprüfen«, sagte Alfred.

»Oder angenommen, er hätte in der DDR in einem Uran-förderbetrieb gearbeitet«, fuhr Sandra fort, »oder wäre sonstwie längere Zeit in der Nähe einer Strahlungsquelle gewesen. Das können wir natürlich nicht vollständig ausschließen.«

»Ich verstehe noch nicht ganz, wie das in der Praxis funktioniert haben soll«, meldete sich Renan. »Ich meine, radioaktives Material kann man nicht in der nächsten Apotheke kaufen. Ist das dann flüssig oder fest oder ein Pulver? Und wer kommt an so was ran? Und wie ist es zum Richter gekommen?«

»Nun ja, in geregelten Zeiten findest du solches Material nur in Forschungseinrichtungen, Uni-Instituten, Kernkraftwerken, vielleicht vereinzelt noch in Labors von großen Krankenhäusern«, erklärte die Medizinerin. »Da ist alles gut verschlossen, und es muss haarklein Buch geführt werden. Aber als zum Beispiel der Eiserne Vorhang verschwunden war, hast du das in der DDR fast an jeder Ecke bekommen. Und ich bin mir sicher, dass so was heute in Osteuropa oder Russland noch immer kein allzu großes Problem sein sollte. Am besten, ihr fragt mal an einem Lehrstuhl nach, der sich mit Kernphysik beschäftigt. Da würde ich es als Erstes probieren.«

»Aber wie lange dauert das denn?«, Renan hatte Mühe, ihre Verwirrung zu bekämpfen. »Also wenn ich heute jemandem ein Stück ... ähm ...«

»Wie wär's mit Uran?«, half Sandra.

»Uran ins Bett lege, wie lange dauert es, bis er Krebs bekommt und daran stirbt?«

»Das kann man unmöglich vorhersagen«, die Pathologin schüttelte den Kopf, »das hängt total vom Einzelfall ab.«

»Zwei Wochen?«

»So schnell ganz sicher nicht.«

»Zwei Monate?«

»Irgendwas zwischen sechs Monaten und einem Jahr wird es schon brauchen, würde ich sagen«, Sandra nahm die Brille ab und warf sie auf den Schreibtisch. »Es kann aber auch drei oder fünf Jahre dauern, bis derjenige stirbt.«

»Stell dir mal vor, wie lange und genau da jemand planen muss, wenn er sich so eine Mordmethode aussucht«, Renan schnalzte nachdenklich mit der Zunge.

»Also von einer Tat im Affekt würde ich hier auch nicht ausgehen«, sagte Sandra grinsend.

Renans biologischer Vater musste ein lockenköpfiger Hüne gewesen sein. Anders waren ihre Körpergröße und die Beschaffenheit ihrer Haare nicht zu erklären. Ihre Mutter, die in der Küche zugange war, hatte sich lange geweigert, ihrer Tochter mehr als den Vornamen ihres Erzeugers zu verraten und seine charakterliche Verfassung, die ihn veranlasst hatte, kurz nach Bekanntwerden der Schwangerschaft auf Nimmerwiedersehen zu verschwinden. Erwin, ihr sozialer und emotionaler Vater, saß mit seinen beiden Töchtern im Wohnzimmer und schwärmte von einem kürzlich besuchten Robert-Plant-Konzert. Erwin war bestenfalls einen Meter sechzig groß. Seinen immer schütterer werdenden blonden Schopf versuchte er, durch einen mehr und mehr ausladenden Seehundschnauzer zu kompensieren. Der Rest des Gesichtes war ebenfalls seit Tagen unrasiert, und seine braunen Knopfaugen leuchteten listig, als er sich über die körperlichen Veränderungen lange nicht mehr gesehener Kumpels lustig machte. Sie saßen in einem Zimmer, das man nicht auf Anhieb einem Raumausstattermeister zugeschrieben hätte. Die Möbel waren zwar fast alle antik und ordentlich restauriert, aber so wild miteinander kombiniert, dass es mehr nach Notlage als nach Gestaltungskraft aussah. Die Krönung war der Couchtisch, ein Möbel, das Erwin seit seiner Pubertät von der ersten Junggesellenbude bis ins kleine Stadthaus im Nürnberger Nordwesten begleitet hatte. Er bestand aus rustikal gebeizter Eiche mit einer kupfernen Oberfläche, auf der ein Stich des Nürnberger Spielmannszuges prangte, und war zu allem Überfluss auch noch höhenverstellbar. Die eichene Gründerzeit-Anrichte an der Längswand wollte nicht so recht zum abgelaugten Buffet aus grobem Kiefernholz in der anderen Ecke passen. Gegenüber knisterte der braun-grüne Kachelofen, und Renan wusste, dass sie wieder zu Hause war. Sie kam immer wieder gerne her, solange sie nach einer angemessenen Zeitspanne wieder gehen konnte. Ihre Halbschwester, Mirjam, saß im Schneidersitz auf einem Jugendstil-Sessel und zeichnete an einem ihrer Entwürfe für die Modedesign-Schule, an der sie sich im Herbst bewerben wollte.

»Kann mir eine von euch mal helfen?«, rief Gülten Müller aus der Küche. Sie hatte beschlossen, ihre Familie mal wieder türkisch zu bekochen und schuftete seit zwei Stunden. Renan wechselte einen kurzen Blick mit ihrer Schwester, die den Zeichenblock weglegte und sich seufzend erhob, während Erwin weitererzählte: »... und der Jägermeister wiegt mittlerweile drei Zentner. Hat ein Led-Zeppelin-T-Shirt angehabt, das ihm so über den Wanst gespannt hat, dass du bei jedem Schnaufer gedacht hast, jetzt platzt's gleich. Und der Rocker Res hat tatsächlich noch die Lederkutte getragen, auf die wir nach Deep Purple 75 alle zwölf draufgepisst haben, hahaha ...«

»Papa«, Renan verzog angeekelt das Gesicht.

»Ach ja«, Erwin rieb sich eine Lachträne aus dem Augenwinkel, »du glaubst nicht, wie lange sich so ein Aroma hält.«

»Ich will's auch gar nicht wissen«, entgegnete Renan, während ihr Vater seine popeyeartigen Arme hinter dem Kopf verschränkte.

Beim Abendessen lenkte ihre Mutter das Gespräch auf Renans Berufsalltag. Irgendwie schien sie immer das Gefühl zu haben, zu wenig vom Leben ihrer großen Tochter mitzubekommen. Es besorgte sie sehr, dass Renan seit zwei Jahren schon wieder solo war, allerdings traute sie sich das Thema kaum noch anzusprechen, weil Renan darauf meistens äußerst gereizt zu reagieren pflegte. Also wollte Gülten zumindest mehr vom Berufsleben der Großen erfahren und fragte bei jedem Telefonat und jeder Zusammenkunft: »Was macht die Arbeit?« Renan versuchte ihr dann immer wieder zu erklären, dass sie nicht über Einzelheiten ihrer Fälle reden durfte, und flüchtete sich meist in mehr oder weniger nichtssagende Floskeln. Manchmal erzählte sie auch von Alfred oder anderen durchgeknallten Kollegen wie RW Von daher war sie jetzt ganz dankbar, dass sie relativ unverfänglich über die Geschichte mit den Graffitis und dem toten Richter reden konnte.

»Das ist ja schräg«, Mirjam verputzte die zweite Portion Lamm-Pilaw.

»Das kannst du laut sagen«, Renan war zwar keine Vegetarierin, konnte es aber mit ihrem Gewissen nicht vereinbaren, Lämmer, Ferkel oder Kälbchen zu verspeisen, und hielt sich daher an den Salat und die gefüllten Weinblätter.

»Und dieser Richter ist wirklich nicht an Krebs gestorben?«, fragte Gülten nach.

»Mama, Details darf ich doch nicht erzählen«, knirschte Renan, »wahrscheinlich mache ich mich sowieso gerade strafbar.«

»Dann ist es ja eh schon wurst«, sagte Erwin, zum Bierglas greifend.

»Dass jemand einen Mord mit Graffitis ankündigt ...«, Mirjam hatte ihren Teller leer gegessen und griff nun beherzt nach den Weinblättern. Sie aß und aß, ohne auch nur ein Gramm zuzunehmen. »Unheimlich!«

»Das Merkwürdige ist, dass kürzlich noch eins aufgetaucht ist, das überhaupt nicht zu den anderen passt«, erklärte Renan.

»Ach ja, wo denn?«, fragte Mirjam.

»Das ist doch jetzt egal«, erwiderte Renan streng. »Auf jeden Fall war es kein Todessymbol, sondern so ein Blitz in einem Kreis.«

»Und ihr seid sicher, dass ihr das nicht an einem Hochspannungsmasten gesehen habt?«, lachte Erwin.

»Hundertprozentig«, lächelte Renan. Jedem Anderen wäre sie jetzt über den Mund gefahren, aber Erwin durfte so was sagen.

»Aber was kann ein Blitz denn sonst noch bedeuten?«, fragte Gülten.

»Das ist es ja gerade«, Renan legte ihr Besteck final auf dem Teller ab, »es muss etwas bedeuten. Und mein guter Alfred glaubt, es auch mal gewusst zu haben ...«

»Und?«, fragte Mirjam.

»Er kann sich leider gerade nicht daran erinnern«, Renan schüttelte den Kopf, »ich fürchte, er wird langsam senil.«

»Tochter!«, mahnte Gülten. Die Achtung vor Älteren war ihr anerzogen worden, und sie hatte es in dreißig Jahren immer nicht geschafft, gewisse Grundzüge ihrer Herkunft loszuwerden.

»Wenn's doch wahr ist«, Renan machte ein betroffenes Gesicht.

»Der Alfred Albach passt schon«, beschied Erwin, der sich schon mehrfach mit Renans Kollegen unterhalten und auch schon einen kleineren Auftrag für dessen Frau ausgeführt hatte, »ein bisschen eitel vielleicht, aber durch und durch anständig. Dem kannst du den Rücken zukehren, ohne dass du gleich ein Messer drin hast ...«

»Jaaa«, sagte Renan gedehnt.

»Das ist bei Weitem nicht mehr selbstverständlich heutzutage«, fuhr Erwin fort.

»Können wir jetzt vielleicht mal wieder über mich reden?«, fragte Renan genervt.

»Aber dieses Zeichen sagt mir auch irgendwas«, wechselte Erwin unbeeindruckt das Thema.

»Echt?«, Mirjam ließ das Besteck sinken, während Renan sich an ihrem Wasser verschluckte.

»Ich komme nur gerade nicht darauf«, Erwin stützte das Kinn in die rechte Hand und blickte nachdenklich auf die Tischplatte.

VII.
Balance

Morgendliche Lagebesprechungen waren eigentlich in der täglichen Polizeiarbeit üblich. Doch seit Kriminaloberrat Reuther, der Leiter des ersten Dezernats, dienstunfähig geworden war, wurden sie nur noch sporadisch angesetzt. Verantwortlich für die interne Kommunikation waren die Kommissariatsleiter, die eine Hierarchie tiefer als die Dezernatsleiter gestellt waren. Im Kommissariat 11 saß mit Günther Ullmann seit zwei Jahren ein Mann von Göttlers Gnaden an der Spitze, der die wichtigen Dinge in erster Linie mit dem Kriminaldirektor selbst besprach und dabei die eigenen Leute wie auch den Dezernatsleiter überging. An diesem Montagmorgen saßen nun die 14 Kommissare des K11 seit langer Zeit mal wieder im Besprechungsraum. Das heißt, es waren nur 13, da sich die einzige Kommissarin ausgerechnet heute verspäten musste.

Als Gerd Popp die laxe Handhabung der Besprechungstermine kritisierte, antwortete Ullmann:

»Hier wird zu viel getagt und zu wenig getan, meine Herren! Das ist das große Problem heutiger Organisationen.« Diese Sätze hatte ihm Göttler zum Auswendiglernen gegeben. »Wenn es nach mir gegangen wäre, säßet ihr alle schon wieder an euren Schreibtischen. Aber der Herr Kriminaldirektor hat ausdrücklich um eine Versammlung unseres Kommissariats gebeten. Er wird in Kürze bei uns sein ...«

Rödlein und Prümmer stöhnten laut, während Ullmann in Alfreds Richtung nachsetzte:

»Bis dahin wird ja vielleicht auch die Kollegin Müller ihren Weg zu uns gefunden haben, nicht wahr?«

Alfred ärgerte das, weil er als der Ältere sich dafür wieder mindestens zwei Mal blöd anreden lassen musste. Gleichzeitig beneidete er Renan um ihren offensichtlich instinktiven Schutzmechanismus, der sie heute verschlafen oder krank werden oder im Verkehr hatte feststecken lassen. Ullmann verlas zunächst einige offizielle Informationen. Die Stelle des Dezernatsleiters, Kriminalfachdezernatsleiter musste man jetzt nach der Polizeireform sagen, war nun endlich ausgeschrieben und würde zum 1. April besetzt werden. Alfred wechselte einen kurzen Blick mit Gerd Popp, der offensichtlich genauso an einen Aprilscherz denken musste wie er selbst, und richtete seinen Blick, ein Lachen unterdrückend, wieder auf seine Kaffeetasse. Die Anschaffung neuer Rechner und Drucker würde sich noch auf das nächste Kalenderjahr verschieben, und angeblich sollte die Heizung im zweiten Stock ab heute wieder voll funktionsfähig sein. Alfred schwante Böses. Da sich Ullmann anscheinend nicht über die aktuellen Ermittlungsstände unterhalten wollte, stand zu befürchten, dass das in Anwesenheit des Direktors geschehen sollte. Göttler konnte es einfach nicht lassen, sich in die Basisarbeit einzumischen, die zwei Ebenen unter ihm stattfand. Das war ein Auswuchs seines Zwanges, alles und jeden kontrollieren zu wollen.

»So, meine Herren«, Herbert Göttler war kurz darauf erschienen und hatte sich neben Ullmann an die Stirnseite der Tische platziert, »nun, ich bin gespannt, was Sie mir zu berichten haben.« Er begann mit dem Rapport von rechts. Rödlein und Popp berichteten von dem alten Ehepaar, das vor zwei Wochen in seinem Siedlungshäuschen tot aufgefunden worden war. Der Fall würde bald zu den Akten gelegt werden, da die beiden aus bisher unbekannten Gründen ihr Heim einfach nicht geheizt hatten und erfroren waren. Trotz genauesten Untersuchungen war keine unnatürliche Todesursache festzustellen. Dotterweich, Holzer und Lehneis arbeiteten an insgesamt vier Fällen von vermissten Personen. Es war jedoch kein Kind dabei, und da es sich um keine Entführungsfälle zu handeln schien, ließ Göttlers Interesse schnell nach. Krauß, Tohner und Ondracek befassten sich hauptsächlich mit dem Fall eines Schwarzafrikaners, der nach einem Clubspiel in der Nähe des Reichsparteitagsgeländes krankenhausreif geprügelt worden war. Diese Sache war von einer gewissen Brisanz, sodass Herbert Göttler sich etwas länger damit beschäftigte.

»Haben wir von der Staatsanwaltschaft schon eine definitive Aussage, ob sie die Sache als Körperverletzung oder versuchten Totschlag verfolgen wollen?«, fragte er.

»Bisher nicht«, erwiderte Ondracek, »wir glauben aber, dass es auf Körperverletzung hinauslaufen wird.«

»Das ist gut«, Göttler nestelte an seinem Krawattenknoten, »ich werde mich zur Sicherheit selbst noch einmal mit dem Staatsanwalt in Verbindung setzen ... Wer ist da zuständig?«

»Röder.«

»Dann stellt die Sache kein Problem dar, und ich möchte Sie alle bitten, in solchen Fällen Fingerspitzengefühl zu zeigen. Wir haben die Weltmeisterschaft unbeschadet überstanden, aber wir können in diesem Umfeld trotzdem keine fremdenfeindlichen Kapitaldelikte brauchen. Dann heißt es wieder, wir legen uns auf die faule Haut, sobald die große Aufmerksamkeit nachlässt. Was haben Sie über die Täter, doch hoffentlich keine Rechtsextremen?«

»Die zwei bisher verhafteten Verdächtigen sind wohl nicht den Neonazis zuzuordnen, aber ...«

»Kein Aber, Herr Kollege«, Göttler nahm seine Brille ab. Sein Vorhaben, die Mitarbeiter künftig mit Vornamen zu siezen, hatte er offensichtlich wieder aufgegeben, »es handelte sich doch offenbar um gewaltbereite Fußball-Hooligans, von denen es leider auch bei uns einige wenige gibt.«

»Ja, ja, aber auch Clubfans können rechtsextrem sein«, Ondracek stand kurz vor der Altersteilzeit und konnte es sich daher erlauben, dem Kriminaldirektor hie und da zu widersprechen. »Wir müssen das Umfeld der Verdächtigen noch genauer untersuchen und weitere Zeugen befragen. Immerhin wurden fünf Männer in unmittelbarer Nähe des Tatortes gesehen.«

»Selbstverständlich machen Sie das«, Göttler lächelte wie ein Alligator, »aber ich bitte nochmals ausdrücklich um

Augenmaß. Wir stehen permanent im Fokus der Medien«, er erhob mahnend die rechte Hand, »wenn hier auf dem Reichsparteitagsgelände quasi neben dem Dokumentationszentrum ein Schwarzer fast totgeprügelt wird, muss ein rechtsextremer Hintergrund tausendprozentig sicher sein, bevor wir die Ermittlungen abschließen und damit an die Öffentlichkeit gehen. Also nicht hudeln, ist das klar?«

»Wie Kartoffelsuppe, Herr Göttler«, Ondracek lehnte sich zurück, kraulte seinen grauen Vollbart und lächelte bittersüß.

»Alfred!«, rief der Kriminaldirektor.

»Ja, Herr Göttler?«

»Was gibt es bei Ihnen? Haben Sie die Graffitischmierer schon, die unseren guten Richter Rothenberg ermordet haben?«

»Leider nein, Herr Direktor«, lächelte Alfred.

»Ja, sind Sie dann wenigstens irgendwo weitergekommen?«, Göttlers Miene verzog sich ungut.

»In gewisser Weise schon. Wir haben von der Gerichtsmedizin eine Spur, die uns zumindest eine halbwegs plausible Mordmethode beschert. Wie Sie ja wissen, war die Todesursache eigentlich Krebs.«

»Und nun?«, Herbert Göttler wurde sichtlich ungeduldig.

»Daran hat sich auch nichts geändert«, fuhr Alfred fort, »aber wir haben Hinweise darauf, dass der Krebs, nun ja, nicht auf natürliche Weise entstanden sein muss.«

»Und wie dann?«, nun war auch Ullmann wieder aufgewacht.

»So wie es aussieht, durch radioaktive Strahlung«, Alfred blickte herausfordernd in die Runde. Einige Kollegen schüttelten die Köpfe, während Ondracek und Popp durch die Zähne pfiffen und der Kriminaldirektor sich abermals die Brille von der Nase riss.

»Ein paar Sprayerbürschchen sollen den Rothenberg radioaktiver Strahlung ausgesetzt haben, so dass er Krebs bekam?«, rief er.

»Ja, aber ob das wirklich Graffitisprayer waren ...?«, Alfred hob betont unwissend die Arme.

»Ich gebe Ihnen einen guten Rat, Alfred«, drohte Göttler, »verrennen Sie sich nicht wieder in Absurditäten. Ihre bisherige Spur mit den Schmierfinken schien mir absolut nachvollziehbar und zielführend. Die sollten Sie unbedingt weiterverfolgen. Oder wollen Sie einen Atomforscher an der Uni verdächtigen?«, er lachte gekünstelt. »Und kommen Sie bitte nicht auf die Idee, jetzt das LKA oder das Bundesamt für Strahlenschutz hinzuzuziehen. Da blamieren wir uns ja bis auf die Knochen! Ohnehin scheinen Sie mir etwas überarbeitet zu sein, Alfred, um nicht zu sagen, urlaubsreif. Wo ist denn eigentlich Ihre junge Kollegin?«

»Die fühlte sich noch schlechter als ich, sodass ich sie erst mal zum Arzt geschickt habe«, log Alfred.

»Dann hoffen wir mal, dass sie nicht auch verstrahlt ist«, scherzte Göttler, ohne dass jemand lachte.

»Ach ja«, er war schon fast aufgestanden, als ihm noch etwas einfiel, »wie Sie wissen, wird die Stelle des Dezernatsleiters Eins jetzt endlich wieder besetzt. Sollte sich jemand von Ihnen darauf bewerben wollen, nur zu. Ich unterstütze fähige Nachrücker aus den eigenen Reihen.«

»Der will doch nur, dass sich jemand aus der Deckung traut«, sagte Alfred giftig, »wenn sich da tatsächlich einer an ihn wendet und fragt, ob er sich auf die Stelle bewerben könnte, weiß Göttler, mit wem er künftig seine Machtspielchen spielen kann.«

»Du bist ja ein echter Hellseher«, Ondracek hatte die Hände über seinem üppigen Bauch gefaltet und blickte Alfred von der anderen Seite des Kantinentisches aus verschmitzt an.

»Ich bitte dich, Horst«, Alfred leerte seine Kaffeetasse, »wenn sich jetzt einer von uns auf die Dezernatsleitung bewirbt, kriegt er den Posten garantiert nicht. Dafür kommt Göttler alle paar Wochen und stellt dir Pöstchen in Aussicht,

wenn du für ihn Drecksarbeiten erledigst und Kollegen aus-
spionierst.«

»Jetzt übertreibst du aber.«

»Ach ja?«

»Der Göttler ist ein rücksichtsloser Egoist. Aber er mobbt
niemanden. Dafür ist der doch viel zu sehr mit sich selbst
beschäftigt.«

»Meinst du?«

»Logisch! Du bist doch auch nicht erst seit gestern dabei,
oder?«

»Weiß Gott«, seufzte Alfred und griff zu seinem Drehtabak.

»Muss ich mir vielleicht Sorgen um dich machen?«, fragte
Ondracek. »Du wirkst ein bisschen fertig, Kollege. Fast ausge-
brannt.«

»Komisch, dass du das erwähnst, Horst«, Alfred blickte
auf, »bis heute Morgen habe ich mich tatsächlich richtig amts-
müde gefühlt. Ich konnte keine so rechte Leidenschaft für meinen Fall aufbringen. Aber seit der Besprechung geht es wieder
aufwärts. Ich spüre es ganz deutlich.«

»Du meinst, wenn der Kriminaldirektor dich anscheißt,
läufst du wieder zu Hochform auf?«, hakte Ondracek nach.

»Gewissermaßen«, nickte Alfred, »seit einer Woche ermitteln wir jetzt in diesem Fall, und ich habe mich die ganze Zeit
gefragt, warum ich keine Haltung dazu entwickeln konnte.
Jetzt weiß ich, dass wir bisher auf dem Holzweg waren. Die
Tat hatte nichts mit irgendwelchen Sprayern zu tun. Da steckt
was anderes dahinter, da bin ich mir jetzt sicher.«

»Weil es dem Göttler nicht gefällt?«

»Das muss es sein«, Alfred stützte lächelnd das Kinn in
die Hände und blickte dann Ondracek etwa eine Minute lang
in die Augen. »Ich hätte das mit der radioaktiven Strahlung ja
auch nie geglaubt, wenn die Russen da nicht kürzlich diesen
Litwinenko in London so aus dem Weg geräumt hätten. Aber
als die Gerichtsmedizinerin gestern damit kam, ist bei mir

was eingerastet. Ich glaube, jetzt habe ich wieder die nötige Balance, um diesen Fall zu lösen.«

»Aber im Ernst«, mahnte Ondracek, »wenn du an diese Strahlengeschichte glaubst, musst du schleunigst das Haus, das Auto und den Arbeitsplatz nach dem Zeug untersuchen lassen. Nicht dass noch jemand dran stirbt.«

»Du hast Göttler doch gehört«, Alfred hob entschuldigend die Hände, »ich darf keine Experten hinzuziehen, weil er sich blamieren könnte. Aber zum Glück haben wir es wohl hier mit einer Strahlung zu tun, die nicht so akut gefährlich ist wie bei diesem Russen. Die Witwe ist kerngesund, daher wird sich die Quelle wohl nicht im Haus befunden haben. Und wenn jetzt jemand anders sein Büro benutzt oder sein Auto fährt, kommt es auf ein paar Tage oder Wochen auch nicht an.«

»Na, dann ist's ja gut.« Sie standen auf und verließen die Kantine.

»Wir sind auf der richtigen Fährte«, sagte Alfred, als sie sich im Gang trennten, »ich spüre deutlich, wie meine Motivation zurückkehrt.«

»Weil du unserem Chef beweisen willst, dass er Unrecht hat.«

»Damit könnte es tatsächlich auch was zu tun haben«, lächelte Alfred und zündete sich eine Zigarette an.

»Hausbesetzer«, sagte Renan und gestikulierte mit den Händen zum Himmel.

»Aber so was gibt es seit zwanzig Jahren nicht mehr«, bemerkte Alfred skeptisch.

»Jetzt hör mal zu. Mein Vater hat in den 70ern den Wehrdienst verweigert, die Haare bis zum Arsch getragen und DKP gewählt. Wenn der sagt, dass dieser Blitzkreis früher das Symbol der Hausbesetzer war, dann ist das so.«

»Daran zweifle ich ja auch gar nicht, daher werde ich den Kreis wohl auch gekannt haben«, er zog seinen Schal enger um den Hals, »aber das war eine Bewegung in den frühen

8oern. War relativ schnell wieder vorbei und in unserer Stadt kaum nennenswert vorhanden. Berlin, ja, auch Frankfurt. Aber Nürnberg? ... Und was soll das jetzt noch mit dem Tod von Rothenberg zu tun haben?«

Sie gingen im Burggraben vom Plärrer in Richtung Hallertor. Es war sehr windig geworden. Die Sonne blitzte noch vereinzelt hinter sich verdichtenden Wolken hervor. Für den Nachmittag hatte der Wetterbericht starken Regen angekündigt. Renan war eine halbe Stunde nach Alfreds Plausch mit Ondracek im Büro erschienen. Sie sah gar nicht gut aus und hatte sich nach dem Aufstehen mehrmals übergeben müssen, offenbar ging ein Magen-Darm-Virus um. Schließlich war sie doch zum Dienst gekommen, weil sie Alfred nicht im Stich lassen wollte. Der war ganz gerührt und rannte schon fast aus dem Büro, um seiner Kollegin einen Kamillentee aus der Kantine zu holen, als Renan vorschlug, es lieber mit etwas Bewegung an der frischen Luft zu versuchen.

»Geht's langsam besser?«, fragte er immer noch besorgt.

»Du brauchst mich jetzt nicht zu betüdeln, Alfred«, entgegnete sie mit zusammengezogenen Augenbrauen, »ich bin kein Püppchen, und das Ganze ist morgen wieder vorbei.«

»Natürlich«, lächelte er, »wenn du Christin wärst, würde ich jetzt von protestantischer Arbeitsethik sprechen, aber du bist ja ... ohne Bekenntnis, oder?«

»Das kommt ganz auf die Sichtweise an«, entgegnete sie.

»Wieso?«

»Meine Mutter war sich kurz nach meiner Geburt nicht so sicher, ob sie ihr Kind ganz ohne Religion lassen sollte. Daher hat sie immer gesagt, ich wäre Muslima, vom Christentum hat sie ja damals nichts gewusst.«

»Ja, und? Bist du jetzt Moslem oder nicht?«

»Ja und nein. Du brauchst keine Taufe oder so was, um Moslem zu werden. Du musst nur drei Mal das Glaubensbekenntnis aufsagen, und du musst an Allah glauben.«

»Und das hast du gemacht?«

»Meine Mutter hat es mich aufsagen lassen, kaum dass ich sprechen konnte. Ich glaube auch an eine höhere Macht, ob wir sie nun Allah nennen oder Gott ...«, Renan atmete ein Mal tief ein und aus, »aber ich bete nicht fünf Mal am Tag und war noch nie in einer Moschee. Kurz und gut, ich weiß nicht, was ich bin, Alfred.«

»Also könnte ich schnell drei Mal das islamische Glaubensbekenntnis aufsagen und wäre dann Moslem?«, fragte er. »Ich meine, das wäre eine gewisse Absicherung, man kann sich ja nicht hundertprozentig sicher sein, wer jetzt genau recht hat.«

»Ich fass es nicht«, sie blieb stehen und stemmte demonstrativ die Fäuste in die Hüften, »da breite ich mein religiöses Dilemma vor dir aus, und alles, was dir dazu einfällt, ist die Frage, ob du dich für ein Leben nach dem Tod doppelt absichern könntest!«

»Das verstehst du jetzt aber falsch«, versuchte er zu beschwichtigen.

»In keinster Weise«, entgegnete sie, »aber lass dir eines gesagt sein: Für männliche Moslems ist immer noch die Beschneidung obligatorisch!«

»Ich habe ja auch nur rein hypothetisch gesprochen«, versicherte Alfred schluckend.

»Und überhaupt, es geht jetzt nicht um Religionen, sondern um diesen Blitzkreis und die Hausbesetzer«, sie rammte die Hände in die Taschen ihres Parkas und kickte einen Stein weg, der vor ihr auf dem Pflaster lag.

»Du hast ja recht«, sagte er, »also gut. Unterstellen wir mal, der Tod von Rothenberg hätte etwas mit den Hausbesetzern zu tun, die es seit 20 Jahren nicht mehr gibt. Was heißt das für unsere Ermittlungen?«

»Dass wir den Kreis der Verdächtigen auf ehemalige Hausbesetzer erweitern müssen«, erwiderte sie, »das mit den Graffitis war dann nur ein Ablenkungsmanöver.«

Sie überquerten den Westtorgraben am Hallertor und gingen durch die Hallerwiese in Richtung Großweidenmühle.

Schließlich überquerten sie die Pegnitz und landeten auf dem Rückweg zum Präsidium unweigerlich wieder im *Brozzi*. Alfred gönnte sich einen Cappuccino und bestand darauf, Renan eine große Tasse Kamillentee zu spendieren.

»Der Rothenberg war doch schon vor fünfundzwanzig Jahren Richter«, nahm Renan ihren Gedanken wieder auf, »was, wenn er damals irgendwelche Hausbesetzer verknackt hat, die sich jetzt an ihm gerächt haben?«

»Und warum erst jetzt?«, fragte Alfred, während er in ein Sandwich biss. »Das hätten sie doch gleich damals machen können, da wäre es doch wesentlich plausibler gewesen.«

»Hm«, sie spielte mit dem Teebeutel, »zwanzig Jahre Haft wird man für eine Hausbesetzung wohl nicht bekommen haben.«

»Nicht mal bei Rothenberg«, lachte Alfred.

»Und trotzdem hat das was zu bedeuten, da bin ich mir ganz sicher.«

»Wenn das Motiv etwas mit den damaligen Hausbesetzungen zu tun hat, warum dann ganz am Schluss durch dieses Symbol noch einen Hinweis geben?«

»Na, weil ...«, sie tippte mit dem Zeigefinger auf ihren rechten Mundwinkel.

»Was?«

Renan tippte weiter.

»Ach so«, Alfred wischte sich einen Krümel aus dem Gesicht.

»... weil ich doch mein Mordopfer am Ende darüber aufklären will, warum ich es umbringe, sonst macht die Sache doch hinten und vorne keinen Sinn, oder?«, fuhr Renan fort.

»Du meinst ...«

»Na klar. Befriedigung aus einer Rache kannst du doch nur dann ziehen, wenn du dir sicher sein kannst, dass sie auch als solche erkannt wird ... Aua!« Sie hatte sich die Zunge an ihrem Tee verbrannt.

»Wir hatten früher zwei Katzen«, sagte Alfred nachdenklich, »die haben immer wieder Vögel gefangen und bei uns ins Wohnzimmer abgelegt. Meine Mutter hat die Viecher dann immer zu den Kadavern gezerrt, mit der Nase reingedrückt und ihnen dann den Hintern versohlt, weil sie ja anders nicht verstanden hätten, warum man sie bestraft.«

»So in etwa«, sagte Renan.

Als sich Renan am Nachmittag auf dem Weg vom Klo zurück zu ihrem Büro befand, lief sie Rolf Wagner über den Weg. Er begrüßte sie mit einem gequälten Lächeln und deutete eine steife Verbeugung an. Zu seiner Mütze trug er heute einen merkwürdig schimmernden, dunkelbraunen Anzug mit einer Krawatte, die den Farbton des Anzugs um Haaresbreite verfehlte. Zwei Kollegen vom Personalrat waren damit beschäftigt, den Gang mit Gemälden von künstlerisch veranlagten Polizisten zu verschönern.

»Ich, äh, habe da noch mal zwei Kunden, die in euer Schema passen könnten«, knatschte er und wedelte mit einer Umlaufmappe, »ist zwar schon länger her, aber da waren die ›Caps‹, so eine Bande, ... die hätten solche Graffiti managen können.«

»Echt?«, Renan war ernsthaft überrascht. »Danke, Rolf. Ich fürchte nur, unsere Spur führt uns langsam in eine ganz andere Richtung.«

»Die Ermittlungen kommen voran, schon klar ...«, er nickte angestrengt und machte irgendwie einen hilflosen Eindruck.

»Komm doch kurz mit«, sagte Renan in einer Anwandlung von Güte. Seit Kurzem hatten ihre Magenschmerzen aufgehört, und sie war plötzlich verstärkt sensibel für die Stimmungen von Anderen. Irgendwas schien Rolf auf dem Herzen zu haben, er ging in leicht schwankendem Gang neben ihr her und plapperte wirres Zeug von wegen »bereichsübergreifendem Aufklärungscontrolling« und einem erhöhten »Managementbedarf« in der Formulierung von Ermittlungszielen. Renan fiel zum ersten Mal auf, dass Rolf die Knie nicht durchdrückte, wenn er ging. »Die Knie schieben« sagte ihr Opa, also Erwins Vater, immer dazu und vermutete die Gründe dafür im Fußballspiel.

»Spielst du eigentlich Fußball, Rolf?«

»Jaaa, aber schon länger nicht mehr ... *occasionally*.«

»Auf welcher Position?«

»Linker Stürmer.«

»Das würde ich gerne mal sehen«, lachte sie.

»Schwierig.«

»Denk ich mir.«

Sie betraten das Büro, und Renan bot Rolf Alfreds Stuhl an. Er setzte sich sofort, was bemerkenswert war, da er normalerweise lieber stundenlang herumstand, als sich auf einen fremden Stuhl zu setzen. Alfred hatte noch etwas Kaffee auf der Maschine stehen, und auch diesen akzeptierte Rolf, ohne mit der Wimper zu zucken. Draußen war es jetzt fast schon dunkel, und heftiger Regen hatte eingesetzt.

»Du benimmst dich so merkwürdig heute«, sagte Renan, »geht's dir nicht gut?«

»Jaaa«, Rolf wog den Kopf hin und her, »da war heute so eine PK mit dem Göttler ...«

»Pressekonferenz?«

»Der setzt mich unter Druck, von wegen ich sei die Garantie dafür, dass bald kein einziger Sprayer mehr unbekannt ist in der Stadt ...«

»Oh!«

»Und dann hat er vorausgesagt, dass Nürnberg spätestens ab 2008 eine graffitifreie Stadt sein wird«, Rolf wand sich wie unter Schmerzen.

»Mann, ist das dreist«, Renan empfand aufrichtiges Mitleid mit dem verrückten Rolf. »Aber mach dir nichts draus, der geht doch mit allen so um. Den Alfred muss er heute in der Morgenbesprechung so zur Schnecke gemacht haben, dass er plötzlich wieder Lust auf unseren Fall bekommen hat.«

»Das ist, äh ...«

»Verkehrte Logik, stimmt«, sagte Renan, »Alfred ist ziemlich unberechenbar, was so was angeht. War sicher nicht Göttlers Absicht.«

»Dich lässt er aber schon in Ruhe, oder?«, Rolf schien mehr besorgt als vorwurfsvoll.

»Weil ich die einzige Frau im Kommissariat bin«, erklärte Renan, »der hat Angst vor der Frauenbeauftragten.«

»Das ist doch die ...«

»Kirchmann-Mayerhöfer, die Sirene vom Erkennungsdienst. Dabei wäre die die Letzte, an die ich mich wenden würde«, Renan lehnte sich zurück, und Rolf ließ ein leichtes Lächeln erkennen.

»Außerdem«, fuhr Renan fort, »hat der das 2008 längst wieder vergessen. Dann gibt's irgendwas Neues, mit dem er sich profilieren kann. Unser Direktor kann sich doch für nichts länger als zwei Wochen interessieren.«

»Er hat mir auch noch angedroht, dass ich im Herbst mit ihm zu einer Präsentation nach München soll«, jammerte Rolf.

»Na, und wenn schon. Die Anderen kochen doch auch nur mit Wasser.«

»Meinst du?«

»Klar.« Renan brühte sich einen Tee auf, während Rolf tatsächlich an seinem Kaffee nippte. Dabei bemerkte er einige Notizen auf Alfreds Schreibtisch und blickte lange auf eine Skizze des Blitzkreises.

»Sucht ihr jetzt Hausbesetzer?«, fragte er eher beiläufig.

»Sag bloß, du kennst das Symbol?«, entfuhr es Renan, sodass Rolf von der Zeichnung zurückschreckte.

»Na ja, 80er-Jahre, *no future*, die *Kraker*. Amsterdam, Berlin und so.«

»Jetzt noch mal«, Renan suchte ein leeres Blatt Papier, »und zwar bitte zum Mitschreiben. Ich wollte vorhin im Archiv anrufen und fragen, was die noch über die Hausbesetzer-Szene haben. Aber da war keiner da, weiß der Himmel, warum. Erzähl mir einfach alles, was du darüber weißt. Wie war das hier bei uns?«

»Jaaa, das war so 1980. Anti-Atomkraft, Ökologie- und Friedensbewegung. Die haben dann angefangen, alte Häuser zu besetzen. War halt noch Wohnungsnot, schon klar, also Hamburg, Berlin und Frankfurt, Joschka Fischer und so.«

»O. k.«, Renan schrieb eifrig, »aber der interessiert mich jetzt weniger, wie war das denn hier?«

»Eigentlich *easy*«, RW lehnte sich zurück und blickte zur Decke, »also, da war ein Haus in der Johannisstraße, das war das erste, so um Weihnachten, und dann kurz danach am Rennweg ... äh, Veillodter Straße und später noch so eine Villa in der Roritzerstraße.«

»Wahnsinn«, sie vergaß weiterzuschreiben, »woher weißt du das alles, du warst doch damals höchstens 14?«

»16«, korrigierte Rolf.

»Jetzt sag bloß noch, du warst selber dabei.«

»Neeiin«, er schüttelte langsam den Kopf, »ein bisschen sympathisiert, klar, an der Schule im Friedenskreis war ich dabei und so, aber Häuser besetzen, das war schon eine Spur zu *heavy*.«

»Waren da auch Graffitisprayer dabei?«

»Ja, gesprayt haben die schon, aber nur Parolen. ›Bullen raus‹, ›Onaniert zärtlicher‹ und so. So was«, er zeigte auf die Fotos der Mordgraffitis auf Renans Tisch, »hätte da keiner hingekriegt.«

»Kennst du vielleicht noch irgendwelche von denen?«

»Nein, na ja, schwierig ...«

Der starke Regen hatte pünktlich eingesetzt. Alfred blickte aus dem Fenster und fröstelte. Er fühlte sich jetzt endgültig in der Defensive. Anfangs hatte er gemeint, mit einem Bauernzug auf E4 den Gegner in Bedrängnis zu bringen, bevor der richtig warm war. Umso mehr schien der Plan aufzugehen, als Schwarz seine Königsstellung durch einen Doppelbauern auf der F-Linie selbst ruinierte. Alfred bereitete eine Offensive mit Königsspringer und Dame vor. Der Gegner begann ein taktisches Mittelspiel mit Springer und Läufer. Von da an kippte die Partie. Schließlich zog Schwarz den Läufer von H7 auf E4. Alfred räumte die Bedrohung mit seinem Läufer vom Feld.

»Schach«, sagte Herbst und kassierte den Läufer mit seinem Turm von E3.

»Wo?«, fragte Alfred.

»Na, da.« Herbst deutete auf den Läufer auf B6 und hustete.

»Du solltest langsam mal weniger rauchen«, riet Alfred, während er seinen König stürzte. Aus dem Abzugsschach gab es kein Entkommen mehr. Er war planmäßig langfristig demontiert worden.

»Rauchen ist gar nicht gut«, entgegnete Herbst grinsend.

Sie saßen im Arbeitszimmer von Alfreds ehemaligem Kollegen. Konrad Herbst, das Unikum aus Fürth, war kurz nach dem Millenium aus dem aktiven Dienst in den Ruhestand getreten, worin er sich – bösen Zungen zufolge – eigentlich schon seit 20 Jahren befunden hatte. Sie hatten über 15 Jahre zusammengearbeitet und sich währenddessen so aneinander gewöhnt, dass Alfred Herbsts Macken gar nicht mehr auffielen. Die Kommunikation mit ihm schien Außenstehenden nahezu inhaltsleer, absurd und überflüssig. Dabei waren es die unausgesprochenen Worte, die wässrigen Blicke und das Vorhandensein oder Fehlen einer bestimmten Geste, die einen Zusammenhang in die wirren Vokabeln brachten. Manchmal war es aber tatsächlich nur Unsinn, was der Alte absonderte, um seine Gesprächspartner auf harte Proben zu stellen. Alfred zog lang an seiner Zigarette und versuchte, den Rauch als Kringel wieder auszublasen, was ihm gründlich misslang. Herbsts Arbeitszimmer befand sich in der kleinen Dachkammer eines Fürther Siedlungshauses. Es verfügte über mehrere gut gefüllte Bücherregale, zwei Meter Schallplatten, einen Plattenspieler sowie einen kleinen, runden, halbhohen Tisch mit zwei ziemlich ramponierten Sesseln. Alfred traf sich mehrmals im Jahr mit seinem alten Kollegen zum Schachspiel an wechselnden Austragungsorten. In besonders verzwickten Fällen fragte er ihn auch um Rat. Wenn man nicht ernsthaft mit wirkungsvollen Hilfestellungen rechnete, brachte Herbst es hin und wieder fertig, Alfred zu überrumpeln und den einen oder anderen wichtigen Hinweis zu geben. Das kleine Zimmer war schon ordentlich verräuchert, und die beiden Männer hatten sich schon fast zehn Minuten im Klang einer Bach'schen Orchestersuite schweigend gegenübergesessen, als Herbst ungewöhnlich schnell zur Sache kam:

»So leichtsinnig wie heute warst du noch nie«, beschied er.

»Gut möglich«, sagte Alfred.

»Du wirst alt!«

»Sag das bitte nicht dauernd.«

»Also, was willst du wissen?«

»Was?«

»Was willst du wissen?«, Herbst stopfte seine Pfeife nach.

»Ich würde gerne wissen, wer den ehrenwerten Richter Rothenberg mit nuklearem Material bestrahlt hat, sodass er Krebs bekam und schließlich daran starb.«

»Nukleares Material?«

»Die einzige plausible Möglichkeit für ein Fremdverschulden«, seufzte Alfred.

»Mal was ganz anderes«, Herbsts Augen verrieten keine Regung hinter den dicken Brillengläsern.

»Dir brauche ich doch nichts zu erzählen, Kollege«, Alfred drückte seine Kippe aus, »es ist einer jener Fälle, wo der Hausarzt ganz schnell eine natürliche Todesursache auf den Totenschein schreibt, sich dann aber gewisse Hinweise finden, dass es Mord gewesen sein könnte. Wenn wir dann erst mal anfangen zu ermitteln, müssen wir es gründlich machen und schließlich auch einen Mord nachweisen, sonst machen wir uns lächerlich.«

»Nicht doch!«

»Schon. Zuerst glaubten wir, dass die Täter unter kürzlich verurteilten Graffitisprayern zu suchen sind ...«

»Der Rothenberg und Graffitisprayer«, murmelte Herbst, »würde gut passen.«

»Dachten wir auch. Aber welche Sprayer kommen schon an radioaktives Material heran?«

»Hmm ...«

»Und dann erfahren wir letzte Woche, dass in dem Krankenzimmer, wo Rothenberg einige Wochen zur Behandlung lag, eines Tages ein Symbol an die Wand geschmiert war. Ein Blitz in einem Kreis ...«

»Hausbesetzer«, knurrte Herbst.

»Ich muss wirklich schnellstens zum Neurologen«, sorgte sich Alfred.

»Neurologen?«, fragte Herbst.

»Nicht so wichtig«, erwiderte Alfred. »Aber Tatsache ist, Konrad, dass ich fühle, dass hier die wahren Hintergründe liegen. Die Sprayer waren zwar plausibel, aber irgendwas hat mich da gelähmt. Ich war aus der Balance. Heute hat Göttler mich wieder ins Gleichgewicht gebracht, weil er unbedingt ein paar Schmierfinken drankriegen will, und jetzt weiß ich, dass diese Spur falsch ist. Aber diese radioaktive Strahlung, die ist die echte Spur. Der Richter ist durch einen sehr langfristigen Plan systematisch zu Fall gebracht worden. Wie mein König vorhin.«

»Aber?«

»Kein Aber. Ich bringe Rothenbergs Tod nur noch nicht mit Hausbesetzern aus den frühen 80ern zusammen.«

»Er war Richter.«

»Schon. Aber zu dieser Zeit war er Ermittlungsrichter, das habe ich heute überprüft. Er hat keine Hausbesetzer verurteilt, zumal es davon in Nürnberg nur eine Hand voll gab.«

»Verstehe«, Herbst stieß einen besonders dichten Schwall Rauch aus, »aber was willst du jetzt von mir?«

»Ich war 1980/81 nicht hier im Dienst«, erklärte Alfred geduldig, »aber du warst damals schon in Nürnberg bei der Kripo, und du bist ein wandelndes Lexikon, Konrad.«

»Ich?«

»Ich weiß, manchmal ist die Schrift verwischt, und die meisten Einträge sind chiffriert«, Alfred wurde poetisch, »aber ich fürchte keine Herausforderungen. Ich bin dein bester Code-Knacker, oder?«

»Code-Knacker?«

»Und ich habe seit einigen Jahren so eine Hausstauballergie, die es mir nicht erlaubt, die ganzen Informationen von vor 25 Jahren aus uralten Akten und Archiven zusammenzupuzzeln. Vorausgesetzt, sie sind überhaupt noch vorhanden. Dazu bin ich wirklich zu alt«, Alfred zog eine neue Zigarette aus dem Etui und lächelte Herbst unschuldig an.

»Warum sollte ich jetzt noch deine Arbeit machen?«, Herbsts Augen wurden klein.

»Weil ich sie nicht auf meine junge Kollegin abwälzen kann«, Alfred machte eine schicksalsergebene Geste, »diese Zeiten sind vorbei, Konrad.«

»Was für Zustände!«, seufzte Herbst.

VIII.

Zeitlupe

»Hier steckst du!«, Renan platzte am Dienstagmorgen in die Teeküche und wedelte mit der Hand vor ihren Augen.

»Guten Morgen, Kollegin«, erwiderte Alfred freundlich.

»Was um alles in der Welt treibst du früh um halb zehn in der Teeküche?«

»Zuerst musste ich feststellen, dass mal wieder keiner die Spülmaschine ausgeräumt hat und schon wieder die ersten dreckigen Tassen neben den sauberen standen ...«

»Und dann?«

»Und dann wollte ich unbedingt ausprobieren, Kringel zu blasen.«

»Was?«

»Na, Rauchkringel«, er fuchtelte mit der Zigarette in der Luft herum, »in letzter Zeit begegnen mir dauernd Leute – Frauen –, die Kringel blasen können. Nur ich kann es nicht mehr, und das wurmt mich.«

»Und hast du's geschafft?«, fragte sie hustend.

»Teilerfolg, würde ich sagen«, Alfred demonstrierte das Ergebnis seiner Bemühungen.

»Na ja, ein bisschen klein sind sie schon noch«, nörgelte Renan.

»Aber der hier ist gut, schau ...«

»Und wenn du's jetzt noch schaffst, in den Kreis einen Blitz zu blasen, würdest du dich wenigstens peripher mit unserem Fall beschäftigen«, tadelte sie.

»Du hast recht«, entgegnete er, immer noch gut gelaunt und stand auf.

»Du bist echt kaum wiederzuerkennen seit gestern«, sagte Renan, als sie zum Büro zurückgingen.

»Ja, das liegt daran, dass ich jetzt wieder das richtige Verhältnis zu Göttler habe«, erklärte er, »der hat mich mit seinem unterstützenden Gehabe so dermaßen aus der seelischen

Balance gebracht ... wie auch immer, seit gestern passt alles wieder.«

»Gut. Ich habe nämlich langsam keine Lust mehr, mich bei den Kollegen von den anderen Direktionen zu blamieren.« Sie betraten ihr Büro und nahmen die jeweiligen Plätze an ihren Schreibtischen ein.

»Wieso das?«

»Ich habe gerade in Schwabach, in Fürth und in Erlangen angerufen. Was glaubst du, wie die sich schlapp lachen, wenn du sie fragst, ob bei ihnen in den letzten Jahren ein Hinweis auf Diebstahl von nuklearem Material eingegangen ist.«

»Fleißig, fleißig, Kollegin«, lobte Alfred, »aber das hätte ich dir auch gleich sagen können.«

»Na super, Herr Oberlehrer«, ihr Blick wurde finster, »wie wär's, wenn du dich dann an der Arbeit beteiligen würdest, anstatt in der Küche rauchen zu üben?«

»Und wieder hast du recht, Kollegin«, lächelte er. Alfred brauchte keine zehn Minuten, um Sandra in der Gerichtsmedizin anzurufen, mit der er sich jetzt besser verstand, und schließlich beim Wirtschaftsamt nachzufragen, wie viele außeruniversitäre Forschungslabore es noch in Nürnberg gab. Dasselbe machte er für Erlangen. Dann folgten noch zwei Anrufe bei der Universität. Alfred schäkerte mit Sekretärinnen, pflegte höheren Beamtenjargon mit städtischen Dienststellen und machte geheimnisvolle Andeutungen gegenüber höherem Uni-Personal. Renan rührte während der ganzen Zeit keinen Finger und ärgerte sich, weil solche Dinge bei ihm immer geschmierter liefen als bei ihr.

»Gestern hat übrigens noch der Staatsanwalt Klatte angerufen«, sagte Renan, als sie wieder im Auto saßen und ein weiteres Mal auf Erlangen zusteuerten.

»Oh«, Alfred zuckte, »... und?«

»Was, und?«

»Habt ihr euch wieder angebrüllt?«

»Nein, großer Meister der Diplomatie. Er wollte den aktuellen Stand unserer Ermittlungen wissen, und den habe ich ihm mitgeteilt.«

»Na, dann ist ja gut.«

»Sag ich doch.«

Es dauerte zwei Minuten, in denen Renan in aller Ruhe ihre Fingernägel feilte, bis Alfred seine Neugier nicht mehr zügeln konnte.

»Jetzt sag doch endlich, was Klatte von der neuen Spur hält.«

»Ganz schön nervig, wenn man seinem Gesprächspartner immer alles aus der Nase ziehen muss, oder?«, erwiderte sie mit gespieltem Verständnis.

»Schon gut, ich hab ja verstanden«, er hob kurz die Hände vom Lenkrad.

»Das hat Gerhard Schröder auch gesagt.«

»Na gut. Dann versichere ich dir hiermit feierlich, dass ich künftig nicht alles anders, aber vieles besser machen werde«, erklärte Alfred.

»Du gibst mir dein Ehrenwort?«

»Ich wiederhole: mein Ehrenwort«, er hob drei Finger zum Schwur.

»Alles klar«, lachte sie. Eines musste man Alfred immerhin lassen, die meiste Zeit war er weit davon entfernt, sich selbst zu ernst zu nehmen. Das war einer seiner gut verborgenen Vorzüge. Doch Renan würde den Teufel tun und offiziell zugeben, dass die Zusammenarbeit mit ihm meistens gar nicht so übel war. Alfred war die Sorte Mann, der man täglich zwei Mal eins verpassen musste, damit sie auf dem Teppich blieb.

»Er konnte sich auch sofort an das Hausbesetzer-Symbol erinnern«, log sie, »na ja, und dann hat er uns erst mal zu diesem Fortschritt gratuliert und wollte sofort wieder informiert werden, wenn wir etwas Neues erfahren.«

»Also will er sich auch nicht in die Sache mit den Sprayerkids verbeißen?«, fragte Alfred.

»Es machte nicht den Anschein. Er war sogar ausgesprochen kooperativ. Wir sollen gleich anrufen, wenn er irgendwie helfen kann ... Hättest du hier nicht abbiegen müssen?«

»Oh, dieses Schachbrett-Kaff!«

In einem tristen Vorlesungssaal trafen sie mit Professor Göbel zusammen. Der Professor war Inhaber des Lehrstuhls für experimentelle Kernphysik und so überhaupt nicht der unter Zeitmangel leidende akademische Manager, den man sich heutzutage unter einem Top-Wissenschaftler vorstellte. Die hohe Stirn wurde von grau durchwirkten, dunklen, kleinen Löckchen eingerahmt. Er trug eine ausgewaschene Jeans zu einem grauen Hemd mit schwarzer Weste und mochte so um die fünfzig sein. Renan hatte damit gerechnet, dass er ihnen maximal fünf Minuten seiner kostbaren Zeit einräumen und sie dann hinauskomplimentieren würde. Stattdessen nahm sich der Professor erst mal ausführlich Zeit, nachdem der letzte Student den Lehrsaal verlassen hatte. Nach kurzer Schilderung des Sachverhalts begann er, seine Besucher über die komplexe Materie der Kernphysik in Kenntnis zu setzen. Nach einer Viertelstunde wünschte Renan sich, dass er sie schnellstmöglich wieder hinausgeworfen hätte. Doch der Professor war anscheinend mit missionarischem Eifer der Lehre zugetan und konnte nicht umhin, den beiden Polizisten die wichtigsten Grundlagen zu erläutern, die eine korrekte Beantwortung der Fragen erst möglich machen würden.

»Wenn wir von Radioaktivität reden«, erklärte er mit nasaler Stimme, »meinen wir die Eigenschaft instabiler Atomkerne, sich spontan unter Energieabgabe umzuwandeln. Die freiwerdende Energie wird dann in Form ionisierender Strahlung, also energiereicher Teilchen und/oder Gammastrahlung abgegeben. Wenn also landläufig von Radioaktivität gesprochen wird, ist eigentlich die abgegebene ionisierende Strahlung gemeint.«

»Herr Professor Göbel ...«, versuchte Renan eine Unterbrechung.

»Ach, Entschuldigung«, sagte Göbel, »ich habe Ihnen ja noch nicht einmal einen Stuhl angeboten. Nehmen Sie doch bitte hier in der ersten Reihe Platz, und ich nehme diesen hier ...«, er wuchtete einen monströsen Drehstuhl hinter dem Stehpult hervor und setzte sich auf die andere Seite der schmalen Schreibfläche, die die Sitzplätze nach vorne begrenzte. Renan fühlte sich unangenehm an ihre Schulzeit zurückerinnert, als der Professor die Vorlesung noch vertiefte.

»Die Strahlung ist dabei keineswegs einheitlich, sondern enthält – stark vereinfacht – drei verschiedene Komponenten. Die Alphastrahlung besteht aus einem zweifach positiv geladenen Heliumkern, wird im elektrischen Feld zum Minuspol hin abgelenkt und hat nur ein geringes Durchdringungsvermögen. Die Betastrahlung unterscheidet man zwischen Beta Minus und Beta Plus. Sie besteht aus Elektronen beziehungsweise deren Antiteilchen, hat ein mittleres Durchdringungsvermögen und wird zum Pluspol abgelenkt. Und schließlich hätten wir da noch die Gammastrahlung. Die resultiert aus einer Kernumwandlung durch einen Alpha- oder Betazerfall. Sie hat ein hohes Durchdringungsvermögen, keine Ablenkung im elektrischen Feld.« Er hörte sich an wie ein Verkäufer auf dem Home-Shopping-Kanal. Zu allem Überfluss begann Alfred auch noch, seine Rolle als Schüler ernst zu nehmen und vor dem Professor mit seinem verbliebenen Halbwissen zu protzen:

»War das nicht Curie, die zufällig beim Entwickeln von Fotos als Erste auf die radioaktive Strahlung gestoßen ist?«

»Nein, das war Henri Becquerel. Aber Sie haben vollkommen recht, Herr, äh ...«

»Albach.«

»Herr Albach. Becquerel fand fotografische Platten geschwärzt vor, obwohl er sie in Papier gewickelt hatte. Aber ich glaube, ein Exkurs in die Geschichte der Kernphysik würde jetzt zu weit führen ...«

»Allerdings«, bestätigte Renan, während sie Alfred drohend musterte.

»Entsprechend dem Durchdringungsvermögen benötigen Sie unterschiedliche Materialien zur Abschirmung. Bei Alphastrahlung genügt schon ein Blatt Papier. Um sich vor Betastrahlung zu schützen, bedarf es eines dünnen Metallblechs, und bei der Gammastrahlung werden unter Umständen meterdicke Betonschichten gebraucht, aber das wissen Sie ja sicher auch.«

»Und welches Material erzeugt jetzt genau welche Strahlung ... au, was denn ...?«, Alfred rieb sich die linke Seite, die soeben in schmerzhaften Kontakt mit Renans Ellenbogen getreten war.

»Wissen Sie, wir sind eigentlich mehr daran interessiert, wo man radioaktives Material herkriegen könnte, um einen Menschen über längere Zeit einer Strahlung auszusetzen, die schließlich Krebs hervorruft«, erklärte sie.

»Ja, natürlich«, nickte der Professor lächelnd, stand auf und ging zu der meterbreiten Tafel hinter dem Dozentenpult, wo er mit quietschender Kreide eine Art Diagramm aufzeichnete, »Z bezeichnet die Ordnungszahl, also die Anzahl der Protonen. N ist die Neutronenzahl. Hier sehen Sie nun die verschiedenen Zerfallsarten eines Radionuklids«, er zeichnete Pfeile und griechische Buchstaben auf die Tafel.

»Also, ich glaube wirklich nicht, dass Sie heute noch zwei Atomphysiker aus uns machen können«, insistierte Renan gereizt, »aber Sie könnten uns sagen, ob es bei Ihnen im Labor irgendwo radioaktives Material gibt, und ob vielleicht etwas davon in den letzten Jahren abhanden gekommen ist, oder?«

»Ja, schon«, antwortete der Professor geduldig, »aber dazu müssen wir doch erst einmal wissen, welches Material Ihnen vorschwebt, gnädige Frau.«

›Mit der Gnade ist es bald vorbei, wenn du so weitermachst‹, dachte Renan und drehte den Spieß um. »Haben Sie vielleicht eine Idee?«

»Nun ja«, der Physiker legte den gerade erst erhobenen Zeigestab ab und setzte sich wieder auf den Drehstuhl, »so wie Sie die Sache schildern, war der Tote über längere Zeit einer Strahlung ausgesetzt ...«

»Genau.«

»Somit können wir die Alphastrahlung ausschließen. Sie besitzt zwar eine besonders hohe schädliche Wirkung auf lebendes Gewebe, aber sie müsste schon als Aerosol mit Luft eingeatmet oder irgendwie mit der Nahrung aufgenommen werden ...«

»Na ja, also wie der Tote die Strahlung abbekommen hat, wissen wir noch nicht so genau«, meldete sich Alfred wieder.

»Aber es traten ja wohl keine akuten Symptome von Strahlenschäden auf, wenn ich Sie richtig verstanden habe?« Göbel legte den rechten Zeigfinger an seine Nasenspitze und blickte fragend von Renan zu Alfred.

»Strahlenschäden?«, Renan runzelte die Stirn. »Na, der Krebs halt.«

»Gut«, lächelte der Professor, »das ist dann aber die Folge einer Kontamination. Eine Verstrahlung müssen Sie mit einer Verbrennung vergleichen. Das ist also eine erhebliche Verletzung ... so was haben wir hier nicht.«

»Nein, Krebs.«

»Wunderbar«, Göbel schien vollkommen immun gegen Renans Aggressionen, »dann haben wir es doch wahrscheinlich mit einem Gammastrahler mit relativ hoher Halbwertszeit zu tun. Erstaunlich, dass es der Gerichtsmedizin noch gelungen ist, die Strahlung nachzuweisen.«

Das Experimentallabor des Lehrstuhls befand sich am südlichen Stadtrand in einem neu erbauten Komplex. Im Innern sah es mehr nach einem Kontrollzentrum der NASA aus als nach einem Labor. Die meisten Räume waren mit teilweise schrankgroßen Computern und Bildschirmen voll gestellt. Im Vorbeigehen erspähte Renan durch eine halb offene Tür aber tatsächlich noch einen Raum, der sie entfernt an die Physiksäle ihrer Schule erinnerte, so ein Klassenzimmer mit einem gemauerten Pult vorne und lauter kleinen Anschlüssen auf den Tischen. Etwas enttäuscht musste sie auch feststellen, dass kaum einer der hier Beschäftigten einen weißen Kittel trug. Auch das war früher ein Privileg der Chemie- und Physiklehrer gewesen, die sich dadurch optisch von Sprachen- oder Sportlehrern absetzten. Es war die immer weiter fortschreitende Entzauberung der Welt, die Renan bedauerte. Natürlich waren das alles nur Menschen wie sie, aber früher hatte man sich doch immer noch in dem guten Glauben wiegen können, dass man bei schwierigen Problemen einfach nur den richtigen Experten fragen musste und prompt eine ebenso richtige wie einfache Antwort bekam. Es gab heutzutage einfach keine weißen Kittel mehr, außer bei den Ärzten, denen man sowieso nie trauen konnte. Wissenschaftler trugen heute ebenso Anzüge und Krawatten wie Manager, Politiker oder Fußballtrainer. Und sie alle konnten keine zufriedenstellenden Antworten mehr auf die drängenden Fragen dieser Welt liefern, sei es nun zum andauernden wirtschaftlichen Abschwung, zur Reform des Sozialstaates, zur Abwehrschwäche der Nationalmannschaft oder zum Fall Rothenberg. Professor Göbel hatte sich nach einer halben Stunde kernphysikalischer Ausführungen zu der bescheidenen Aussage hinreißen lassen, dass ein ihrer Theorie entsprechendes Material sich tatsächlich im Labor des Lehrstuhl befände, jedoch nur in sehr kleinen Mengen und nur zur Veranschaulichung radioaktiver Eigenschaften für Studenten im Grundstudium. Die Frage, ob davon etwas abhanden gekommen sein könnte, vermochte er nicht zu beantworten und verwies die Polizisten daher an seinen Mitarbeiter Dr. Krohmann, der wohl das eigentliche Regiment über die Labors führte.

Auch Krohmann trug keinen weißen Kittel mit Stiften in der Brusttasche, sondern Jeans und ein legeres Cordjackett über einem blau-gelb karierten Hemd. Er mochte nur unwesentlich älter als Renan sein, war gut einen Meter neunzig groß, schlacksig und hatte nackenlange, dunkelblonde Haare.

Sein Gesicht zierte ein sehr kurz gestutzter Kinnbart. Er empfing die beiden in seinem Büro. Der Raum war ordentlich aufgeräumt. An den Wänden hingen zwei Poster von Keith Haring und etliche Porträts des Doktors selbst. Er schien eine gewisse Schwäche für seine eigene Person zu haben, da er zudem seitenlange, von ihm verfasste Artikel aus Fachzeitschriften an die Wände gehängt hatte. An einer Pinnwand befanden sich mehrere Fotos, die ihn mit mehr oder weniger wichtigen Personen zeigten. Alfred erkannte den Oberbürgermeister von Erlangen und den Wissenschaftsminister.

»Das freut mich aber, dass ich mal andere Fragen beantworten darf als die unserer Studenten«, sagte er, ohne eine Miene zu verziehen.

»Mögen Sie keine Studenten?«, fragte Renan.

»Was heißt schon mögen?«, erwiderte Krohmann. »Mir wäre schon damit gedient, wenn sie nicht immer dümmer würden.«

»Dann erwarten Sie mal nicht zu viel von uns«, versuchte Alfred zu scherzen.

»Das tue ich nicht«, sagte Krohmann leicht stockend, »aber ich gehe davon aus, dass Sie im Gegensatz zu denen mit Ihren Fragen eine klar definierte Absicht verfolgen.«

»Wie meinen Sie das denn jetzt?«, anscheinend war es nun an Renan, sich in Nebensächlichkeiten zu verlieren, sodass Alfred schnell nachsetzte:

»Wir suchen Mörder, Herr Dr. Krohmann.«

»Oh, ... ja, das ist gut.«

Alfred erläuterte nochmals den Sachverhalt und fasste das Gespräch mit Professor Göbel zusammen. Krohmann fläzte sich anfangs in seinem Schreibtischsessel und hörte nur halb aufmerksam zu. Je weiter Alfred jedoch fortfuhr, desto mehr schien er sich für die Sache zu interessieren. Schließlich lehnte er sich mit den Ellenbogen auf den Schreibtisch, stützte das Kinn in die rechte Hand und kommentierte Alfreds Bericht zunehmend beifällig. Leider war die erste Äußerung danach von ihm ernüchternd.

»Da sind Sie hier leider falsch«, beschied er und blickte seine beiden Gegenüber an, als hätte er soeben ein nobelpreisverdächtiges Forschungsergebnis verkündet.

»Aber Sie haben doch solches Material?«, hakte Renan kopfschüttelnd nach.

»Kommen Sie mal mit«, seufzte Krohmann und erhob sich.

Sie durchquerten das Gebäude, gingen vorbei an Wandplakaten mit unverständlichen Formeln und Diagrammen sowie Postern von internationalen Kongressen. Am Ende des Ganges gelangten sie über eine Betontreppe in das Souterrain. Hier befand sich eine Reihe kleinerer Räume, die tatsächlich nach Labors aussahen. Sie waren menschenleer. Alfred blickte auf die Uhr und stellte fest, dass es längst Zeit zum Mittagessen war. Krohmann öffnete die dritte Tür von rechts und betrat einen etwa 20 Quadratmeter großen Raum, in dessen Mitte sich wie in den Physiksälen ein Arbeitstisch befand. Zwei Wände waren mit Schränken gesäumt, durch deren Glastüren man Reagenzgläser, Flaschen und Dutzende von anderen Behältnissen sehen konnte. In die den Fenstern gegenüberliegende Wand waren mehrere tresorartige Türen eingelassen. Krohmann zog einen Schlüsselbund aus der Hosentasche und öffnete einen kleinen Metallkasten an der Wand. Er entnahm einen anderen Schlüssel und sperrte damit eine der Tresortüren auf. Dann holte er eine schwere Kassette heraus, öffnete sie und hielt ein kleines hölzernes Kästchen hoch.

»Kobalt«, sagte er.

Alfred und Renan wichen gleichzeitig einige Schritte zurück, was den Physiker leidlich zu amüsieren schien.

»Sie brauchen sich keine Sorgen machen«, erklärte er, »davon, dass Sie das Material eine Minute lang ansehen, bekommen Sie noch keine Strahlenschäden.«

»Wir müssten über längere Zeit damit in Kontakt sein«, sagte Renan, die sich als Erste wieder der Strahlenquelle näherte.

»Entweder damit oder mit einem anderen Gammastrahler von langer Halbwertszeit«, nickte Krohmann.

»Und warum sind wir nun bei Ihnen falsch?«, fragte Alfred, der weiterhin einen gewissen Sicherheitsabstand bevorzugte.

»Weil wir kaum etwas von diesem stark strahlenden Material haben«, der Physiker legte das Kobalt wieder in die Kassette, »wir betreiben hier keine tiefgehende Forschung. Es geht nur darum, den Studenten die Grundlagen am praktischen Beispiel zu erklären.«

»Und Sie können ausschließen, dass davon in den letzten Jahren etwas weggekommen ist?«, fragte Alfred.

»Allerdings. Zum einen wird darüber penibel Buch geführt, zum anderen haben Sie ja mit eigenen Augen gesehen, dass sich das Kobalt in einem Holzbehälter befindet, der sich nicht öffnen lässt. Wenn also jemand etwas davon entwenden wollte, müsste er entweder das Holz beschädigen oder den ganzen Behälter mitnehmen. Dann wäre aber keine Strahlung mehr messbar, was wir sehr schnell bemerken würden.«

»Wir hätten trotzdem gerne eine Liste von allen Mitarbeitern, die Zugang zu diesen Schlüsseln haben«, sagte Alfred und deutete auf das Kästchen an der Wand.

»Wenn Sie meinen«, der Physiker zuckte die Schultern und verstaute die Kassette wieder in dem Tresor, »aber das ist schon ein ziemlich genialer Plan, also aus der Perspektive des Mörders gesprochen. Erinnert mich an den Fall mit dem russischen Agenten, der ...«

»Litvinenko«, seufzte Renan.

»Genau. Da haben sie Polonium verwendet, nicht? Das lässt sich ja immerhin noch nachweisen, weil es in andere Substanzen zerfällt. Aber Gammastrahlung ... man darf es nur nicht eilig haben.«

»In unserem Fall hatte es der oder die Täter offensichtlich nicht eilig«, erwiderte Alfred, »das macht die Sache noch schwieriger.«

»Und sonst gibt es hier an der Universität kein Institut oder so, das mehr von dem Zeug rumliegen hat?«, fragte Renan, als sie sich wieder im Erdgeschoss befanden.

»Ich fürchte nicht«, sagte Krohmann, »Erlangen hat es nicht so mit der Kernphysik, da müssten Sie schon nach München oder Karlsruhe ... Aber womöglich haben Sie sowieso in der Privatwirtschaft größeren Erfolg.«

»Wo genau?«, Alfred sah von seinem Notizblock auf, in den er gerade die anderen Unis eingetragen hatte.

»Biotechnik, Pharmaindustrie«, erklärte Krohmann, »ich könnte mir vorstellen, dass da einige mit Radioaktivität rumhantieren.«

Alfred fühlte sich wie ein Affe im Zoo. Er stand neben Ondracek und blickte starr in den von hinten durchsichtigen Spiegel. Wie er vorhin mitbekommen hatte, standen auf der anderen Seite mehrere seiner Kollegen mit einem jungen Pärchen. Alfred war der Zweite von links. Man hatte ihm eine bunt benähte und beschmierte Jeansjacke angezogen, dazu ein Baseball-Käppi aufgesetzt und einen schwarz-roten Schal umgelegt. Die Klamotten stanken gotterbärmlich nach Bier, Schweiß und anderen Substanzen, über die Alfred lieber nicht weiter nachdenken wollte. Alfred hielt eine Tafel mit der Nummer Fünf in der rechten Hand und wusste nicht so recht, wohin mit der anderen. Ondraceks Wampe quoll aus einer schwarzen Lederweste, die ebenfalls reichlich mit Club-Emblemen verziert war. Er trug auch eine Mütze und wedelte zu allem Überfluss auch noch mit einer Club-Fahne. Ondracek schien die ganze Veranstaltung zu genießen, während Alfred sich fragte, wo die Kollegen die ganzen Klamotten herbekommen hatten. Immerhin mussten sechs Männer damit ausgestattet werden, von denen fünf mal eben aus dem ersten und zweiten Stock des Präsidiums zusammengecastet worden waren. Selbst wenn sich unter den Kollegen Fußballfans befinden sollten, so hatten sie ihre Devotionalien doch sicher nicht immer griffbereit im Büro – oder doch?

»Du riechst fei schon ein wenig streng«, sagte Ondracek schließlich.

»Das war das letzte Mal, dass ich euch so einen Gefallen getan habe«, knirschte Alfred.

»Geh zu«, erwiderte Ondracek verschmitzt, »das ist doch mal eine Abwechslung.«

»Euer Verdächtiger da ist doch zwischen dreißig und vierzig«, Alfred deutete mit dem Kinn auf den Mann ganz rechts.

»Einundvierzig«, nickte Ondracek.

»Und warum nehmt ihr dann so alte Säcke wie dich und mich für die Gegenüberstellung?«, zischte Alfred.

»Na, weil niemand sonst da war«, erwiderte Ondracek entgeistert, »die nehmen sich ein Beispiel an unserem großen Kaffeehausdetektiv.«

»Ich betrachte diesen Titel immer noch als Ehre«, sagte Alfred trotzig, »aber euch muss doch klar sein, dass ihr vergleichbare Typen für eine Gegenüberstellung nehmen müsst, sonst haut euch diese Identifizierung doch jeder Winkeladvokat um die Ohren.«

»Abwarten«, lächelte Ondracek selbstsicher, »außerdem schaust du doch zehn Jahre jünger aus als du bist, Albach!«

Alfred seufzte. Anscheinend konnten sich die Zeugen hinter dem Spiegel heute überhaupt nicht entscheiden, oder ... er musterte den immer noch grinsenden Ondracek – klar, das war nicht nur ein Pärchen, sondern wahrscheinlich eine ganze Hundertschaft an Zeugen, die gerade in die »Beobachtungslounge« geführt wurde. Das hätte er eigentlich vorher wissen müssen. Und das ausgerechnet ihm, der mit Live-Fußball so gut wie nichts am Hut hatte. Er war ein paarmal im Stadion gewesen, als sein Sohn sieben oder acht war. Viel länger hatte Willys Begeisterung für Sport denn auch nicht angehalten und Alfred konnte sich weiß Gott Besseres vorstellen, als bei sengender Hitze oder klirrender Kälte stundenlang auf einem Betonrang zu stehen und schlechtes Bier zu trinken. Erschwerend kam noch hinzu, dass es damals im Frankenstadion noch keine Anzeigentafel gab. Wenn ein Tor fiel und man gerade nicht hingesehen oder aufgrund der großen Entfernung die Sache nicht so richtig mitbekommen hatte, gab es keine Wiederholung in Zeitlupe. Dann war die Sache gelaufen, und man konnte nur hoffen, dass vielleicht noch ein weiteres gelang. Dabei fiel ihm ein, dass Renan manchmal ins Stadion ging. Sie war wirklich Club-Fan, besaß einen Schal, der sicherlich viel angenehmer roch als dieser und besuchte zusammen mit ihrem Vater oder irgendwelchen alten Schulkumpels hin und wieder ein Heimspiel. Sie könnte einen Fußball-Hooligan wahrscheinlich glaubhafter verkörpern als er, und da es Ondracek mit den Äußerlichkeiten nicht so genau nahm, könnte er über das falsche Geschlecht sicherlich auch noch hinwegsehen. Alfred verspürte den übermächtigen Drang nach einer Zigarette. Sein Rauch-Set befand sich natürlich in seinem Sakko, das er ablegen musste, als man ihm diese Kutte angedient hatte. Um ein Haar hätte er die Contenance verloren, ertastete dann aber durch Zufall die Form einer Zigarettenschachtel in der rechten Tasche seiner Jeansjacke. Angewidert fingerte er hinein und förderte eine Packung Marlboro zu Tage. Er betrachtete das Fundstück. Offensichtlich handelte es sich um Schmuggelware aus Tschechien oder Polen. Es befanden sich noch fünf Zigaretten im Päckchen. Alfred unterzog den Inhalt einer Geruchsprüfung, konnte nichts allzu Ungewöhnliches feststellen, zog sein Feuerzeug aus der Hosentasche und schritt zur Tat. Er hätte es nie für möglich gehalten, dass ihm eine vertrocknete Marlboro mal so schmecken würde. Ondraceks Grinsen bekam etwas Missbilligendes, während die anderen vier Polizeiangehörigen im Raum ungläubig die Köpfe zu ihm verdrehten. Lediglich der Verdächtige ganz rechts folgte Alfreds Beispiel und zündete sich ebenfalls eine an.

»Bitte unterlassen Sie das Rauchen«, tönte es auch schon aus einem Lautsprecher.

»Leck mich doch!«, brüllte Alfred und zeigte den Kollegen hinter dem Spiegel den Stinkefinger.

»Ach, geh«, tadelte Ondracek, während der wahre Verdächtige es Alfred gleich tat.

»Was denn? Ich versuche doch nur, meine Rolle überzeugend zu spielen, wenn ich schon über zehn Jahre zu alt bin.«

»Ja, das gefällt dir jetzt wieder, hm?«, Ondracek benutzte die Club-Fahne, um Alfreds Rauch wegzuwedeln.

»Ein wenig«, sagte Alfred, die Kippe im Mundwinkel, »aber noch lieber würde ich jetzt an meinem Fall arbeiten.«

»Ich verstehe einfach nicht, warum das so lange dauert«, beteuerte Marion Shelley.

»Also, wir können uns mit der Aufklärung unserer Fälle leider nicht nach Ihren Reiseplänen richten«, entgegnete Renan leicht stinkig.

»Aber Sie hängen jetzt seit über einer Woche dran und haben noch überhaupt nichts«, beharrte die Frau.

»Jetzt passen Sie mal auf: Das sind hier nicht die USA. Wir sind das alte Europa. Wir ermitteln sehr sorgfältig und bombardieren nicht gleich den erstbesten Verdächtigen, nur weil wir irgendjemandem beweisen müssen, wie stark wir sind.« Renans Laune hatte sich seit der Rückkehr aus Erlangen deutlich verschlechtert. Zuerst hatte die Heizung wieder rumgesponnen, dann war bei der Staatsanwaltschaft im Archiv noch immer keiner erreichbar. Alfred war weiß Gott wohin verschwunden, und ihr Wasserkocher hatte aus unerfindlichen Gründen plötzlich den Geist aufgegeben. Der Radioempfang funktionierte nur bei Bayern 2 rauschfrei, und sie hatte heute wirklich keinen Nerv für Ivan Turgenevs deutschsprachigen Briefwechsel und die Musik der Kontinente. Dann hatte zu allem Überfluss auch noch die Tochter des toten Richters angerufen und wollte über den Stand der Ermittlungen informiert werden. Zuerst wollte Renan sie anherrschen, dass sie als Angehörige Rothenbergs sich nicht mit dem Staatsanwalt gleichsetzen solle, hatte dann aber doch etwas nebulös angedeutet, dass die Spur mit den Graffitisprayern wohl nicht mehr so brandheiß war. Daraufhin machte ihr Marion Shelley Vorhaltungen und erklärte, dass sie spätestens am Wochenende zurück in die Staaten müsse.

»Ich dachte, Sie sind Türkin«, erwiderte die Tochter spitzfindig.

»Falsch gedacht«, sagte Renan betont besserwisserisch, »aber ich kann Ihnen hoch und heilig versichern, dass auch die türkische Polizei versuchen würde, die wahren Hintergründe eines Mordfalles aufzuklären, bevor sie jugendliche Schmierfinken des Mordes bezichtigt, der vielleicht gar keiner war. Das ist übertriebene Gewissenhaftigkeit von uns, dass wir hier überhaupt noch ermitteln, klar?!« Renan begann, aggressiv mit ihrem Schweizer Messer zu spielen, das aufgeklappt neben einem zerschnittenen Apfelbutzen auf einer Untertasse lag.

»Hausbesetzer und Atomstrahlen«, tönte es abfällig aus dem Hörer, »kein Wunder, dass dieses Land nicht mehr hochkommt, hier geht ja alles nur noch in Zeitlupe!«

Dann machte es Klack, und das Gespräch war beendet. Renan lehnte sich mit dunklen Gewitterwolken über dem Kopf zurück, ignorierte das tadelnde Engelchen auf der linken Schulter und fuhr fort, die Überreste ihres Apfels zu massakrieren.

Die Rolle als türkischstämmige Deutsche, die sich mit einer deutschstämmigen Amerikanerin über unterschiedliche Sichtweisen der Welt stritt, kam ihr im Nachhinein ziemlich unsinnig vor. Sie war erst eineinhalb Jahre nach dem Anschlag vom 11. September zu Alfreds Partner geworden. Von daher hatte das Thema bei ihren alltäglichen Gesprächen weniger Gewicht. Dennoch war ihr eine Feststellung Alfreds im Gedächtnis geblieben, die sich auf den Umgang mit so einer Katastrophe bezog. »Die Amerikaner fragen immer, wie so etwas passieren konnte, wir fragen uns, warum so etwas passiert.« Das war eine der Sternstunden des alten Hasen gewesen. Und es war auch auf die Polizeiarbeit übertragbar. Natürlich konnte man auf Gewaltverbrechen mit Verschärfungen der Sicherheitsvorkehrungen reagieren. Man konnte ganze Stadtviertel abriegeln und von privater Security bewachen lassen, man konnte auf allen öffentlichen Plätzen Überwachungskameras montieren und die biometrischen Daten der ganzen Bevölkerung registrieren. Das alles würde vielleicht mehr Verbrechen aufklären, aber kaum mehr verhindern. Von daher war vollkommen klar, dass die Umsetzung der Mordmethode auch im Fall Rothenberg nicht so arg wichtig war. Wichtiger war, weiter am möglichen Motiv für einen Mord zu arbeiten. Und die Sache mit den Hausbesetzern schien ihr wirklich ein Schlüssel zu sein, ein kleiner vielleicht, aber dennoch ein Schlüssel. Seufzend wischte Renan die Klinge des Messers ab, klappte den kleinen Schraubenzieher heraus und machte sich daran, den kaputten Wasserkocher aufzuschrauben.

IX.

Ausgrabungen

Das Königstor war vom Hauptbahnhof aus der Eingang zur Altstadt. Die Königstorpassage führte vom Bahnhof über die U-Bahn durch eine unterirdische Ladenstraße. Nichts Besonderes: eine Bäckereikette, eine Metzgereikette, eine Friseurkette, eine Drogeriekette, lediglich ein kleiner Tabakladen schien noch frei und selbstständig zu sein. Es war Mittwochvormittag, Alfred hatte am Weißen Turm die U-Bahn bestiegen und war bis zum Bahnhof gefahren, weil die triste, nasse Witterung nicht gerade zu einem Spaziergang einlud. Jetzt bewegte er sich langsam wieder auf die Erdoberfläche zu. Kurz vor dem Ausgang stand noch ein Straßenkreuzer-Verkäufer und präsentierte einen Packen der Obdachlosenzeitschrift. Alfred drückte ihm zwei Euro in die Hand, verzichtete aber auf die Zeitung. Die Witterung war heute schon traurig genug.

Gleich darauf kam ein kleiner Punk auf ihn zu und fragte, ob er vielleicht auch etwas Kleingeld haben könnte.

»Ich habe leider kein Kleingeld mehr«, beschied Alfred, ohne zu lügen.

»Ich nehme auch großes«, sagte der Punk.

»Wie sieht's mit Kreditkarten aus?«

»Nö.«

»Na gut«, Alfred zog einen Fünf-Euro-Schein aus der Tasche und drückte ihn dem Bürschchen in die Hand.

»Äh, äh«, der Punker nahm den Schein fassungslos an sich, rannte zu seinen Kumpels und rief: »Wahnsinn, schaut mal!« Sie versammelten sich um den Kleinen, als hätte er soeben eine archäologisch bedeutende Ausgrabung gemacht.

Alfred musste lächeln und fühlte sich gleich besser. Nicht weil er den Punks gerade den Gegenwert einer Tagesration Bier geschenkt, sondern weil er mal wieder jemanden überrascht hatte. Es war schon immer einer seiner Grundsätze gewesen, unberechenbar zu sein. Das lockerte den Alltag auf und brachte vor allem in der polizeilichen Ermittlungsarbeit große Vorteile. Jeder Tag, an dem er jemand anderen überraschen, verblüffen oder überrumpeln konnte, war ein guter Tag für Alfred. Er war etwas verwundert, dass diese Form der Jugendkultur hier überhaupt noch anzutreffen war. Als Mitte der 90er die Stadtspitze nicht mehr von Rot, sondern von Schwarz dominiert wurde, hatte man die Jugendlichen mit den bunten Haaren, zerrissenen Klamotten und Nietengürteln systematisch vom Königstor und vom Bahnhof vertrieben. Eigentlich waren sie ja meist friedlich gewesen, aber mit der Zeit hatte es schon genügt, dass sich Touristen und Geschäftsleute am Eingang der Altstadt potentiell bedroht fühlten, um ordnungsrechtlich durchzugreifen. Eine undankbare Aufgabe für die Kollegen der Trachtentruppe.

Oben am Königstor sah Alfred Herbst schon vor dem Künstlerhaus stehen. Er trug einen Lodenmantel und eine Pelzmütze mit Ohrenklappen. Die Hände steckten in selbstgestrickten Fäustlingen. Alfred zog den Gürtel seines Trenchcoats und den Schal fester zu und überquerte die Straße, um Herbst zu begrüßen. Sie betraten die im Künstlerhaus ansässige Tourist-Information, wo sich Herbst zunächst dem Studium der ausgelegten Broschüren widmete.

»Da schau her«, brummte er, »die Burg besteht eigentlich aus drei Burgen!«

»Tatsächlich?« Alfred tat überrascht.

»Eine für den Kaiser, eine für die Stadt und eine für den Burggrafen.«

»Das ist ja haarsträubend.«

»Und die vier dicken, runden Türme sind im Innern eckig.«

»Und dabei heißt es doch immer, das Runde muss ins Eckige«, scherzte Alfred. Er wurde immer optimistischer. Je mehr Herbst ablenkte und in überflüssige Exkurse abglitt, desto mehr wertvolle Informationen hatte er. Alfred spielte das Spiel mit.

»Fußball?«, Herbst sah seinen Ex-Kollegen fragend an. »Ich dachte, das wäre mittlerweile vorbei.« Er schlurfte zu einem großen grünen Plakat mit Dürers Rasenstück und musterte die darunterliegenden Faltblätter.

»Was sollte das eigentlich mit diesem großen Rasenstück?«, fragte Herbst. »Die haben doch im Stadion weder Spitzwegerich noch Löwenzahn angesät.«

»Na ja«, Alfred runzelte die Stirn, »vielleicht hat der neue Sponsor nicht genug Geld für eine ordentliche Rasenpflege?«

Es vergingen weitere zehn Minuten Konversation, die nach Alfreds Überzeugung jedem Autor absurder Theaterstücke den grünen Neid ins Gesicht getrieben hätte, bis Herbst die Tourist-Info wieder verließ, die Straße überquerte und sich gegenüber des Künstlerhauses aufbaute. Er stopfte seine Pfeife, während Alfred sich eine Zigarette anzündete, lieh sich dessen Feuerzeug und paffte ein paar dichte Wolken in die nasskalte Luft. Das Aroma des Pfeifentabaks mischte sich mit dem eines unweit ansässigen Maronirösters. Schließlich deutete Herbst, das Mundstück der Pfeife auf seinem Zeigefinger federnd, auf die Vorderseite des Künstlerhauses und sagte:

»5. März 1981.«

»Ist fast genau 26 Jahre her«, erwiderte Alfred.

»Und?«

»Was, und?«

»Fällt dir vielleicht sonst noch etwas dazu ein?«

Alfred musterte die Glas- und Stahlkonstruktion des Kopfbaus. Natürlich wusste er, dass der Eingang dieses Gebäudes bis vor wenigen Jahren noch ganz anders ausgesehen hatte und auch die damaligen Vorgänge im Inneren nicht unbedingt mit denen von heute zu vergleichen waren.

»Damals hieß es noch KOMM«, Alfred vermied es, Herbst anzusehen, »der Eingangsbereich sah ein wenig anders aus. Dieser Glaskasten war nicht da, dafür gab es ein Jugendstilportal. Rosa gestrichen, wenn ich mich nicht irre. An den Ecken links und rechts waren so ... halbrunde Aussparungen, wie wenn da mal Türmchen dran gewesen wären.«

»Gut«, brummte Herbst.

»Und davor«, fuhr Alfred fort, »nun ja, die Stufen vor dem Portal waren ein beliebter Treffpunkt für junge Menschen, die, sagen wir mal, nicht unbedingt einer konservativen Gesinnung angehörten.«

»Wie er das nur immer ausdrückt«, sagte Herbst scheinbar zu sich selbst.

»Ein selbstverwaltetes Jugendzentrum«, rief Alfred, »genau, das war es offiziell. Diese Stadt war früher ungemein fortschrittlich in sozialen und kulturellen Dingen.«

»5. März 1981«, wiederholte Herbst noch einmal.

»Tut mir leid, Konrad«, beteuerte Alfred, »aber ich weiß gerade beim besten Willen nicht, was ...«, sein Blick glitt in die Passage, wo gerade zwei Kollegen in Uniform die Personalien der Punker kontrollierten, »... mein Gott, jetzt hab ich's!«

»Ich verstehe nur noch nicht ganz, was das alles mit dem Rothenberg zu tun haben soll«, Renan lehnte sich zurück und verschränkte die Arme vor der Brust.

»Die haben damals etwa 150 Jugendliche festgenommen«, Alfred war schon bei der Schokocreme angelangt, »die hatten sich zuerst im KOMM versammelt und sind dann von dort aus nachts zu einer Demonstration in die Innenstadt aufgebrochen.«

Am 5. März 1981 wurde im selbstverwalteten Jugendzentrum KOMM ein Film über die *Kraker* gezeigt, die damals berühmten Hausbesetzer in Amsterdam. Das KOMM war eine Basis für verschiedene politische Gruppierungen links der Mitte. Die Vorführung fand im großen Saal des Zentrums statt und wurde von mehreren hundert Jugendlichen und jungen Erwachsenen besucht. Nach der Vorführung kam es wie üblich zu ausführlichen politischen Diskussionen über Hausbesetzungen, die Staatsmacht, die Anwendung von Gewalt und so weiter. Nach Beendigung der Diskussionen kam es spontan zu einer Demo durch die Innenstadt, wobei ein geringer Sachschaden an ein paar Autos und Schaufenstern entstand. Irgendwie hatte sich der Zug dann wieder zum KOMM bewegt, wo die Teilnehmer entweder verschwanden oder wieder in das Gebäude zurückgingen. Später in der Nacht begann die Polizei schließlich, das Zentrum zu umstellen. Noch später wurden alle verbliebenen Besucher des KOMM verhaftet. Es war die erste Massenverhaftung in Deutschland nach dem Krieg.

Alfred hatte Renan die Geschichte aus seiner Erinnerung beim Mittagessen in der Kantine erzählt. Sie selbst hatte zwar schon mal irgendwas davon gehört, war aber zum Zeitpunkt des Geschehens gerade mal in der Grundschule gewesen. Der Zusammenhang mit den Hausbesetzern war klar, aber mit Richter Rothenberg?

»Auf jeden Fall werden wir jetzt nicht umhinkönnen, uns die Akten von damals genauer anzusehen«, beschied Alfred, während er die letzten Reste Schokocreme aus dem Schüsselchen kratzte.

»Ich versuche seit Tagen, an das Archiv bei der Staatsanwaltschaft ranzukommen«, sagte Renan, »langsam glaube ich, die sind da drin alle gestorben.«

»Bisher war es ja auch nur eine vage Ahnung«, sagte Alfred, »aber jetzt wissen wir ziemlich genau, wonach wir suchen ... zur Not lassen wir die Tür aufbrechen.«

»Aber das ist doch zu lange her«, gab Renan zu bedenken, »die normale Aufbewahrungsfrist ist doch nur zehn Jahre.«

»Was ist hier schon normal?«, Alfred war die Zuversicht in Person.

»Aber noch mal, wo siehst du da den Richter?«

»Der taucht auf, hundertprozentig«, versicherte er, »ich muss dir ja wohl nicht erklären, dass man für eine Verhaftung einen Haftbefehl braucht ...«

»Willst du mich schon wieder belehren?«

»Nichts liegt mir ferner«, Alfred hob entschuldigend die Arme, »aber wenn du hier nach Richtern fragst ... Wahrscheinlich kam es ja dann auch zu Anklageerhebungen und womöglich sogar zu Prozessen. Bei einer Massenverhaftung müssten wir es doch auch mit etlichen Richtern zu tun haben, oder?«

»Schon richtig.«

Später saß Renan am Schreibtisch, eingekesselt zwischen vier Aktenstößen. Alfred war gleich nach der Mittagspause zur Staatsanwaltschaft gefahren und hatte natürlich sofort einen der Archivare angetroffen. Manchmal musste Renan bei solchen Gelegenheiten an Donald Ducks Vetter Gustav Gans denken, über dessen Kopf noch im heftigsten Regenguss immer ein privates kleines Hochdruckgebiet schwebte. Wie auch immer, in der Nacht vom 5. auf den 6. März 1981 hatte es jedenfalls 164 Festgenommene gegeben, von denen 142 den Haftrichtern vorgeführt wurden. Von daher gab es schon mal 142 Akten zu den verhafteten Personen und zusätzlich noch die Dokumentation der Polizei, den Gesamtvorfall betreffend. Die Demonstration wurde nochmals unter einem gesonderten Aktenzeichen geführt. Renan musste heftig niesen. Die Aktendeckel waren bereits ordentlich verstaubt. Sie nieste abermals und suchte fluchend in ihrer Tasche nach Taschentüchern. Als sie keines fand, zog sie einige der Papierhandtücher aus dem Spender neben dem Waschbecken. Sie litt unter einer leichten Hausstauballergie und war daher gerade nicht besonders gut auf ihren Kollegen zu sprechen, der sich mal wieder und im wahrsten Sinne des Wortes aus dem Staub gemacht hatte, um die Atom-Spur zu irgendwelchen privaten Forschungseinrichtungen weiterzuverfolgen. Sie hatte es von Anfang an gewusst, dass sich Alfred drücken würde, sobald es darum ging, Hinweise oder Fakten aus staubigen Akten auszugraben. Das war nichts für den Lebemann mit Dienstausweis, sondern für die fleißige und gewissenhafte junge Kollegin – klar. Das Wetter tat das Übrige, um ihr die Stimmung zu vermiesen, und als sie das Radio einschaltete, jaulte ihr schon wieder Xavier Naidoo entgegen. Sie drehte den Sender auf Bayern 2, heute ging die Sendereinstellung wieder einwandfrei, und hörte eine Weile zu, wie sich die Liebesaffäre zwischen Ludwig I. und Lola Montez zu einer Staatsaffäre entwickelt hatte, während sie heftig in den frisch aufgebrühten Tee blies.

»Sind das jetzt 142 Verdächtige?«, hatte Renan gefragt, als Alfred die Akten auf einem Wägelchen ins Büro gekarrt hatte.

»Zunächst schon«, hatte er erwidert, sich dann aber beeilt zu versichern, »aber das grenzen wir ganz schnell ein. Du musst zunächst nachschauen, ob der Rothenberg damals überhaupt Haftbefehle ausgestellt hat, und wenn ja, dann sind nur noch diejenigen in der engeren Wahl, für die er zuständig war.«

»Gut«, sie blieb stoisch an ihrem Platz sitzen, »dann haben wir vielleicht noch vierzig. Und wie dann weiter?«

»Lass dich von deiner Intuition leiten.«

»Ach, jetzt plötzlich!«

»Nun komm schon«, tadelte er, »erst prüfen wir, ob von denen womöglich bereits welche verstorben sind oder vor langer Zeit ausgewandert ...«

»Was heißt da wir?«

»Dann rufst du ein paar Einwohnermeldeämter an und kriegst heraus, wer noch in Nürnberg oder in der Nähe wohnt – Fürth nicht vergessen.«

»Alfred ...«

»Und dann prüfst du noch, ob einer oder eine davon nach 1981 kriminell aufgefallen ist. Ideal wäre Sachbeschädigung durch Graffiti.«

»Ha ..., hatschie ...!«

»Gesundheit. Hör mal, ich weiß, du bist jetzt sauer, weil ich dich damit allein lasse, aber wir müssen der Frage mit dem radioaktiven Material auch dringend nachgehen.«

»Du bist nur zu faul zum Aktenwälzen, so sieht's nämlich aus.«

»Aber ich habe doch auch so schlechte Augen«, quengelte er grinsend.

»Hör auf zu lügen und hau endlich ab«, Renan spürte schon das nächste Kitzeln in der Nase.

»Wenn ich zurückkomme, helfe ich dir«, versicherte Alfred bereits halb aus der Tür.

Nach zwei weiteren Niesattacken siegte schließlich die Neugier über die Verärgerung, und Renan grub sich in die Papierstapel. Irgendwie war sie auch froh darüber, dass Alfred seinen Blues endlich überwunden hatte und wieder mit der gewohnten professionellen Lässigkeit und Motivation bei der Sache war. Irgendwie empfand sie es als anstrengend, wenn sie nicht nach Lust und Laune auf ihrem Kollegen herumhacken konnte, ohne dass er deswegen gleich schwermütig wurde.

Sie wirkten schon ein wenig befremdlich, diese Aufzeichnungen. Alle mit mechanischer Schreibmaschine verfasst, bei der meist ein bis zwei Buchstaben aus der Reihe tanzten. Teilweise befanden sich auch zweite und dritte Durchschläge in den Akten, bläulich-lila und verschwommen. Irgendwie kam es Renan vor, als beschäftige sie sich mit ägyptischen Papyrusrollen, dabei waren die Papiere gerade mal 25 Jahre alt. Das war weiß Gott noch keine Ewigkeit, und doch konnte man sich so einen Arbeitsalltag heute kaum noch vorstellen. Keine Computer, kein Fax, kein Internet, keine E-Mail. Nur vereinzelt fand sie Ausdrucke vom Telex in den Akten. Wie ruhig und gemächlich das alles damals vor sich gegangen war. Wenn man ein Foto oder sonst was vom LKA brauchte, mussten die es mit der Post schicken. Bis es dann dort den Postausgang passiert hatte, nach Nürnberg zugestellt und hier von der Poststelle wieder verteilt wurde, vergingen mindestens drei Tage. Die Wartezeit konnte man dann mit der Anfertigung von drei Durchschlägen verbringen oder, wie die Kollegen Albach und Herbst, im Café Kröll. Und da laberte immer jemand was von der Gnade der späten Geburt.

Zwei Stunden später war Renan drin. Interessanterweise gab es wohl auch unter den damals tätigen Kollegen unterschiedliche Meinungen zu der ganzen Sache. Die konnte man aus den verschiedenen Tönen der einzelnen Berichte deutlich herauslesen. Bei denen, die die harte Gangart unterstützten, fanden sich immer wieder Hinweise auf die Krawalle, die sich damals im Zuge der Hausbesetzungen in Berlin, Hamburg und Frankfurt abgespielt hatten. Tendenzen zu derartigen bürgerkriegsähnlichen Zuständen glaubten die Kollegen damals auch in Nürnberg bereits zu erkennen. Andere betrachteten die Vorgehensweisen eher kritisch. Wiesen darauf hin, dass die Verhafteten zum Teil noch minderjährig waren und sich womöglich nur friedlich im KOMM aufgehalten hätten, ohne an der Demonstration beteiligt gewesen zu sein. Renan rekonstruierte die Vorfälle der damaligen Nacht:

Nach dem besagten Film über die Hausbesetzer und die Räumung besetzter Häuser in Amsterdam wurde diskutiert. Es ging vor allem darum, ob man bei derartigen Polizeiaktionen sich auch unter Anwendung von Gewalt wehren sollte. Anscheinend sprach sich die Mehrheit der circa 300 Anwesenden gegen Gewalt aus. Es war sogar ein verdeckter Ermittler der Polizei dabei gewesen, auf dessen Bericht Renan sehr schnell gestoßen war. Nach etwa eineinhalb Stunden, gegen 22 Uhr, meldete der verdeckte Kollege das friedliche Ende der Diskussionsveranstaltung. Einer anderen Akte konnte man entnehmen, dass beim Verlassen des Gebäudes einige der Besucher auf ein ziviles Einsatzfahrzeug der Polizei losgegangen waren. Sie schaukelten den Wagen und traten gegen die Karosserie. Irgendwann wurden die darin sitzenden Kollegen panisch, gaben Gas und flüchteten vor der Menge, die immer größer wurde. Kurz darauf begann der Demonstrationszug, ob der jedoch etwas mit dem Polizeifahrzeug zu tun hatte, war unklar. Kurz nach 22 Uhr bewegte sich ein Zug von etwa 150 teilweise vermummten Personen durch die Innenstadt. Eine unangemeldete Demo, die natürlich sofort einen größeren Polizeieinsatz hervorrief. Die Demonstranten liefen zunächst über die Königsstraße in die Breite Gasse. Beim Kaufhof wurde ein Schaufenster beschädigt, im weiteren Verlauf noch einige *Bild*-Zeitungs-Kästen umgekippt. Da die Kollegen die Seitenstraßen mittlerweile abgeriegelt hatten, wurde die Demo in die Färberstraße geleitet, wo die Schaufenster dreier Banken eingeschlagen beziehungsweise beschädigt wurden. Scheiben und Wände der Commerzbankfiliale in der Kurt-Schumacher-Straße wurden mit Farbe besprüht, und an drei Autos entstand geringer Sachschaden. An der Einmündung zum Frauentorgraben gerieten die meisten der Demonstranten anscheinend in Panik. In einigen Vernehmungsprotokollen war von einem Versuch der Einkesselung durch die Polizei die Rede. In den Polizeiberichten war dazu nichts zu lesen. Es mussten aber fast 20 Streifenwagen um den Zug herumgestanden sein, sodass die Situation vielleicht als Beginn eines Kessels missverstanden wurde. Auf jeden Fall zerstreuten sich gegen 22.45 Uhr die Demonstranten und flüchteten zurück in Richtung KOMM. Ein Teil setzte sich durch die U-Bahn-Passage ab, der Rest lief wieder in das Gebäude. Um 23 Uhr riegelte die Polizei das KOMM ab und ließ niemanden mehr hinein oder heraus, der Telefonanschluss wurde abgeschaltet. Der Ablauf der folgenden vier Stunden war etwas lückenhaft. Offenbar hatten einer oder mehrere städtische Mitarbeiter des selbstverwalteten Jugendzentrums Verhandlungen mit der Polizei aufgenommen. Einigen Vernehmungsprotokollen zufolge hatte die Polizei schließlich zugesichert, dass die Besucher das KOMM verlassen könnten und nur die Personalien aufgenommen werden würden. Ungefähr um halb vier Uhr morgens verließen dann tatsächlich alle das Gebäude – und wurden festgenommen. 164 Festnahmen. Am Nachmittag desselben Tages ließ die Staatsanwaltschaft 142 Personen den Haftrichtern vorführen. 141 von ihnen wurde ein Haftbefehl ausgestellt. Der Vorwurf lautete bei allen nach § 125 StGB auf Landfriedensbruch, alle wurden verdächtigt, der Hausbesetzer-Szene anzugehören oder mit ihr zu sympathisieren. Alle Haftbefehle wurden mit Flucht- und Verdunklungsgefahr begründet. Renan zählte unter den Verhafteten 21 Minderjährige, 49 waren noch unter 21 und 71 über 21 Jahre alt. Und da war er! 50 der Haftbefehle waren von Ludwig Rothenberg unterschrieben worden.

Gerade als sie den Stift hingelegt hatte und sich auf ihrem Schreibtischstuhl ausstreckte, erschien RWs bemützter Kopf im Türrahmen.

»Du, das ist ... also, *heavy*«, sagte er, als er den Aktenwust auf und um ihren Tisch herum entdeckte.

»Weißt du, was das ist?«

»Nicht, also ... nein.«

»Das ist die Massenverhaftung vom KOMM, 1981«, sie griff zu ihrem erkalteten Tee.

»Und das ist eure neue, ... also wegen dem Fall Rothenberg, ... das ist wohl ein *Link*?«, er kam etwas weiter in den Raum hinein und nickte.

»Sieht wohl so aus«, Renan konnte ein leichtes Triumphgefühl nicht unterdrücken, »unser Richter war einer von fünf, die damals die Haftbefehle ausgestellt haben.«

»*Crazy*«, Rolf lehnte sich gegen einen der Büroschränke.

»Das kannst du laut sagen«, seufzte sie.

»Und wer ist denn jetzt ... also, wie viele hat er denn in den Knast ...?«

»50!«

»Puh ... und die sind jetzt alle ... also ich meine, 50 Verdächtige ... schwierig.« Rolf trat an den Tisch heran und musterte die verstreuten Akten.

»Na ja. Zunächst werden wir versuchen, Einzelne auszuschließen, die nicht infrage kommen können, weil sie zum Beispiel schon tot sind oder so«, erklärte Renan. »Ich werd auch alle durch das Zentralregister laufen lassen. Vielleicht bringt's ja was.«

»Genau genommen musst du auf drei *Details* achten«, das vorletzte Wort sprach Rolf englisch aus.

»Also, entweder finde ich jemanden, der irgendwas mit Graffitis zu schaffen hat«, Renan zählte mit den Fingern auf, »und/oder jemanden, der was mit Atomphysik oder radioaktivem Zeugs zu tun hat ...«

»Und du brauchst jemanden mit *Access* zum Opfer«, Rolf nickte wieder.

»*Access*?!«

»Na ja, Zugang halt.«

»Weil man so ein strahlendes Dingsbums irgendwo in dessen nächster Umgebung verstecken muss, meinst du?«

»Jaaa.«

»Ist gar nicht so einfach, das alles so aus den alten Akten zu rekonstruieren ...«, sie musterte den Kollegen, der immer noch leicht nickte, bis ihr ein Geistesblitz kam, »oder, sag mal, kennst du vielleicht jemanden, der damals dabei war?«

»Ja ... nein, also ... schwierig«, Rolf begann, sich wieder zu winden, »aber da gibt's so ... quasi im Nachgang ... also, ich hab da was.«

Alfred war mittlerweile im Niemandsland zwischen Nürnberg und Erlangen angekommen, wo die Gemüsefelder des Knoblauchslandes teilweise von Gewerbegebieten unterbrochen wurden und wo über einem die Flugzeuge von und zum Airport Nürnberg flogen. Er lenkte den Alfa auf den Besucherparkplatz der PharmAG, einem mittelgroßen Pharmaunternehmen, das früher mal anders geheißen hatte, dann aber von einem französischen Konzern aufgekauft worden war, der kurz darauf selbst Pleite machte und sich mittlerweile in den Händen eines amerikanischen Konsortiums oder einer Holding befand. Aus unerfindlichen Gründen wurde hier noch gearbeitet. Der Homepage zufolge lag der Schwerpunkt auf der Forschung. Alfred hatte sich beim zuständigen Abteilungsleiter angemeldet. Die nette Dame am Empfang bat ihn, kurz Platz zu nehmen, Herr Langbeck würde ihn dann abholen. ›Genau wie bei uns‹, dachte Alfred, während er sich in ein schwarzes Ledersofa fallen ließ. Bei dem Gebäude handelte es sich um einen Zweckbau aus den 80er-Jahren. Fünf Stockwerke hoch, mit viel Beton und Glas. Die Eingangshalle hatte man durch Marmorboden und -wände aufzupeppen versucht. Ihm gegenüber war der Aufgang zu einem vermutlich schmucklosen Treppenhaus, daneben zwei Fahrstuhltüren. In der rechten hinteren Ecke plätscherte ein Springbrunnen, in der linken langweilte sich ein Wachmann. Der chrom-gläserne Couchtisch vor ihm war in literarischer Hinsicht noch halbwegs menschenfreundlich bestückt. Neben drei englischsprachigen Fachzeitschriften lagen das *Spektrum der Wissenschaft*, *Geo*, die *FAZ* und die *Financial Times Deutschland* aus. Alfred hatte gerade die Lesebrille gezückt und war im Begriff, die Runen der *Frankfurter Allgemeinen* zu entziffern, als die linke Fahrstuhltür aufging und ein hagerer Mann mit einer schiefen Nase auf ihn zukam.

»Herr Albach?«, fragte er rhetorisch mit schnarrender Stimme, die Hand ausstreckend, »entschuldigen Sie die Verzögerung, da war noch ein wichtiger Anruf aus Übersee.«

»Kein Problem«, beteuerte Alfred, während sie sich zum Aufzug begaben, »ob ich nun hier sitze oder im Büro, die Pension läuft nicht davon.«

Langbeck grinste und drückte auf den Knopf für den fünften Stock. Er schien also nicht gänzlich humorlos zu sein. Er war höchstens 40, dunkelhaarig und trug einen unaufdringlichen blauen Anzug über einem hellblauen T-Shirt. Irgendwie sah er südländisch aus, sprach aber mit deutlich hiesigem Akzent.

»Was kann ich für Sie tun?«, fragte Langbeck, als sie in seinem Büro angekommen waren. Der Raum war höchstens 20 Quadratmeter groß und mit hellgrauen Möbeln ausgestattet. Alles wirkte sehr ordentlich, an den Wänden hingen zwei Aquarelle mit architektonischen Motiven sowie mehrere vergrößerte Fotos, die bei Bergtouren in den Alpen gemacht worden waren. Die Bürotür hatte Langbeck offen gelassen. War wohl so üblich, denn auch alle anderen Türen waren offen.

»Ich komme zu Ihnen«, begann Alfred, »weil Ihre Firma über radioaktives Material verfügt. Trifft das zu?«

»Sicher«, lächelte Langbeck, ohne noch mehr zu sagen.

»Wir ermitteln in einem Fall, wo höchstwahrscheinlich ein Mord dadurch passiert ist, dass das Opfer über längere Zeit einer radioaktiven Strahlung ausgesetzt wurde. Dadurch hat er Krebs bekommen.«

»Puh«, Langbeck seufzte, »aber was wollen Sie dann von uns?«

»Wir prüfen alle möglichen Quellen hier im Großraum, von denen das Material stammen könnte. Schließlich dürfte es nicht allzu viele Möglichkeiten geben, an so was heranzukommen.«

»Haben Sie denn das betreffende Material?«, fragte Langbeck.

»Leider noch nicht«, Alfred hob die Hände, »das wäre sozusagen die Tatwaffe, dann wären wir schon einen großen Schritt weiter.«

»Dann wissen Sie also nicht, ob es Caesium, Kobalt, Iridium oder Uran war?«

»Nein.«

»Ich denke, das ist in dem Fall auch nicht so wichtig«, beschied Langbeck. »Sie brauchen auf jeden Fall einen Gammastrahler, wenn die Tat über längere Zeit geschah. Und da können Sie bei uns gerne die Bude auf den Kopf stellen, Sie werden nichts dergleichen finden.«

»Warum?«

»Wir haben hier einige Isotopen-Labors«, erklärte der Abteilungsleiter, »wir betreiben Grundlagenforschung zur Krebstherapie und benutzen radioaktive Isotope, um Tumorzellen in bestimmten Gewebearten nachzuweisen – sehr vereinfacht ausgedrückt.«

»Und warum könnte dann kein radioaktives Material aus ihren Labors entwendet worden sein – rein theoretisch natürlich.«

»Weil wir dazu Alphastrahler verwenden, Herr Albach«, grinste Langbeck, »Iod, Plutonium-238 oder Americum-241. Damit könnten Sie eine schmutzige Bombe bauen oder schnell einen russischen Ex-Agenten ausschalten, das schon, aber einen Menschen über längere Zeit verstrahlen, das ginge ganz sicher nicht. Alphastrahlung muss eingeatmet oder anders in den Körper aufgenommen werden.«

»Ja, das hat uns gestern erst Professor Göbel erklärt«, Alfred bemühte sich, möglichst verzweifelt zu wirken.

»Ach, bei dem waren Sie auch schon, Sie Ärmster«, lachte der Abteilungsleiter.

»Und im Nordklinikum, im Labor der Tumortherapie.«

»Ja, die machen praktisch dasselbe wie wir, nur angewandt. Da finden Sie natürlich auch keine Gammastrahler«, Langbecks Ton wurde nun eine Spur mitfühlender. Zu Alfreds Überraschung zog er eine Packung Zigaretten aus der Schreibtischschublade und zündete sich eine an.

»Sagen Sie bloß, hier darf man rauchen?«, rief Alfred freudig und zog sein Etui aus dem Sakko.

»Wenn man ein Büro für sich alleine hat, dann schon«, Langbeck beugte sich über den Tisch und gab Alfred Feuer.

»Allerdings muss ich alle zwei Jahre auf meine Kosten die Wände streichen lassen.«

»Unverschämt.«

»Aber das ist es mir wert.«

Sie rauchten eine Zeit lang einträchtig nebeneinander her, wobei es Alfred gelang, mit Hilfe einiger lang zurückliegender Bergtouren, das offensichtliche Hobby des Abteilungsleiters zu thematisieren. Langbeck war am liebsten in Graubünden unterwegs, gelegentlich auch im Aostatal. Letzteres kannte Alfred von einem Urlaub vor fünf Jahren, Ersteres vom Skifahren, als die Schweiz noch nicht so unverschämt teuer gewesen war. Langbeck erzählte, dass er ausgebildeter Bio-Chemiker war und sich schon sein ganzes Berufsleben lang in der Pharma-Forschung befand. Als die PharmAG von der amerikanischen Holding übernommen wurde, war er gerade ein ehrgeiziger junger Forschungsassistent gewesen. Ein interner Headhunter hatte beim Eingangsprofiling festgestellt, dass Langbeck über angeborene Führungsstärken verfügte. Man stellte ihn vor die Wahl, entweder eine betriebsbedingte Kündigung zu bekommen oder für zwei Jahre als Trainee in die Staaten zu gehen, wo er dann tatsächlich zum dynamischen Manager herangezogen wurde. Nur das Rauchen hatten sie ihm nicht abgewöhnen können.

»Ich bin jetzt nicht gerade ein Top-Experte für Nuklear-Physik«, erklärte er, »von daher kann ich Ihnen auch keinen heißen Tipp geben, wo Sie sonst noch fragen könnten.«

»Sehr schade«, Alfred drückte als Erster seine Kippe in einem Edelstahlaschenbecher aus.

»Aber haben Sie schon einmal daran gedacht, dass das Material ja nicht unbedingt hier aus der Gegend stammen muss?«

»Ja, sicher. Aber wo soll man da anfangen?«, Alfred war schon im Begriff, seine Rauchutensilien zusammenzupacken, als Langbecks Blick abrupt Richtung Gang schweifte, und er rief:

»Achim, hast du mal eine Minute?«

Kurz darauf betrat ein Mann den Raum, der Alfred um einen Kopf überragte und einen weißen Kittel trug. Er wirkte etwas hektisch. Als Langbeck Alfreds Problem vortrug, sagte er ein Dutzend Mal sehr schnell »hm, hm«, meinte dann, dass er gerade überhaupt keine Zeit hätte, und wollte sich schon wieder aus dem Büro entfernen, als Langbeck ihn festhielt und quasi in den zweiten Stuhl neben Alfred drückte.

»Jetzt mach dich mal locker, Alter«, mahnte der Abteilungsleiter. »Ich predige euch seit Jahren, dass diese Hektik überhaupt nichts bringt. Also hör dir das mal an, mach dir kurz Gedanken, und du wirst sehen, wie gut das tut, sich mal zehn Minuten mit was anderem zu beschäftigen ... Da kommst du auf ganz neue Ideen, wenn du wieder unten in deinem Labor bist.«

»Ich müsste jetzt aber wirklich ...«, bemühte sich Achim noch ein letztes Mal.

»Auf fünf Minuten wird es nun ganz bestimmt nicht ankommen«, sagte Langbeck gönnerhaft, »Sie müssen nämlich wissen, Herr Kommissar, dass Achim sozusagen unser Top-Experte für Ihr Anliegen ist.«

»Tatsächlich?«

»Physiker, Medizinphysiker, um genau zu sein«, fuhr Langbeck fort, »er hat hier am meisten Ahnung von der Materie.«

»Nicht wirklich«, sagte der Physiker.

»Papperlapapp«, der Abteilungsleiter winkte ab, »ich habe gerade versucht, Herrn Albach hier bei der Frage weiterzuhelfen, wo man ein Stück Gammastrahler illegal beschaffen könnte. Meiner Meinung nach ist es nahezu ausgeschlossen, dass so was aus einer Uni oder sonstigen Forschungseinrichtung wie hier bei uns verschwinden kann, oder?«

»Ja, da wird schon akribisch Buch geführt«, stimmte der Physiker knapp zu, »kann ich mir auch nicht vorstellen.«

»Also, woher dann?«, Alfred konnte sich dem Eindruck nicht erwehren, dass Langbeck hier gerade seinen Job übernehmen wollte. Aber bitte, sollte er doch.

»Ich habe wirklich keine Ahnung«, versicherte der Mann namens Achim. Der Abteilungsleiter verzichtete nun auf jede weitere Inquisition und ging dazu über, seinen Mitarbeiter schweigend anzusehen.

Alfred spielte das Spiel mit, sagte ebenfalls nichts und zündete sich stattdessen noch eine Zigarette an. Da der Physiker anscheinend über die schwächsten Nerven der im Raum Anwesenden verfügte, durchbrach er schließlich die peinliche Stille:

»Bei der Entsorgung von medizinischen Geräten könnte entsprechendes Material verschwinden, ist in den USA schon mehrfach vorgekommen.«

»Na, siehst du«, lobte Langbeck, »wo noch?«

»Was anderes fällt mir jetzt spontan wirklich nicht ein«, sagte der Physiker, sprang schnell von seinem Stuhl auf und setzte zur Flucht aus dem Büro an.

»Wie sieht's denn so mit Osteuropa aus?«, Langbecks Worte wirkten wie ein Kraftfeld, das Achim am Passieren des Türstocks hinderte, »da kann man ja wohl auch Atomwaffen illegal kaufen, oder?«

»Ja, natürlich«, antwortete der Physiker knapp, »der ehemalige Ostblock wäre auch eine Möglichkeit.«

»Das ist mir jetzt schon ein bisschen unangenehm«, Alfred nahm das Gespräch wieder auf, als Achim dem Büro seines Abteilungsleiters schließlich glücklich entkommen war.

»Das braucht es nicht«, beschied Langbeck, »ich kann es nur auf den Tod nicht ausstehen, wenn die hier versuchen, mir auf der Nase herumzutanzen. Wenn ich ihn bitte, sich fünf Minuten Zeit zu nehmen, dann hat er das zu tun, egal, um was es geht.«

»Ist ja auch eine Frage der Höflichkeit«, ergänzte Alfred.

»Ganz genau«, nickte der Abteilungsleiter, »das Problem in diesem Land ist, dass alle nur zu Fachidioten ausgebildet werden und sich keiner auch nur einen Millimeter links oder rechts von seinem Fachgebiet umguckt. Von Softskills mal ganz zu schweigen.«

»Wie heißt denn Ihr Mitarbeiter mit Nachnamen?«, fragte Alfred, den Notizblock in der Hand.

»Janssen. Eigentlich ein guter Mann – auf seinem Fachgebiet.«

X.
Flucht und Verdunklung

Nastassja Dark schien in keinster Weise überrascht, als Alfred am Donnerstag vor ihrer Stahltür stand.

»Ich wusste, dass Sie wiederkommen würden«, sagte sie.

»Tatsächlich?«, Alfred betrat das Atelier und stellte den Tantalus ab.

»Sie sagten, dass Sie keinen Trost in meiner Figur finden«, sie ging ihm voran zu der zerschlissenen Sitzgruppe, »ist doch klar, dass sie dann von Ihrem Lebensraum abgestoßen wird.«

»Nun ja, wenn Sie damit unsere Wohnung meinen, liegt die Gestaltungshoheit ganz bei meiner Frau«, Alfred stützte die Arme auf der Lehne eines Sessels ab und sah der Künstlerin offen ins Gesicht.

»Egal«, beschied sie, »Sie möchten ihn auf jeden Fall wieder zurückgeben.«

»Das schon«, druckste Alfred, »im Gegenzug würde ich aber die Chromosomenanomalie gerne wieder mitnehmen. Meine Frau hatte da so einen spontanen Sinneswandel.«

«Aha.«

»Ich weiß, das ist jetzt eine ziemliche Zumutung für Sie«, lächelte er verlegen, »und das Bild ist 300 Euro teurer, ich habe das Geld natürlich in bar dabei.«

»Ich habe kein Problem mit spontanen Sinneswandeln«, erklärte sie, »ohne sie gäbe es immerhin keine Kunst.«

»Das beruhigt mich«, Alfred setzte sich in den Sessel, während Nastassja Dark in einen Nebenraum ging, um das Bild zu holen. Er widerstand der Versuchung, sein Zigarettenetui zu zücken, schlug die Beine übereinander und blickte aus der verschmutzten Fensterfront. Es war später Vormittag, aber der Tag würde heute nicht besonders hell werden, zumindest was das Sonnenlicht betraf. Er sah die Kronen einiger großer alter Laubbäume in 100 Meter Entfernung, die von ein paar Krähen umkreist wurden. Hier drinnen herrschte ein relativ freundliches Licht, weil der Raum neben dem Neonlicht an der Decke von mehreren Deckenflutern beleuchtet wurde.

Eigentlich wäre dieser Besuch gar nicht mehr nötig gewesen, sie hatten den bürgerlichen Namen der Künstlerin schon über das Einwohnermeldeamt herausbekommen. Dies war umso leichter gewesen, als sie ihren Künstlernamen offiziell in ihren Personalausweis hatte eintragen lassen.

Es war schon spät am Vorabend gewesen, als Alfred von der PharmAG in das Präsidium zurückgekehrt war. Er hatte auf dem Rückweg noch kurz Station im *Brozzi* gemacht, um sich einen Cappuccino und einen Cognac zu gönnen. Das Gespräch mit Langbeck war einerseits aufschlussreich gewesen, andererseits warf es mal wieder mehr Fragen auf als es beantwortete. Alfred hatte daraufhin das dringende Bedürfnis nach etwas Ablenkung, die er beim abendlichen Herrengedeck und der Lektüre der *taz* tatsächlich fand. Als er schließlich wieder im Büro ankam, saß Renan noch immer über den Akten der Massenverhaftung. Alfred hatte sich bereits darauf eingestellt, dass seine Kollegin ob der qualvollen Arbeit ›not amused‹ auf seine späte Rückkehr reagieren würde. Doch stattdessen hockte sie wie gebannt vor einem großformatigen Foto und studierte Details mittels einer Lupe.

»Das muss jemand vom Erfassungsdienst von einem gegenüberliegenden Haus aus fotografiert haben«, sagte sie anstelle einer Begrüßung.

»Du meinst bei der Verhaftungsaktion?«, fragte er und musterte interessiert das Chaos auf ihrem Schreibtisch.

»Nein, bei der Demo davor«, antwortete sie streng, »als sich die Gruppe vor dem KOMM langsam versammelt hat.«

»Ja, natürlich«, beschwichtigte er und studierte die Fotos, die verschiedene Grüppchen junger Menschen in einer Märznacht zeigten. Hinter ihnen war der markante, große Rundbogen des ehemaligen KOMM-Eingangs zu sehen. Links und rechts davon hingen Plakate einer Band namens »Scrifis«.

Andere luden zum Juso-Fasching 81 ein. Die Zeit der Aufnahme hätte er auch ohne alle Hintergrundinformationen auf die frühen 80er datieren können. Die Personen trugen vielfach lange Haare, die Frauen bereits mit Dauerwelle, die Männer noch ohne. Bei der Kleidung dominierten Jeanshosen ohne Schlag und reichlich mit Buttons und Aufnähern verzierte Jeans- und Lederjacken. Nicht wenige hatten sich Palästinensertücher um den Hals und die untere Gesichtspartie geschlungen. Turnschuhe waren als Fußbekleidung bereits Mode geworden. Renan untersuchte gerade mit fast manischer Konzentration einen Abzug, der ein Grüppchen auf den Stufen des KOMM-Eingangs abbildete. Mit der Lupe fokussierte sie das Trio.

»Wir brauchen morgen als Allererstes eine Vergrößerung von diesem Bild«, forderte sie.

»Das dürfte kein Problem sein«, erklärte Alfred, seine Lesebrille zückend.

»Aber ich bin mir jetzt schon ziemlich sicher, dass sie es ist.«

»Ja, wen meinst du denn, um Himmels willen«, entfuhr es Alfred, als Renan Minuten später noch immer keine weitere Erklärung abgegeben hatte.

»Ganz schön nervig, wenn man dem Anderen immer alles aus der Nase ziehen muss, hä?«, entgegnete sie trocken.

»Ich weiß nicht, wovon du redest,«

»Ja, ja. Schon klar ... Jetzt schau dir mal das Mädel da in der Mitte an«, sie übergab ihm die Lupe.

»Hübsch«, beschied Alfred. Vielleicht ein wenig zu blass für meinen Geschmack.«

»Und?«

»Nichts und.«

»Jetzt versuch mal, sie dir 25 Jahre älter vorzustellen.«

»Schaff ich nicht.«

»Aber ich. Und ich sage dir, die haben wir erst letzte Woche kennen gelernt.«

»Du meinst, das ist die ... nein!«

»Aber, hallo! Und morgen nehme ich mir noch mal systematisch die Einzelakten der Verhafteten vor. Wenn sie da auch dabei war, haben wir ihre persönlichen Daten.«

»Aber selbst wenn«, Alfred zog seinen Stuhl auf Renans Seite und setzte sich, »was würde das beweisen? Eine Künstlerin war früher der linken Szene zugetan und stand am 5. März 1981 vor dem KOMM.«

»Und wenn sie verhaftet und von Rothenberg eingeknastet worden wäre?«, Renan schüttelte genervt den Kopf. »Wer hat denn heute Mittag gesagt, wir müssen eingrenzen?«

»Gut«, erwiderte er, »dann wäre sie eine von ...«

»50! Und bestünde nicht die Möglichkeit, dass sie außer mit dem Pinsel auch mit der Spraydose umgehen kann?«

»Das hat natürlich was«, Alfred stützte das Kinn in die Hand, »aber wo kriegt sie radioaktives Material her?«

»Soll ich dir jetzt die Lösung auf dem Silbertablett servieren oder was?«, Renan wurde laut. »Hast du schon mal eine Sekunde darüber nachgedacht, dass es mehrere Täter gewesen sein könnten? Anders ist das eigentlich nicht zu bewerkstelligen.«

»Ich habe ja nur laut gedacht«, Alfred nahm die Lupe und betrachtete das Foto näher.

»Hier hätten wir jemanden für die Graffitis«, Renan wurde wieder sachlich, »dann bräuchten wir noch einen für die Strahlung und einen, der nah genug an den Rothenberg herankommen konnte, um das Material in seiner Nähe zu deponieren ... Wie wär's mit einem Kfz-Mechaniker, sein Auto wäre doch kein schlechter Platz«, sie fuhr hoch, »mein Gott, das müssen wir unbedingt prüfen, nicht dass da immer noch eine Strahlenquelle herumfährt.«

»Wie wär's mit einem Staatsanwalt?«, Alfred suchte die optimalen Abstände zwischen seinem linken Auge, der Lupe und dem Foto, »ich glaube, den Burschen da links von ihr, der mit den Segelohren, den habe ich kürzlich erst im Justizpalast getroffen.«

Nastassja Dark kam zurück und lehnte das Bild an eine Säule. Den blassen Teint hatte sie bis heute nicht abgelegt, das Kinn markierte immer noch jenes stumpfe Dreieck, das schon auf einem grobkörnigen alten Schwarz-Weiß-Foto auffiel, ihre Augen lagen immer noch eine Spur zu weit auseinander, aber sie hatten den Glanz verloren. Auf den Stufen vor dem KOMM verriet ihr Blick Besorgnis, vielleicht sogar Angst, aber die Augen leuchteten freundlich und irgendwie naiv. Heute glich das türkise Blau zwei tiefen, unergründlichen Seen.

»Das ist wirklich sehr freundlich«, sagte Alfred schließlich und übergab der Künstlerin drei Hunderter.

»Nicht der Rede wert«, entgegnete sie.

»Ich hätte da noch eine unverschämte Bitte«, druckste Alfred herum.

»Ja?«

»Haben Sie vielleicht ein Mobiltelefon? Meines ist leer, und ich müsste dringend meiner Kollegin, von der ich Sie übrigens herzlich grüßen soll, eine SMS schreiben ... sie stellt immer den Ton von ihrem Handy ab.«

»Kein Problem«, sagte sie und stand auf, um das Telefon zu holen. Alfred fühlte sich direkt schlecht, weil er die Frau jetzt hintergehen musste. Er nahm das Handy und tippte eine kurze Botschaft ein, die er an Renan schickte.

»Dass Sie die Nummer auswendig kennen?«, wunderte sich Nastassja Dark.

»Ich habe ein phänomenales Zahlengedächtnis«, log Alfred und fühlte sich gleich noch schlechter.

»Was arbeiten Sie beide eigentlich?«, fragte sie beiläufig.

»Wir, äh, sind bei der Steuerfahndung«, Alfred verspürte einen regelrechten Magenkrampf.

»Ja, das ist die Alex«, sagte Rudi Berner.

»Alexandra Reinhardt, nicht wahr?«, fragte Renan.

»Genau«, Rudi lehnte sich auf seinem ramponierten IKEA-Sofa zurück und blickte Renan nickend an.

Sie befand sich im »Politikum«, einem freien Verein für politische Jugendbildung in der Nordstadt. Die Räume waren im Erdgeschoss eines sanierungsbedürftigen Altbaus untergebracht. In Rudis Büro roch es nach kaltem Rauch und einem undefinierbaren Duftöl. Vormittags war noch kein Betrieb, Rudi war der Einrichtungsleiter und der einzige hauptamtliche Mitarbeiter des Vereins. Er war schon über fünfzig und hatte eine entsprechende Anzahl an Berufsjahren als Sozialarbeiter auf dem Buckel. Rudi war ein heißer Tipp von RW gewesen, der sich natürlich noch an alle ehemaligen Mitarbeiter des KOMM erinnern konnte. Bei Rudi kannte er sogar noch den aktuellen Einsatzort, die meisten anderen hatten entweder der Sozialarbeit oder der Stadt den Rücken gekehrt. Des Weiteren hatte RW ihr einen Leitz-Ordner voll mit alten Zeitungsausschnitten und anderen Berichten über die Massenverhaftung von 1981 überlassen. Renan hatte erst gar nicht gefragt, was ihn damals veranlasst hatte, das alles zu sammeln und ein Vierteljahrhundert lang aufzuheben. Aber sie war ihm heimlich dankbar dafür.

Viele hatten sich damals mit der juristischen Seite der Aktion beschäftigt. Der eigentliche Skandal lag darin, dass die Haftrichter am Tag nach den Festnahmen 141 »hektographierte« und gleichlautende Haftbefehle ausstellten. Sie hatten alle Verhafteten über einen Kamm geschert und sich keine Zeit für eine genaue Betrachtung der einzelnen Fälle genommen. Das lag natürlich auch an der hohen Zahl der Beschuldigten, die laut Polizei alle Steinewerfer gewesen waren. Und am gesetzlichen Rahmen, der vorgab, dass jeder Festgenommene binnen 24 Stunden einem Haftrichter vorgeführt werden musste. Außerdem wurden keine Entlastungszeugen befragt, und die Angehörigen der jungen Menschen hatten große Schwierigkeiten, Verteidiger aufzutreiben, weil seit den 70er-Jahren Doppelmandate verboten waren, und jeder Anwalt nur einen Mandanten vertreten durfte. Das alles zog in den darauf folgenden Tagen und Wochen seine Kreise, vor allem als bekannt wurde, dass sich unter den Verhafteten

70 junge Leute befanden, die überhaupt nicht an der Demonstration teilgenommen, sondern währenddessen im Gebäude Tee getrunken, Schach gespielt oder Musik gehört hatten. Die meisten harten Demo-Profis hatten sich schon vorher durch die U-Bahn-Passage oder durch ein Fenster in den Burggraben abgesetzt. Die Nürnberger SPD protestierte daraufhin heftig gegen das Vorgehen der Polizei und der Justiz, die Lokalpresse begann, kritisch zu berichten. Kurz darauf kamen über 7 000 Leute zu einer Protestkundgebung vor die Lorenzkirche. All dies konnte Rudi Berner bestätigen. Auch die Verwicklungen eines damaligen Ermittlungsrichters namens Rothenberg, der in einem *Stern*-Artikel mit den Worten zitiert wurde: »Und wenn ich wieder für so eine Aktion eingeteilt werde, werde ich genauso handeln!« Im selben Artikel stand aber auch, dass Rothenberg an diesem Tag überhaupt keinen Dienst tat, aber schon am Vortag in der Gerichtskantine getönt hatte, er wäre sofort dabei, wenn Not am Mann wäre.

»Das kann man sich heute gar nicht mehr vorstellen«, erklärte Rudi, »wenn du dir denkst, dass das Kultusministerium sogar Druck auf Schuldirektoren und Lehrer ausgeübt hat, damit die im Unterricht nicht mit ihren Schülern über die Sache diskutieren. Nur weil die am Scharrer-Gymnasium eine Protestresolution verfasst haben.«

Renan ließ sich noch immer nicht gerne ungefragt duzen, hatte aber mehr Interesse an Rudis Informationen als an einer Konfrontation und hakte selbst duzenderweise nach:

»Und du bist dir sicher, dass Alexandra Reinhardt damals nicht an der Demo beteiligt war?«

»Absolut«, nickte Rudi, »die Alex war immer besonders friedlich und eher ängstlich. Ich kann heute noch beschwören, dass die damals in der Teestube saß.«

»Und der Andere, links auf dem Foto, ist ihr Bruder?«

»Ja, das ist tatsächlich ihr Bruder, Andreas. Der war schon ein anderes Kaliber«, Rudi schenkte sich einen Rooibostee nach, Renan lehnte dankend ab.

»Inwiefern?«

»Der war sicher bei der Demo dabei. War das genaue Gegenteil seiner Schwester, obwohl ich irgendwie auch nicht glaube, dass er gewalttätig war. Ein junger Bursche von 17 Jahren halt, bis zur Hutkrempe voll mit Idealen und Ideologien, wie wir eben alle damals«, seufzte er.

»Und der Dritte?«, fragte Renan weiter. »Den habe ich nämlich nicht in den alten Akten gefunden.«

»Das Gesicht kommt mir irgendwie bekannt vor«, Rudi musterte den Abzug eine Zeit lang, »na klar, das ist der Freund von Alex gewesen, oder zumindest wollte er es gerne sein.«

»Ihr Freund«, Renan griff zum Notizblock, »kannst du dich noch an seinen Namen erinnern?«

»Joe«, Rudi blickte konzentriert ins Leere, »sie haben ihn immer Joe genannt. War bestimmt nur ein Spitzname.«

»Joseph oder Johannes?«

»Tut mir leid, wir haben keine Personalbögen verteilt.«

»Schon klar«, Renan zügelte ihre Ungeduld, »jedenfalls war er nicht bei den Verhafteten dabei, die Akten habe ich alle überprüft.«

»Nein, nein«, Rudi biss auf seiner Unterlippe herum, »der Joe war nicht zum Helden geboren. Der war entweder gar nicht bei der Demo dabei, obwohl ihn das ja nicht vor der Verhaftung bewahrt hätte, oder er war einer von denen, die sich über ein Fenster in den Königstorgraben abgelassen haben und dann getürmt sind.«

»Dann hätte er ja seine Freundin im Stich gelassen«, grübelte Renan.

»Na ja, es hat keiner gedacht, dass die Unschuldige festnehmen«, erwiderte Rudi, »aber wenn ich mich recht entsinne, war das auch eher eine unglückliche Liebe.«

»Wieso?«

»Also, der Andi hier«, er deutete auf den linken Kopf, »ist noch jahrelang ins KOMM gegangen, und ich kann mich erinnern, dass er mal ziemlich fertig war, weil Joe, einer seiner besten Freunde, einen Selbstmordversuch unternahm, als sich seine Schwester von ihm getrennt hat.«

»Echt?«, Renan schrieb eifrig in ihrem Notizbuch.

»Na ja, eher so ein Hilferuf-Suizid«, erklärte Rudi, »ich glaube, er hatte Schlaftabletten genommen, aber nicht genug, damit es gereicht hätte.«

»Weißt du, was aus ihm geworden ist?«

»Also, überlebt hat er. Aber mehr weiß ich auch nicht. Der Andi hat dann Mitte der 80er mit dem Studium begonnen und kam nicht mehr ins KOMM.«

»Das kriegen wir schon noch raus«, sagte Renan, »auf jeden Fall müssen wir davon ausgehen, dass Alexandra damals vollkommen unschuldig war, als sie verhaftet wurde ...«

»Ja, natürlich«, rief Rudi, »und nicht nur sie. Das waren auch die anderen 70, die nicht an der Demo beteiligt waren, und von den Beteiligten haben ja auch nicht alle Steine geworfen und Schaufenster eingetreten. Eigentlich hätten sie nur die in Haft nehmen dürfen.«

»Ja, ja. O. k.«, Renan blickte von ihrem Block auf. »Jetzt noch einmal zu Alexandra und ihrem Bruder. Für beide hat Richter Rothenberg die Haftbefehle ausgestellt. Sie kam in die JVA nach Regensburg und er nach Würzburg.«

»Ja, klar. Die mussten sie ja übers ganze Land verteilen, weil sie hier nicht genug Platz für so viele Leute hatten.«

»Wie auch immer. Aus den Akten geht hervor, dass sie über eine Woche in der JVA gesessen hat, das ist ja Wahnsinn!«

»Ein 15-jähriges Mädchen, das muss man sich mal vorstellen«, bestätigte Rudi.

»Hast du sie danach noch öfter gesehen?«, fragte Renan.

»Kaum noch«, er legte die Stirn in tiefe Falten, »sie ist vielleicht noch ein, zwei Mal bei uns gewesen, dann nie wieder. Soviel ich von Andi mitbekommen habe, hat sie dann die Schule nicht mehr gepackt und ist irgendwie krank geworden ... Aber heute ist sie ja eine ganz bekannte Künstlerin. Sie hat auf jeden Fall das Beste daraus gemacht.«

»Und der Bruder ist heute selber Staatsanwalt.«

»Tatsächlich?«, Rudi hielt kurz inne. »Das wusste ich nicht ... das Leben geht manchmal seltsame Wege.«

»Also, ich krieg das immer noch nicht geregelt, warum die damals so einen Aufstand wegen ein paar zertrümmerter Schaufenster gemacht haben«, sagte Renan.

»Das ist auch heute eigentlich nicht mehr nachvollziehbar«, nickte Alfred, der am Steuer saß.

»Ich meine, dass man dabei nicht untätig zuschaut, ist ja klar. Aber deswegen 160 Leute verhaften und nicht mal den Versuch machen, herauszufinden, wer davon jetzt Sachbeschädiger ist und wer nur harmloser Demonstrant ... das kann's doch echt nicht sein, oder?«

»Ich muss dir ehrlich sagen, dass ich das damals nur am Rande mitbekommen habe«, Alfred kniff die Augen zusammen, »die haben mich zu der Zeit nach München geschickt, zur Drogenkriminalität ... Aber das war eben damals noch ein anderer Staat, Kollegin.«

»Das war eben kein anderer Staat, Alfred.«

»Auf dem Papier vielleicht nicht. Aber wenn der große Franz Joseph Strauß etwas angeordnet hat, dann ist das von allen Beteiligten sofort umgesetzt worden. Das ging von Seiten der Polizei so halbwegs in Ordnung, aber die Justiz hätte da nicht mitspielen müssen. Darin liegt der eigentliche Skandal von 1981, schon richtig.«

»Wie kann man denn so einen Horror vor ein paar demonstrierenden Jugendlichen haben? Das ist doch krankhaft«, Renan hatte RWs Ordner aufgeschlagen und blätterte beiläufig darin.

»Du, so weit entfernt sind wir davon heute auch nicht. Jetzt gibt es die Angst vor dem islamistischen Terror, damals war es die RAF. Heute wird die Frage auf die Integration von Muslimen verkürzt, damals wurde eben alles, was links von der Mitte und noch dazu jung war, mit der Anarchoszene oder gar der RAF verglichen.«

»Stimmt«, sie blätterte wieder, »da steht irgendwo was. Später hat die Staatsanwaltschaft damit argumentiert, dass sich unter den Festgenommenen auch drei RAF-Sympathisanten befunden haben sollen ... Und hier, die erste Pressemeldung vom 6. und 7. März: ›Schwere Verwüstungen in der Innenstadt‹ und ›Krawall und bürgerkriegsähnliche Zustände in Nürnberg‹. Später haben sie ganz anders darüber geschrieben.«

»Es gab damals schon eine gewisse Angst vor solchen Zuständen. Brockdorf, die Startbahn West in Frankfurt, Straßenschlachten in Berlin ... Von diesen Bewegungen waren einige ziemlich gewalttätig und antidemokratisch. So was dann undifferenziert auf andere zu übertragen, war der übliche Stil der damaligen Staatsregierung, und das wäre heute noch genauso, wenn es solche politischen Bewegungen noch gäbe ...«

»Jetzt fang bitte nicht wieder mit der Gleichgültigkeit der Jugend an!«

»Ich werde mich hüten«, lächelte er, »so, da vorne ist es.«

Sie trafen Achim Janssen in seinem Büro bei der PharmAG an. Der Physiker trug einen weißen Kittel und schien erschrocken, als er Alfred wiedererkannte. Er schützte abermals einen extremen Zeitmangel vor und wollte aus dem Raum stürzen. Erst als Alfred ihm eine vorläufige Festnahme androhte, besann er sich und nahm wieder Platz. Renan hatte ihm bereits mit felsenfester Überzeugung zugenickt, als er das alte Foto aus der Tasche zog und es Janssen auf den Schreibtisch legte. Während Renan die Bürotür schloss, erklärte Alfred mit sanfter Stimme:

»Herr Janssen, ich sehe nicht mehr so gut und bin ziemlich schlecht darin, Gesichter wiederzuerkennen, aber wenn ich mir dieses Foto ansehe und mir dann den jungen Mann da rechts mit kürzeren Haaren, ohne Bart und fünfundzwanzig Jahre älter vorstelle ... was meinst du, Renan?«

»Ich sage, er ist es.«

»Trifft das zu, Herr Janssen?«

»Das, äh, kann ich nicht sagen«, erwiderte er, ohne das Foto genauer zu betrachten.

»Wir haben auch noch eine Vergrößerung«, sagte Alfred und ließ sich von Renan einen weiteren Abzug reichen, »vielleicht hilft Ihnen das weiter?«

»Ich glaube nicht, dass ich das bin«, er blickte nervös zwischen Renan und Alfred hin und her, »wo und wann soll das denn überhaupt sein?«

»Wie Sie an der Schrift über der Tür unschwer erkennen können, handelt es sich bei der Örtlichkeit um das ehemalige Kommunikationszentrum in Nürnberg, damals auch KOMM genannt. Heute heißt es Künstlerhaus. Das Bild wurde in der Nacht vom 5. auf den 6. März 1981 aufgenommen. Sagt Ihnen dieses Datum etwas?«

»Nein, nicht dass ich wüsste.«

»So, das reicht jetzt aber«, herrschte Renan ihn an, »wir lassen uns doch nicht für dumm verkaufen! Sieht doch ein Blinder mit einem Krückstock, dass Sie das hier sind«, sie klopfte hart auf die Vergrößerung auf dem Schreibtisch, »nur jünger, mit Bart und langen Haaren. Wir haben auch kriminaltechnische Methoden, um so was nachzuweisen ... Weißt du was?«, wandte sie sich an Alfred. »Wir nehmen ihn am besten gleich mit, zur erkennungsdienstlichen Untersuchung.«

»Das dürfen Sie nicht«, sagte Janssen, wenig überzeugend.

»Sie können sich weigern«, erklärte Alfred sachlich von rechts, »damit zwingen Sie uns aber, Sie amtlich vorladen und von einem Streifenwagen abholen zu lassen. Wie Sie ja wissen, ermitteln wir hier in einem Mordfall.«

»Und dann gehen wir gleich noch zu Ihrer Personalabteilung und lassen uns Ihren Lebenslauf geben«, schoss Renan von links, »und es dauert bestimmt nicht lange, bis wir dann eine Verbindung zwischen Ihnen und den anderen beiden auf dem Foto finden.«

»Also gut, also gut«, Janssen bekam einen sichtbaren Schweißausbruch, »aber bitte, machen Sie die Tür wieder auf, und setzen Sie sich. Das erregt hier nur Aufsehen.«

»Wir hören«, sagte Alfred, während Renan die Tür wieder öffnete.

»Das bin ich«, gab der Physiker leise zu, »in der Nacht der Massenverhaftung. Ich war an jenem Abend im KOMM.«

»Na bitte«, erwiderte Renan scharf, »und wer sind die anderen beiden?«

»Der Mann ist Andy. Andreas Reinhardt, ein damaliger Schulfreund, und die Frau ist seine Schwester.«

»Wie hieß sie?«

»Das weiß ich nicht mehr. Wir hatten nicht sehr viel Kontakt.«

»Aha«, Alfred machte eifrig Notizen, »das Bild wurde gegen 22 Uhr aufgenommen. Was haben Sie in den darauf folgenden Stunden gemacht?«

»Sie meinen, ob ich bei dieser Demo dabei war?«

»Zum Beispiel.«

»Nein, ich bin dann wieder ins KOMM zurück.«

»Sind Sie dann auch verhaftet worden?«, fragte Renan, die die Antwort schon kannte. Sie blickte sich in dem Raum um. Es war ein eher kleines Büro mit typisch grauer Inneneinrichtung, die eine fast schon zwanghafte Ordnung erkennen ließ. Alle Schränke waren geschlossen, die Ordner in den Regalen waren fein säuberlich mit gedruckten Etiketten versehen. Auf dem Schreibtisch hatte alles seinen festen Platz. Klammerer, Locher und Brieföffner lagen in der rechten oberen Ecke, links befanden sich zwei Ablagekästen, in der Mitte ein großer Flachbildschirm und davor eine drahtlose Tastatur und Maus. An den Wänden hingen zwei Schwarz-Weiß-Poster von New York und eine Art Urkunde oder Auszeichnung aus Yale. Ansonsten verfügte der Raum über keine persönliche Note.

»Nein«, antwortete Janssen schließlich, »ich bin nach Hause, bevor dieser Demonstrationszug wieder zurückkam.«

»Dann haben Sie auch nichts mit einem Richter namens Rothenberg zu tun gehabt?«

»Der Name sagt mir nichts«, erklärte Janssen, der sich langsam wieder zu fangen schien, »hören Sie, diese Sache ist mir heute noch peinlich. Ich habe früher mit der linken Szene sympathisiert. Es wäre nicht so gut, wenn mein Arbeitgeber das mitkriegen würde. Ist zwar schon ewig her, aber ...«

»Niemand wird Ihnen Ihre damalige politische Haltung vorwerfen«, beteuerte Alfred, »wir interessieren uns ausschließlich für diesen Mordfall, in dem, wie Sie ja schon wissen, radioaktives Material eine bedeutende Rolle spielt.«

»Über das wir hier jedoch nicht verfügen«, schob Janssen nach.

»Ja, das ist uns schon klar«, nickte Alfred.

»Und ich dachte immer, Leuten mit weißen Kitteln könnte man vertrauen«, murmelte Renan.

»Wie bitte?«, fragte Janssen.

»Ach, nichts«, sie winkte ab.

»Ja gut, Herr Janssen«, Alfred erhob sich, »das wär's dann erst mal. Wir müssen Sie aber trotzdem bitten, die Stadt vorerst nicht zu verlassen.«

»Die Stadt nicht ... ähm, ja, das hatte ich auch nicht vor«, er zog die Stirn in Falten.

Noch während sie aus dem Gebäude auf den Parkplatz traten, zog Alfred sein Mobiltelefon aus dem Sakko und forderte das bestellte Observierungsteam an. Als die Kollegen eintrafen, übergab er ihnen zwei Fotos von Janssen und die Daten von der Kfz-Zulassung.

Abends saß Alfred am Schreibtisch und versuchte verzweifelt, den aktuellen Stand der Ermittlungen in einem Bericht zusammenzufassen. Draußen war es schon lange dunkel. Renan war bereits gegangen, und auch sonst herrschte nicht mehr viel Betrieb im Präsidium. Aus dem Radio drang eine merkwürdige elektronische Musik, und neben ihm dampfte seine Kaffeetasse vor sich hin. Er hatte lange versucht, die Spur zu Alexandra Reinhardt beziehungsweise Nastassja Dark und ihrem Bruder nachvollziehbar zu schildern. Es war ihm nicht gelungen. Was sie hier gerade taten, stand in keinem Lehrbuch, und er musste zugeben, dass sie sich ausschließlich auf Vermutungen und Intuition verlassen mussten. Wobei es ein seltenes Phänomen war, dass Renan und er gefühlsmäßig in dieselbe Richtung tendierten, und allein der Umstand, dass das diesmal der Fall war, machte ihn sicher, dass sie kurz davor waren, die Wahrheit aufzudecken. Eigentlich lief es bei den meisten Fällen so ab: Am Anfang sagte er, Herr X sei der Täter, und Renan bestand auf Frau Y. Jeder verfolgte dann konsequent die eigene Theorie, und wenn schließlich einer nachgab, hatten sie in 90 Prozent der Fälle die Sache gelöst. Er nahm das Foto von 1981 und betrachtete es andächtig im Schein der Schreibtischlampe. Hier befand sich des Rätsels Lösung. Hier waren das Motiv und die Täter. Es waren drei, jeder hatte das Seine beigetragen. Das war sowohl Renan als auch ihm klar geworden, als sie die Künstlerin identifiziert hatten. Der Ursprung dieses Falles lag also 26 Jahre zurück, das Motiv war einer der drei Klassiker: Geld, Liebe oder Rache. Letztere schmeckte, von einem Sprichwort abgehangen, besonders süß. Aber 26 Jahre schienen Alfred doch sehr hart am Verfallsdatum, wobei er nicht den Fehler machen wollte, von sich auf andere zu schließen. Menschen waren nun mal unterschiedlich ausgeprägt in ihrer Persönlichkeitsstruktur. Er fischte die beiden Reinhardt-Akten von Renans Tisch und schlug sie auf. »HAFT« war groß in das rechte obere Eck von Alexandras Haftbefehl gestempelt worden. Darüber befand sich die Anschrift des Amtsgerichts Nürnberg samt der Telefonnummer. Warum darunter die Kontonummer der Oberjustizkasse angegeben war, verstand er bis zum heutigen Tage nicht.

»D. Beschuldigte ist dringend verdächtig, sich an einer Gewalttätigkeit gegen Sachen, die aus einer Menschenmenge in einer die öffentliche Sicherheit gefährdenden Weise mit vereinten Kräften begangen wurde, beteiligt und dadurch bedeutenden Schaden an fremden Sachen angerichtet zu haben, also eines Vergehens des Landfriedensbruchs nach den §§ 125, 125a StGB.In der Nacht zum 06.03.1981 fanden sich d. Beschuldigte und etwa 200 Mittäter in Nürnberg zusammen, zogen durch die Straßen und beschädigten unter anderem Schaufenster und Kraftfahrzeuge. Der Sachschaden in Höhe von mehreren zehntausend Mark konnte wegen des konzentrierten Vorgehens der Täter auch durch den Einsatz von Polizeikräften nicht verhindert werden.«

Als Haftgrund wurde angegeben, dass Fluchtgefahr bestünde, da »D. Beschuldigte« eine Strafe zu erwarten habe, angesichts derer die vorhandenen Bindungen nicht ausreichten. »D. Beschuldigte« gehöre zur Hausbesetzer-Szene oder sympathisiere mit ihr. Der Text war auf einer mechanischen Schreibmaschine getippt worden. Im Wort »sympathisieren« befand sich in allen Haftbefehlen ein h nach dem p, das mit einem Schrägstrich wieder gelöscht worden war. Offenbar hatten sie nicht einmal genügend Zeit gehabt, eine fehlerfreie Vorlage zu erstellen.

Alfred konnte sich vorstellen, was eine mehrtägige Haft in einer Justizvollzugsanstalt der frühen 8oer-Jahre in einer 15- oder 17-jährigen Jugendlichen auslösen konnte. Wahrscheinlich war es Grund genug für eine schwere Traumatisierung, zumal die Vollzugsbeamten in dem aufgeheizten Klima der damaligen Zeit womöglich nicht gerade sanft mit solchen »politischen« Häftlingen umgegangen waren. Er fragte sich nur, wann der teuflische Plan in dem Trio gereift war. Hatten sie von Anfang an über einer Rache gebrütet oder war in den darauf folgenden Jahren noch etwas passiert, das die ganze Sache erst ausgelöst hatte? Dem ersten Anschein nach hatten sich die damaligen Ereignisse auf keinen von ihnen negativ ausgewirkt. Alexandra war eine erfolgreiche Künstlerin geworden, ihr Bruder Staatsanwalt und Janssen Physiker. Sie waren alle drei angesehene und nicht unbedingt schlecht gestellte Mitglieder der Gesellschaft. Andere hatten im März 1981 ihren Arbeitsplatz verloren, nachdem sie tagelang unentschuldigt nicht zur Arbeit erschienen waren. Arbeitslosigkeit war auch zu jener Zeit ein brennendes Thema gewesen, und Alfred hätte gut nachvollziehen können, wenn jemand infolgedessen einem Richter ans Leder gewollt hätte. Diese Frage war noch offen, ebenso das Problem, wie man ihnen die Tat überhaupt nachweisen sollte. Auch wenn sie es schafften, die Schlinge in den nächsten Stunden weiter zuzuziehen, waren sie am Ende wohl auf ein Geständnis oder einen Kardinalfehler von mindestens einem der drei angewiesen. Und dass mit Andreas Reinhardt ein Staatsanwalt unter den Verdächtigen war, machte die Angelegenheit auf der politischen Ebene nicht gerade einfacher. Alfred konnte sich die Reaktion von Herrn Kriminaldirektor Göttler schon lebhaft vorstellen. Er zückte seinen schwarzen Edding und ging aufs Klo.

Als er zurückkam, saß Konrad Herbst an seinem Platz und rauchte Pfeife. Seinen Mantel hatte er noch an, die Pelzmütze jedoch schon abgesetzt.

»Gute Arbeit«, sagte Herbst und deutete auf die offen daliegenden Akten.

»Bin ich ganz alleine drauf gekommen«, erwiderte Alfred und setzte sich seinem ehemaligen Kollegen gegenüber.

»Fall gelöst?«

»Hier schon«, Alfred klopfte gegen seine Schläfe, »nur da noch nicht.« Er deutete auf den PC-Bildschirm. »Uns fehlt noch das klare Motiv.«

»Das ist aber gar nicht gut«, brummte Herbst.

Sie wollten eigentlich gerade Schluss machen und das Büro verlassen, als Rolf Wagner im Türrahmen erschien.

»Ah, der geschätzte Kollege Wagner«, Alfred freute sich aufrichtig, »darf ich dir meinen ehemaligen Kollegen und Lehrer Konrad Herbst vorstellen.«

»Das ist, also ... ich, angenehm«, Rolf ging auf Herbst zu und schüttelte ihm steif die Hand.

»Rolf ist unser Sachverständiger für Graffiti und andere Verbindungen zwischen Kunst und Kriminalität«, erklärte Alfred und setzte sich wieder.

»Sie sind doch, ich meine, ich habe das damals verfolgt mit dem Fall Hedwig Grasser«, Rolf setzte sich auf einen der Besucherstühle und nickte Herbst an.

»Hedwig Grasser?«

»1980, die 17-Jährige aus einem Dorf im Knoblauchsland, die ihren Großvater vergiften wollte ... Stattdessen hat aber dann die Mutter den Kaffee getrunken und so ...«

»Davon weiß ich ja gar nichts. Was hast du mir denn noch alles verschwiegen in den 15 Jahren unserer Zusammenarbeit?«, Alfred lächelte und hob drohend den Zeigefinger.

»Grasser?«, murmelte Herbst. »Keine Ahnung.« Für Alfred war vollkommen klar, dass er wieder eine seiner kleinen Shows abzog. Doch Rolf ließ sich davon nicht beirren.

»Sie hat überhaupt nichts gesagt. Erst als Sie sie verhört haben, ist die Sache ans Licht gekommen. Später haben Sie dem Vater noch sexuellen Missbrauch nachweisen können.«

»Ach, *der* Grasser«, Herbst blies eine dichte Rauchwolke aus, »ja, könnte sein, dass ich damit was zu tun hatte.«

»Und der Elektriker, der damals die Heizdecke und den Wecker seiner Frau manipuliert hat, dass sie den, also, ähm, dass sie gestorben ist, als sie den Wecker ...«, Rolf nickte.

»Ach, das ...«

»Und Sie haben, ich meine, stimmt das, dass Sie früher Dozent an der Polizeihochschule waren?«

»Nein.«

»Aber die Entführung der Behringer-Kinder 1983, da waren Sie doch auch beteiligt, oder?«, Rolf schien Herbst wie einen Heiligen zu verehren.

»An der Entführung?«

»Nein, ... ähm, nicht an ... an der Ermittlung natürlich.«

»Gelegentlich«, Herbst zog das KOMM-Foto zu sich herüber.

»Unser junger Kollege ist wirklich mit einem elefantösen Gedächtnis gesegnet«, erklärte Alfred. »Er kannte auch die Biografie unserer Verdächtigen hier«, er deutete auf das Photo, »Alexandra Reinhardt.«

»Alexandra Reinhardt«, Rolf schien kurz verwirrt, »das ist doch der echte Name von ...«

»Da schau her«, Herbst sah zu Rolf auf.

»Heißt das, ihr habt jetzt ... ich meine, gibt's da eine *Suspicion* mit der Massenverhaftung?«, Rolfs Interesse schien geweckt.

»Ob du's glaubst oder nicht, Nastassja Dark ist in der engeren Wahl«, Alfred hielt einen anderen Abzug des Bildes hoch und deutete auf die junge Frau in der Mitte.

»Nastassja Dark, die war also damals beim KOMM?«, stammelte Rolf.

»Genau. Hier links siehst du ihren Bruder, der ist heute Staatsanwalt und konnte sich wahrscheinlich Zugang zum Büro des Richters verschaffen. Der rechts ist heute Physiker, Achim Janssen.«

»Wow«, entfuhr es Rolf, »also, das ist ... *completely incredible!*«

»Wir fragen uns jetzt nur, warum das so lange gedauert hat, wenn das wahre Tatmotiv 26 Jahre zurückliegt«, erklärte Alfred.

»Reicht nicht«, beschied Herbst, »da muss noch was passiert sein.«

»Rothenberg war zwischendurch bis Ende der 90er in den so genannten Neuen Ländern ...«, Alfred lehnte sich zurück und formte mit den Zeigefingern ein Dreieck unter seinem Kinn.

»Der Zone?«, brummte Herbst.

»Dresden war es, glaub ich«, lächelte Alfred, »seit sieben oder acht Jahren war er wieder hier. Wir haben uns nur seine letzten Fälle angesehen, vielleicht sollten wir alle prüfen, die er seit seiner Rückkehr ...«

»Die ›Caps‹!«, Rolf sprang auf und rannte aus dem Büro.

»Also, ich bestelle jetzt erst mal Pizza«, Alfred griff zum Telefonhörer und hoffte, dass Rolf bald zurückkehren würde, um ihnen seinen Geistesblitz mitzuteilen.

XI.

Eskapaden

Es gab Momente, da fühlte sich Renan wie eine Erzieherin. Seltsamerweise traten diese Momente fast immer im Zusammenhang mit ihrem zwanzig Jahre älteren Arbeitskollegen auf. Wenn er dieses Benehmen von Anfang an gezeigt hätte, wäre sie sich sicher gewesen, dass man sie damals mehr oder weniger nur zur sozialpädagogischen Betreuung eines, nett ausgedrückt, verhaltensoriginellen Kriminalbeamten abgestellt hätte. Da Alfred aber erst mit seinen kindischen Eskapaden begonnen hatte, nachdem sie sich zusammengerauft und langsam besser verstanden hatten, war klar, dass er sich durchaus kontrollieren konnte, wenn er nur wollte. Natürlich wusste Renan auch, dass es ein Vertrauensbeweis von Alfred ihr gegenüber war, wenn er unter vier Augen gestand, dass er es war, der gestern Salz und Zucker in der Teeküche vertauscht oder heimlich einen Dienstwagen auf dem reservierten Platz des Polizeipräsidenten geparkt hatte. Aber bei dem Bild, das sich ihr an diesem Freitagmorgen beim Betreten des Büros bot, hörte die Freundschaft wirklich auf. Sie riss alle Fenster auf und holte zusätzlich den Ventilator aus dem Schrank. Dann ging sie zur Gleichstellungsbeauftragten, Frau Kirchmann-Mayerhöfer, und lieh sich deren Duftlampe und ein Sandelholzöl aus. Sie schob den Müll von ihrem Schreibtisch auf Alfreds Seite und fuhr ihren PC hoch. Als Alfred eine halbe Stunde später mit Augenringen und ungewöhnlich zerknittertem Gesicht zum Dienst kam, sagte sie demonstrativ erst mal gar nichts.

»Du, äh, wunderst dich sicher, warum das hier ...«, sagte er schließlich kleinlaut, als er seinen Mantel abgelegt hatte.

»Weißt du was, ich wundere mich so langsam über gar nichts mehr«, fuhr sie ihn an, »du hast mal wieder die Sau rauslassen müssen!«

»Ich kann das aber erklären ...«

»... und dein alter Freund Herbst war auch dabei«, schalt sie weiter, »das sehe ich an den Pfefferminzteebeuteln und den Tabakresten hier«, sie hielt eine stinkende Untertasse hoch.

»Es tut mir ja leid ...«

»Eins, zwei, drei«, sie zählte die zusammengedrückten Pfeifenreiniger, »muss eine Zeit lang gedauert haben, immerhin hast du derweil 15 geraucht.«

»Ich dachte, darauf kommt es dann auch nicht mehr an«, er kauerte wie ein Häufchen Elend auf seinem Stuhl.

»Dann hätten wir hier noch zwei leere Flaschen Lambrusco. Hast du die wohl ganz alleine ... halt, da wären ja noch drei Pizzaschachteln! Und wer war der Dritte?«

»Rolf.«

»Wie bitte?«

»Rolf Wagner oder RW, wie du zu sagen pflegst.«

»Du hast hier mit Herbst und RW eine Party veranstaltet?«, rief sie fassungslos.

»Da war doch keine Party. Wir haben an unserem Fall gearbeitet, während du selig geschlummert hast. Und wir sind auf ein entscheidendes Puzzleteil gestoßen!«

»Freak-Show!«

»Du sollst nicht so abfällig über Leute reden, nur weil sie sich anders benehmen als du«, mahnte Alfred und begann, die Überreste der Party aufzuräumen.

»Sag mal, hast du sie noch alle?«, Renan wurde wieder laut. »Du säufst und rauchst hier die halbe Nacht, besprichst Details einer Ermittlung mit Unbeteiligten und spielst dich dann wie ein Pfarrer auf.«

»Nicht in diesem Ton, Renan. Immerhin sind wir gestern einen großen Schritt weitergekommen«, erwiderte er streng.

»Ich wähle einfach den Ton, der deinem Verhalten angemessen ist«, fauchte sie.

Alfred brummte etwas Unverständliches und fuhr fort, die improvisierten Aschenbecher auszuleeren. Die leeren Lambruscoflaschen versenkte er im Restmülleimer.

»Wäre es jetzt nicht an der Zeit, dass einer von uns den Raum verlässt?«, fragte er.

»Wenn du die beleidigte Leberwurst spielen willst, bitte«, sie deutete auf die Tür.

»Darauf kannst du lange warten«, er setzte sich wieder und verschränkte demonstrativ die Arme vor der Brust.

»Hier ist auch noch Asche«, Renan deutete auf ihr Mousepad, als Alfreds Telefon läutete. Es war Martina vom Observierungsteam, Achim Janssen war über Nacht verschwunden.

Kurz darauf kamen die Kollegen und berichteten, dass Janssen seinen Arbeitsplatz am Vortag gegen sechzehn Uhr verlassen hatte. Sie waren ihm bis zu seiner Wohnung in Thon gefolgt, die er danach nicht mehr verließ. Es brannte die ganze Nacht Licht in zwei Zimmern. Am nächsten Morgen brannte es immer noch. Die Kollegen klingelten daraufhin, und als keiner öffnete, riefen sie bei der PharmAG an und fragten nach, ob Janssen sich krank gemeldet hätte oder aber bereits in seinem Büro saß. Beides war nicht der Fall. Da zu dem Zeitpunkt gerade weder Alfred noch Renan telefonisch erreichbar waren, verschafften sie sich Zutritt zur Wohnung und fanden die Räume leer vor. Alles wies darauf hin, dass Janssen in großer Eile einige Habseligkeiten zusammengepackt hatte und verschwunden war. Er musste nachts oder in den frühen Morgenstunden über den Hinterhof getürmt sein.

»Wir haben die Schicht um Mitternacht übernommen«, erklärte Martina Gruber, eine Kollegin aus dem mittleren Dienst, und ich bin sicher, dass ich um ein Uhr noch Bewegungen in der Wohnung gesehen habe.«

»Warum habt ihr den Hinterhof nicht überwacht?«, fragte Alfred, sich die Augen reibend.

»Wie denn?«, fragte Martina. »Die Hofeinfahrt ist mit einem Tor auf ganzer Höhe verschlossen gewesen.«

»Ja, schon gut«, Alfred machte eine entschuldigende Geste.

»Außerdem hieß es, dass wir ihn nur überwachen, aber nicht in irgendeiner Weise eingreifen sollen.«

»Schon richtig«, sagte er, »sollte kein Vorwurf sein.«

»Wir hatten auch überhaupt nichts Konkretes gegen ihn in der Hand«, erklärte Renan, »von daher war ja die Hoffnung, dass er uns was liefert ... und genau das hat er jetzt getan, voilà.«

»Und zwar ziemlich schnell«, ergänzte Alfred, »der Bursche hat wirklich schwache Nerven.«

»Gut«, Martina erhob sich wieder, »ihr werdet die Wohnung ja bestimmt noch untersuchen lassen. Aber ich habe schon mal die zuletzt gewählten Nummern in seinem Telefon angesehen ... ist so ein digitales Teil«, sie übergab Renan eine handschriftliche Liste.

»Hey, super«, sagte sie und nahm den Zettel an sich.

»Die vorletzte ist die vom Flughafen«, ergänzte Martina .

»Oh, oh, dem brennt's aber wirklich unterm Hintern«, Alfred machte sich Notizen. »Ja, also, vielen, vielen Dank für euren Einsatz, war schweinekalt heute Nacht, hm?«

»Ging so«, Martina rümpfte die Nase, »wenigstens hat man seine Ruhe.«

»So jung und schon so abgebrüht«, sagte Alfred kopfschüttelnd, als sie weg war.

»Also, für die paar Kröten im mittleren Dienst ist das wirklich kein Spaß«, sagte Renan, die immer noch ziemlich stinkig war.

»Dabei war das eigentlich nur Glück, Ondracek schuldete mir noch einen Gefallen, sonst hätten wir da heute Nacht gesessen, oder zumindest einer von uns.«

»Dann wärst du wenigstens nicht auf dumme Gedanken gekommen«, sie ging auf Alfreds Tischseite und nestelte am untersten Ablagekasten.

»Ich werde mir eine angemessene Buße ausdenken, o. k.?«

»Das hoffe ich sehr, du stinkst ja echt aus allen Poren.«

»Jetzt übertreibst du aber gewaltig ... Was suchst du da eigentlich?«

»Du hast die Telefonliste von der Staatsanwaltschaft ... Mal sehen, ob Janssen vielleicht seinen alten Schulfreund angerufen hat.«

»Genau«, stimmte er zu, »außerdem hätten wir da noch eine Handynummer ... und die andere habe ich doch gestern auch schon bei der Telekom angefordert«, er suchte in der Eingangspost.

»Treffer!«, rief Renan.

»Wie?«

»Na hier, der Janssen hat echt irgendwann gestern Abend Reinhardts Dienstnummer angerufen.«

»Staatsanwalt Reinhardt«, las Alfred auf der Liste, »Durchwahl -2254, tatsächlich.«

»Das macht die Sache jetzt aber nicht unbedingt einfacher, oder?«, sie blickte ihrem Kollegen zweifelnd in die geränderten Augen.

»Du meinst, wir sollten nicht so mal eben einen Staatsanwalt zu einer möglichen Mitwirkung am Mord von Richter Rothenberg befragen?«

»So ähnlich ... Dürfte einigen Staub aufwirbeln, von Göttler will ich noch gar nicht reden.«

»Ich war nie der Meinung, dass Personen aufgrund ihrer Stellung jenseits der Gesetze stehen«, empörte sich Alfred.

»Hört, hört.«

»Und seit wann denkst du so strategisch?«

»Lässt sich irgendwann nicht mehr vermeiden, wenn man jahrelang mit dir zusammenarbeitet.«

»O. k., dann weißt du aber auch, wie wir den Staatsanwalt dazu kriegen, dass er ganz von alleine zu uns kommt, oder?«

»Ich kann mir vorstellen, was du denkst.« Sie lächelte.

Alexandra Reinhardt saß kerzengerade am Tisch im Verhörzimmer und rauchte. Sie trug einen grauen Arbeitsoverall mit hunderten von bunten Farbspritzern, die sich teilweise auch in ihren Haaren fortsetzten. Renan beobachtete sie durch den halb durchsichtigen Spiegel und empfand ein gewisses Mitleid für die Frau. In dem sich abzeichnenden Tätertrio schien sie der unschuldigste Teil zu sein. Und wenn sie mit ihrer Kunst nicht bei Alfreds Frau angekommen wäre, hätten sie den Fall wahrscheinlich demnächst zu den Akten gelegt. Der Zufall spielte manchmal ein grausames Spiel.

Die Künstlerin war nicht verhaftet worden, dazu hatten sie keinerlei Rechtfertigung. Renan und Alfred hatten sie nur mit den üblichen Tricks überredet, sie zu einer Befragung aufs Präsidium zu begleiten. Renan hatte eigentlich damit gerechnet, dass Alfred sie dafür vorschicken würde, weil es ihm unangenehm war, der Frau als Lügner unter die Augen zu treten. Aber anscheinend schien er noch genug Anstand zu haben, solche Dinge doch selbst zu Ende zu bringen. Das konnte Renan ihm hoch anrechnen, dass er sie nicht mitge- nommen hatte, empfand sie dagegen als erneute Bevormun- dung.

Sie mussten Zeit schinden. Da es keinen Grund gab, Nas- tassja Dark länger als für den Zeitraum einer Befragung im Präsidium zu behalten, musste diese nach allen Regeln der Kunst hinausgezögert werden. Renan hatte sofort nach Alfreds Abfahrt Staatsanwalt Klatte über die Vernehmung der Künst- lerin informiert und nebenbei erwähnt, dass sie ja die Schwes- ter eines seiner Kollegen wäre. Klatte hatte gleich von sich aus gefragt, ob er den Kollegen darüber informieren solle, was durchaus in Renans Sinne war. Alfred hatte schließlich mit der Befragung begonnen und sich zunächst ausführlich dem Thema Massenverhaftung gewidmet. Die Frau schien nicht besonders überrascht oder verunsichert. Sie beantwortete die meisten Fragen wahrheitsgemäß. Nach etwa 15 Minuten hatte Renan ihn dann herausgerufen, weil es da einen wichtigen Telefonanruf gäbe, der sofort beantwortet werden müsse. Jetzt waren es bereits weitere 15 Minuten, dass sie alleine dasaß, rauchte und nebenbei die alten Fotografien musterte. Nachdem sie die dritte Zigarette ausgedrückt hatte, kramte sie in ihrer großen Umhängetasche, brachte einen Zeichenblock und eine Blechschachtel mit Kohlestiften zum Vorschein. Keine fünf Minuten später hatte sie eine leicht verzerrte Kopie des Fotos auf den Block gezaubert.

»So, er hat das Gebäude verlassen«, Alfred ging schwungvoll durch die Tür.

»Woher weißt du das?«

»Na, ich habe versucht, ihn telefonisch zu erreichen, und man hat mir mitgeteilt, dass Herr Reinhardt das Haus vor wenigen Minuten verlassen hat. Sie wissen nicht, wo er hin ist und wann er wiederkommt. Hast du die Akte?«

»Na ja«, seufzte sie, »dann schauen wir mal, ob es weiterhin so gut läuft.«

Sie betraten gemeinsam das Verhörzimmer. Die Künstlerin grüßte Renan mit einem kurzen Hallo und blickte sie halb neugierig, halb traurig an. Renan hielt dem Blick nur mühsam stand, obwohl es ja auch eigentlich gar nichts gab, wofür sie sich hätte schämen müssen.

»So, Frau Reinhardt«, nahm Alfred die Befragung wieder auf, »oder soll ich lieber Frau Dark sagen?«

»Wie Sie möchten«, sie zuckte mit den Schultern.

»Gut«, sagte er und vermied es, der Frau zu oft in die Augen zu sehen, »entschuldigen Sie diese Unterbrechung, aber jetzt hat auch meine Kollegin Zeit, sodass sich keine weiteren Verzögerungen ergeben werden.«

»Das wäre nicht schlecht«, sie korrigierte noch einige Striche in der Zeichnung.

»Also von der Vergangenheit jetzt in die Gegenwart«, Alfred musterte die gezeichnete Kopie des Fotos kurz, »wir können uns der Annahme nicht ganz erwehren, dass Sie in einem Zusammenhang mit dem Tod des Richters Rothenberg stehen, der Sie vor 26 Jahren unschuldig für über eine Woche ins Gefängnis gebracht hat.«

»Das ist interessant«, erwiderte sie.

»Allerdings«, nickte Alfred, »wenn sich unsere bisherigen Hinweise nämlich weiter verdichten, haben wir es mit dem ungewöhnlichsten Mordfall meiner langen Dienstzeit zu tun.«

»Tatsächlich?«, fragte sie ohne jede Ironie. »Und wie kann ich Ihnen dabei helfen?«

»Zunächst könnten Sie uns ein wenig von der Graffitikunst erzählen«, schaltete sich Renan ein.

»Graffiti?«

»Ja, können Sie so was?«

»Gut möglich ... Wurde der Richter durch Graffitis umgebracht?«

»Nicht direkt«, Renan holte einige Abbildungen aus der Akte, »aber er wurde offensichtlich durch Graffitis auf seinen nahenden Tod hingewiesen.« Renan bemühte sich, ebenso emotionslos zu wirken wie die Künstlerin, die in einem Tonfall antwortete und fragte, als würden sie GPS-Koordinaten austauschen. Sie musterte die Fotos eine Weile und beschied dann: »Nicht schlecht.«

»Sie haben diese Motive nicht gesprüht?«, fragte Alfred.

»Nein.«

»Und Sie haben sie vorher auch noch nie gesehen?«

»Nein.«

»Und Sie ...«

»Entschuldigung, Herr Kommissar«, es war ein Polizeimeister aus dem Erdgeschoss, »da ist ein Staatsanwalt, der Sie sofort sprechen möchte.«

»Dieses Verhör ist beendet«, gebot Staatsanwalt Reinhardt, kaum dass er den Raum betreten hatte.

»Das ist kein Verhör«, erwiderte Alfred unschuldig. »Ich bin übrigens Hauptkommissar Albach, sehr erfreut. Wir haben uns kürzlich im Büro von Richter Rothenberg getroffen«, er ergriff Reinhardts widerstrebende Hand und schüttelte sie ausgiebig. »Und das ist meine Kollegin, Müller.«

»Ich bin nicht hier, um Höflichkeiten auszutauschen«, er nickte Renan kurz zu, »wenn Sie irgendwas gegen meine Schwester in der Hand haben, dann beantragen Sie einen Haftbefehl. Wenn nicht, lassen Sie sie in Ruhe. Alexandra, wir gehen!«

»Wollen Sie denn überhaupt nicht wissen, um was es hier geht?«, fragte Renan spitz.

»Das hat mir der Kollege Klatte schon berichtet«, entgegnete Reinhardt von oben herab. »Sie spinnen sich was zusammen, dass Richter Rothenberg mit radioaktiver Strahlung umgebracht wurde, und nur weil meine Schwester vor 26 Jahren das Opfer eines kolossalen Justizversagens war, wollen Sie ihr jetzt etwas anhängen. Ich weiß nicht, ob Sie damals schon laufen konnten, Frau Kommissarin, aber ich verrate Ihnen jetzt ein Geheimnis: Da waren noch 150 Andere dabei!«

»Wollen Sie ab sofort persönlich werden?«, konterte Renan scharf.

Sie hatte im selben Moment wie Alfred erkannt, dass es jetzt darum ging, Reinhardt so zu provozieren, dass er aus der Rolle fiel. Es musste um jeden Preis verhindert werden, dass er ohne einen weiteren Wortwechsel mit seiner Schwester das Präsidium verließ.

Der Staatsanwalt erstarrte in leicht vornüber gebeugter Stellung an der Stirnseite des Tisches. Aus seinem wirren Haarschopf tropfte die Nässe des Regens auf den dunkelgrauen Trenchcoat. Die abstehenden Ohren nahmen deutlich Farbe an, ebenso sein Gesicht.

»Vorsicht, Frau Müller«, warnte er, »Sie spazieren am Rand einer Dienstaufsichtsbeschwerde!«

»Sie kann nichts dafür«, schaltete sich Alfred ein, »das ist mein schlechter Einfluss ... Aber wo Sie schon mal da sind, Herr Reinhardt, vielleicht können Sie uns auch einige Fragen beantworten? Sehen Sie, wir haben eine Rekonstruktion der Vorfälle am 6. März 1981 begonnen, und da haben wir Sie hier auf einem Foto des Erfassungsdienstes zusammen mit Ihrer Schwester und einem jungen Mann namens Achim Janssen entdeckt. Damals ein Klassenkamerad von Ihnen und heute ein Medizinphysiker ...«

»Sind Sie noch ganz bei Trost?« Reinhardt wurde offensichtlich warm, er knöpfte seinen Mantel auf. Alfred legte noch einmal nach: »Weiß das Justizministerium eigentlich, dass Sie früher ein Steineschmeißer waren?«

»Das genügt«, herrschte Reinhardt ihn an, »wer ist Ihr Vorgesetzter?«

»Solange noch kein neuer Dezernatsleiter da ist, Kriminaldirektor Göttler«, erwiderte Alfred unschuldig. »Sie sollten sich aber noch meine Dienstnummer notieren«, er legte seinen Dienstausweis auf den Tisch.

»Gute Idee«, sagte Reinhardt und beschriftete ein Blatt aus dem Zeichenblock der Künstlerin.

»Aber nachdem wir jetzt so kooperativ sind«, Renan legte ihren Ausweis daneben, »könnten Sie uns doch verraten, was Herr Janssen von Ihnen wollte, als er sie gestern Abend angerufen hat, oder?«

»Was bilden Sie sich eigentlich ein?«, schnaubte Reinhardt, packte seine Schwester am Arm und verließ ohne ein weiteres Wort den Raum.

Alles kam, wie Alfred es erwartet hatte. Als er am Montag das Büro betrat, erwartete ihn eine Notiz, dass er sich umgehend beim Kriminaldirektor melden sollte. Er ließ die laut protestierende Renan im zweiten Stock zurück und begab sich eine Etage tiefer. Er wusste genau, was jetzt kommen würde, und bewunderte seine Kaltschnäuzigkeit. Früher war er nie so waghalsig gewesen, aber einige Jahrzehnte im real existierenden Polizeidienst und die Tatsache, dass man es hier mit Leistung und ehrlicher Arbeit nicht allzu weit bringen konnte, hatten ihn abgehärtet. Seit er vor 20 Jahren zum Hauptkommissar befördert worden war, tat sich nichts mehr. Anfangs hatte ihn das noch gewurmt, später sah er ein, dass es auch von Vorteil sein konnte, wenn man karrieremäßig so gar nichts mehr zu erwarten hatte.

Man wurde nahezu unangreifbar, die gängigen Drohungen und Strafszenarien prallten an einem ab wie Gummibälle an Beton. Alfred war gespannt, ob Göttler diesbezüglich heute mal was Neues einfallen würde ... Auf jeden Fall waren sie gerade wieder per Du, mit Vornamen und allem drum und dran:

»Bist du denn von allen guten Geistern verlassen?«, tobte Göttler.

»Wieso?«, Alfred ließ sich demonstrativ entspannt in einen Stuhl sinken.

»Mir liegt eine Beschwerde über dich und Müller von Staatsanwalt Reinhardt vor!«

»Das verstehe ich nicht«, erklärte Alfred unschuldig, »der hat doch nur mit Wirtschaftskriminalität zu tun. Was interessiert er sich denn für unseren Fall?«

»Hör sofort mit diesem Katz-und-Maus-Spiel auf«, der Kriminaldirektor riss sich die Brille von der Nase, »du hast seine Schwester wegen dem Mordfall Rothenberg verhört und dann auch noch den Staatsanwalt selbst damit in Verbindung gebracht!«

»Ja.«

»Was ja?! Du bist doch jetzt schon lange genug dabei, Herrgott noch mal! Man bringt einen Staatsanwalt nicht so nebenbei mit einem Mord in Verbindung, noch dazu mit einer komplett spinnerten Geschichte von wegen Krebs durch Verstrahlung! Als Nächstes kommst du mir wieder mit KGB-Verbindungen.«

»Das ist aber die plausibelste Lösung für diesen Fall«, Alfreds Blick fiel auf ein neues Foto an der Wand, das Göttler mit dem Innenminister zeigte.

»Ich warne dich, Alfred«, Göttler setzte sich hinter seinen Schreibtisch und zog ein Blatt Papier aus einem Stapel, »am Grenzübergang Bayerisch Eisenstein wird immer noch ein erfahrener Kommissar gesucht.«

»Du weißt, dass ich den Bayerischen Wald über alles schätze, aber du solltest auch mal überlegen, was passiert, wenn diese Sache an die Öffentlichkeit kommt.«

»Was, deine Versetzung?«, Göttler lachte gequält.

»Nein, ich meinte eher die Sache mit Rothenberg und Nastassja Dark. Er war ein sehr bekannter Richter, sie ist eine populäre Künstlerin mit einem Staatsanwalt als Bruder ...«

»Höchst pikant, du sagst es. Und deswegen geht man in solchen Fällen nicht vor wie ein Elefant im Porzellanladen!«, Göttler wurde laut.

»Aber geht es nicht auch darum, der Öffentlichkeit zu zeigen, dass wir keinen Unterschied zwischen, sagen wir, einem Graffitisprayer und einem Staatsanwalt machen?«

»Was soll das denn jetzt ...«

»Was glaubst du, wie das ankommt, wenn irgendwie bekannt wird, dass es ... gewisse Verdachtsmomente gegen eine Künstlerin und einen Staatsanwalt gegeben hat, die nicht weiterverfolgt wurden, weil die beiden einen gewissen Status besitzen? Sollte nur deswegen ein Mordfall als natürlicher Tod zu den Akten gelegt werden? Das riecht nach Filz, Herbert, und das ist schon seit über zehn Jahren nicht mehr modern!« Alfred lehnte sich zurück und stellte fest, dass sich sein Puls entgegen seinem Willen merklich erhöht hatte.

»Was sind das für Verdachtsmomente?«, fragte Göttler, nachdem er eine Weile erst auf seinen Schreibtisch und dann auf das Bild mit dem Innenminister gestarrt hatte.

»Es beginnt mit diesem Foto«, Alfred zog die Vergrößerung von 1981 aus einer Mappe, »es zeigt den Staatsanwalt, seine Schwester und einen Mann namens Achim Janssen. Früher ein Schulfreund von Reinhardt, heute Physiker.«

»Weiter«, Göttler nahm das Foto und musterte es betont beiläufig.

»Reinhardt und seine Schwester wurden damals verhaftet und verbrachten offenbar unschuldig über eine Woche in verschiedenen Justizvollzugsanstalten. Sie war noch minderjährig und hatte danach offenbar Schwierigkeiten, wieder in ein geregeltes Leben zu finden.«

»Etwas dünn als Mordmotiv 26 Jahre später«, knurrte der Kriminaldirektor.

»Zugegeben«, Alfred machte eine demütige Geste, »aber: Die Verstrahlung des Richters ist die einzig mögliche Fremdursache für seinen Tod, der offenbar durch verschiedene, nicht gerade stümperhafte Graffitis in der Stadt angekündigt wurde. Und was haben wir hier?«, Alfred deutete auf das Foto. »Eine Künstlerin, die diese Bilder hingekriegt haben könnte, einen Physiker, der an radioaktives Material kommen kann, und einen Staatsanwalt, der Zugang zu den Diensträumen von Rothenberg hat ... schließlich musste das Zeug ja irgendwo versteckt werden, wo der Richter über längere Zeit damit in Kontakt kam. Sonst hätte sich kein Krebs entwickelt. Und dann hätten wir da noch einen weiteren Fall, wo sich die Wege der Künstlerin und des Richters gekreuzt haben. Ist erst sechs Jahre her.«

»Hätte, könnte«, Göttler rümpfte die Nase, »das sind mir zu viele Konjunktive.«

»Wenn nun aber der Physiker, kurz nachdem wir ihn zu dem Fall befragt und aufgefordert haben, die Stadt vorerst nicht zu verlassen, spurlos verschwindet?«

»Kann das alle möglichen Gründe haben.«

»Und wenn er kurz vor seinem Verschwinden sowohl mit dem Staatsanwalt als auch mit der Künstlerin telefoniert?« Der Kriminaldirektor lockerte schnaubend seinen Krawattenknoten.

»Ich weiß nicht, ob wir das Risiko eingehen sollten, zu warten, bis die Presse davon Wind bekommt ... heutzutage lässt sich doch nichts mehr geheim halten«, lächelte Alfred.

»Hmpf«, grummelte Göttler.

»Und du weißt auch, dass der Fall durch das ungünstige Timing und die geplatzte Beerdigung schon einigen Staub aufgewirbelt hat«, setzte Alfred nach, »wenn wir diese Spur nicht weiterverfolgen, musst du eine Pressekonferenz ansetzen und erklären, dass wir leider im Todesfall Rothenberg zu keinerlei Ergebnis gekommen sind.«

»O.k., welcher Staatsanwalt ist da zuständig?«, stöhnte der Kriminaldirektor und griff zum Telefonhörer.

›Bin ich ein mittelmäßiger Schachspieler, der seit Jahren vergeblich versucht, ein Patt-Spiel herumzureißen, oder bin ich einfach ein mittelmäßiger Feigling?‹, dachte Alfred, als er auf dem Klo saß und versuchte, sich einen geistreichen Spruch für die Tür auszudenken. Die Unterredung mit Kriminaldirektor Göttler hatte seinen Darm etwas in Unruhe versetzt und das, obwohl er einen eindeutigen Punktsieg verbucht hatte. Er hatte weder etwas gegen den Schachspieler noch gegen den Feigling, was ihn störte, war das Adjektiv »mittelmäßig«. Es war nicht besonders schlimm, ein Idiot, ein Verlierer oder ein Feigling zu sein, der Punkt war, dass man es aus voller Seele sein musste. ›Wenn ich ein richtiger Feigling wäre, würde ich das selbstständige Denken einstellen, die Anweisungen meines Vorgesetzten befolgen und alsbald in den Vorruhestand wechseln ...‹, spann er den Faden weiter, ›Wehwehchen finden sich schon, wenn man nur lange genug sucht, und genauso finden sich auch Ärzte, die das attestieren – aber dafür hab ich noch zu viel Stolz. Allerdings wiederum nicht genug, um mich mit fliegenden Fahnen in den Bayerischen Wald strafversetzen zu lassen, um dort dem nächsten eingebildeten Vorgesetzten das Leben schwer zu machen. Und wenn ich auf der anderen Seite ein guter Schachspieler wäre, hätte ich Herbert schon längst geschlagen, und er wäre im Bayerischen Wald – aber nicht mehr als Polizist, sondern als Holzfäller ...‹, wobei ihm Alfred diesen idyllischen Beruf eigentlich gar nicht gönnte.

Er wollte im Grunde schon so weit sein, dass sich sein Leben nur zu einem kleinen Teil um die Arbeit drehte. Man brauchte sie ja im Prinzip nur, um ein halbwegs angenehmes Leben zu führen, nicht um seiner Selbstachtung willen. Eigentlich wäre er sowieso lieber nach Italien ausgewandert, nur leider stellte sich dann wieder die Frage nach dem

Lebensunterhalt. Wenn er wenigstens was Vernünftiges gelernt hätte, aber die italienische Kriminalpolizei wartete bestimmt nicht auf einen über 50-jährigen, deutschen Kriminalkommissar – einen mittelmäßigen, über 50-jährigen, deutschen Kriminalkommissar!

Er wischte ab und schrieb, da ihm immer noch nichts Neues eingefallen war, einen Klassiker auf die Tür seiner Klokabine: ein großer Pfeil in Richtung Türunterkante und darüber die Worte »Vorsicht, Limbo-Tänzer!«.

Zurück im Büro traf Alfred eine ungewöhnlich gut gelaunte Renan an. Sie hatte mal wieder eine ihrer Türkisch-Pop-CDs eingelegt, stand am Fenster, blickte auf die Fußgängerzone und bewegte den Kopf im Rhythmus der Musik. Hin und wieder sang sie eine Verszeile mit. Alfred überlegte, ob gestern ein Club-Spiel gewesen war, nachdem er aber auf dem Weg zum Präsidium an den Zeitungskästen keine einschlägigen Überschriften gesehen hatte, schloss er diese Möglichkeit aus.

»Gutes Arbeitsklima heute?«, fragte er lächelnd.

»Allerdings«, frohlockte sie, »während du dir deinen Anschiss abgeholt hast, habe ich zwei wichtige Dinge herausgefunden.«

»Tatsächlich?«

»Hm«, sie nickte. »Wir haben jetzt eine bestätigte Tatzeit für ein zweites Graffiti. Von den Anwohnern in Herpersdorf kann sich eine ältere Dame erinnern, dass das Graffiti in der Nacht vom 13. auf den 14. April an das Trafohäuschen gesprüht worden ist.«

»Warum?«

»Sie ist am Abend noch vorbeigegangen, um Naschzeug für das Osternest ihres Enkels zu kaufen. Am nächsten Morgen ist sie mit dem Bus daran vorbeigefahren und die Veränderung ist ihr gleich aufgefallen. In den Vororten sind Graffitis eben noch nicht so alltäglich.«

»Und wieso ist ihr das vor zwei Wochen noch nicht eingefallen, als wir die Anwohner befragt haben?«

»Da war sie noch auf Kur in Bad Bocklet. Eine Nachbarin
hat ihr dann von unseren Ermittlungen erzählt und sie hat sich
pflichtbewusst bei uns gemeldet.« Renan warf sich in ihren
Bürosessel und grinste Alfred breit an.

»Das wäre aber noch nichts wert, wenn nicht ...«, er hob
hoffnungsvoll die rechte Hand.

»... Nastassja Dark oder besser gesagt ihr Handy sich in
dieser Nacht eine Stunde im Bereich des nächsten Mobilfunk-
mastes befunden hätte – genau!«

»Damit hätten wir sie zwei Mal zur Tatzeit in der Nähe des
Tatortes geortet.«

»Jawohl ja. Und dann war vorhin noch Rolf da. Wir haben
jetzt eine Antwort auf die Frage, warum das mit der Rache gar
so lange gedauert hat ...«

»Weil sie den ›Caps‹ nahe stand, einer Gruppe von Sprayerkids, die Rothenberg ab 2000 systematisch eingeknastet hat.«

»Woher weißt du das?«, sie erstarrte wie vom Donner
gerührt in der Bewegung und blickte Alfred erstaunt an.

»Na, das habe ich doch vorgestern mit Rolf und Konrad
rekonstruiert«, er hob unschuldig die Arme.

»So? Und warum erzählst du mir nichts davon?«, Renans
Laune drohte gerade, aus der Balance zu geraten.

»Wollte ich ja, aber du hast mich ja nicht zu Wort kommen
lassen, und erst kam die Sache mit dem verschwundenen Janssen dazwischen, dann die Befragung der Reinhardt-Geschwis-
ter und dann Herbert.«

»Und warum hielt Rolf es nicht für nötig, mich darüber
zu informieren, als er vor zehn Minuten diese Unterlagen
hier abgeliefert hat?«, sie deutete auf ihre Seite des Schreibtisches.

»Also, über Rolfs Beweggründe kann ich beim besten
Willen keine Auskunft geben. Aber er war bei unserer, ähm,
Arbeitssitzung nicht mehr so ganz, also ich meine, er scheint

nicht so oft Alkohol zu trinken. Vielleicht hatte er einen Filmriss oder so?«

»RW besoffen ...«, Renan schien kurz abgelenkt, brachte ihre Gedanken aber umgehend wieder in geordnete Bahnen, »und das mit den stationären Aufenthalten in der Psychiatrie in Erlangen und Engelthal habt ihr auch rekonstruiert?«

»Wir, ähm, waren so frei«, lächelte er verlegen.

»Das passt ja gut dazu.«

»Das passt ganz hervorragend dazu, macht die Sache erst richtig rund ...«, es entstand eine kurze Pause, in der Alfred seine Kollegin misstrauisch beäugte, »... du bist jetzt wahrscheinlich sauer, oder?«

»Hm«, sie schien kurz zu überlegen, »nein. Ist doch eigentlich egal, wer da draufgekommen ist. Doppelarbeit lässt sich halt nicht immer vermeiden.« Sie setzte sich wieder an ihren Platz, nahm einen blauen Zettel in die Hand und las vor:

In letzter Zeit ist es zu einer bedauerlichen Häufung von Sachbeschädigungen in unseren Sanitäranlagen gekommen. Besonders betroffen davon sind die Herrentoiletten im ersten und zweiten Stockwerk. Bei den Delikten handelt es sich hauptsächlich um infantile Zeichnungen und alberne Witze (»Wer das lesen kann, steht in meiner Pisse«, usw.). Wir bitten alle Kollegen im Hause, mit dafür Verantwortung zu übernehmen, dass Derartiges in Zukunft nicht mehr passiert. Wir möchten in diesem Zusammenhang noch einmal an den Besuch des Innenministers erinnern, der im nächsten Monat ins Haus steht!

Mit bestem Dank für die Kooperation,

der Hausmeister und der stellvertretende Polizeipräsident.

»Unfassbar«, Alfred schüttelte den Kopf »stell dir vor, der Innenminister muss mal austreten und kriegt dann so was zu lesen!«

»Ich frage mich schon lange, wozu du immer diesen fetten schwarzen Filzstift mit dir herumschleppst«, sagte Renan mit zusammengekniffenen Augen.

»Na ja, um am Tatort wichtige Spuren zu markieren«, Alfred war die personifizierte Unschuld.

»Was du aber, seit wir uns kennen, noch nie gemacht hast.« Sie verfiel in einen kindischen Tonfall.

»Ist das zu fassen?«, empörte sich Alfred. »Als Nächstes behauptest du noch, ich hätte Kennedy ermordet.«

XII.

Trauma

Was den Staatsanwalt Reinhardt anging, schien die Rechnung aufzugehen. Natürlich hatte der sich heftig bei Klatte beschwert, dass die Polizei ihn mit derartigem Humbug belästigt hatte und seine psychisch labile Schwester noch dazu. Allerdings hatte Göttler vorher ein Lehrstück an Diplomatie hingelegt und war mit dem Staatsanwalt Klatte übereingekommen, dass man seinen Kollegen nicht nur aufgrund seines Berufes von jeder Art von Befragung verschonen konnte. Es gab einige ungeklärte Zusammenhänge, zu denen sich auch ein hoher Repräsentant der Justiz befragen lassen musste. Zähneknirschend hatte Reinhardt sich bereit erklärt, der Polizei noch am Montag nach Dienstschluss zur Verfügung zu stehen. Vorher war noch einmal seine Schwester dran, der er eilig einen Anwalt zur Seite gestellt hatte. Aus diplomatischen Erwägungen fand die Befragung diesmal in einem normalen Verhörzimmer statt, ohne halb durchsichtigen Spiegel. Alexandra Reinhardt und ihr Anwalt waren schon drin, während Alfred und Renan sich noch im Büro befanden.

»Er müsste schon längst da sein«, Alfred schaute auf seine Uhr.

»Ich verstehe nicht, warum wir Herbst zu diesem Verhör brauchen«, erwiderte Renan schroff.

»Du weißt, dass ich mich für alles andere als einen Verhörspezialisten halte«, erklärte Alfred, »das habe ich schon immer als meine größte Schwachstelle empfunden.«

»Das sind doch nur Ausreden.«

»Überhaupt nicht. Für den normalen Dienstgebrauch reicht es ja auch, aber das hier ist ein extrem verzwickter Fall mit einer extrem verzwickten Beweislage. Hast du dir darüber schon mal Gedanken gemacht?«

»Ja, klar. Beiläufig.«

»Wir haben nur Indizien. Es ist zwar alles höchst verdächtig, aber es gibt keinen zwingenden Beweis, dass die drei hinter dem Mord an Rothenberg stecken.«

»Na, hör mal«, Renan schien entrüstet, »immerhin war ein Staatsanwalt an der Sache beteiligt ...«

»Mutmaßlich.«

»Natürlich mutmaßlich. Also ich wäre da schon ziemlich enttäuscht, wenn es nur ein Kinderspiel wäre, die drei zu überführen ... Man muss eben mit seinen Aufgaben wachsen, Alfred. ›Geht nicht‹ gibt's nicht!«

»Ja. Aber so wie die Dinge liegen, haben wir nur eine Chance, wenn einer von ihnen auspackt und zwar hier und heute. Und das schwächste Glied in der Kette ist nicht die ach so labile Künstlerin, sondern der Physiker, und der steht uns schon nicht mehr zur Verfügung.«

»Das stimmt.«

»Bei dem hätte ich mir zugetraut, dass wir ihn zum Reden bringen, aber die anderen zwei?«, Alfred schien sie überhört zu haben. »Mir ist jedenfalls wohler, wenn Herbst dabei ist.«

»Wie du meinst«, seufzte Renan, »dann werden wir ja sehen, ob unsere Strategie aufgeht.«

»Es ist aber nicht üblich, dass unbeteiligte Personen an Vernehmungen teilnehmen«, monierte Rechtsanwalt Scherner.

»Da mögen Sie recht haben«, sagte Alfred, »aber wir dürfen durchaus externe Experten hinzuziehen, zumal Herr Herbst ein ehemaliger Kommissar unserer Direktion ist und öfter bei diffizilen Fällen hinzugezogen wird.«

Herbst zog die Augenbrauen hoch und blickte verwundert in Alfreds Richtung.

»Aber er sagt ja gar nichts«, merkte Scherner an.

»Abwarten, Herr Anwalt, abwarten«, beschwichtigte Alfred, während Herbst sich schweigend Notizen machte.

»Vielleicht könnten wir jetzt wieder zu unserem Thema zurückkehren?«, fragte Renan bemüht sachlich.

»Wenn Sie mir erklären würden, warum der Lebenslauf meiner Mandantin in einem Zusammenhang mit dem Tod von Herrn Richter Rothenberg stehen soll, gerne«, man merkte deutlich, dass Scherner ein aalglatter Hund war. Lediglich der emsig schweigende und schreibende Herbst schien ihn etwas zu beunruhigen.

»Frau Reinhardt«, Renan ignorierte den Anwalt und wandte sich direkt an die Künstlerin. »Es gibt da leider einige Parallelen, die wir gerne klären würden. Sie wurden 1981 bei den Massenverhaftungen vor dem KOMM verhaftet und von Rothenberg in seiner Funktion als Ermittlungsrichter in Untersuchungshaft geschickt, obwohl sie an der Demonstration überhaupt nicht beteiligt waren. Sie waren damals gerade 15 Jahre alt. Trifft das zu?«

»Das wissen Sie doch schon.« Alexandra Reinhard trug heute zivile Kleidung und hatte auch keine Farbspritzer in den Haaren. Sie wirkte abermals ruhig, fast schon unbeteiligt. Lediglich ihre Finger verrieten eine gewisse Nervosität, die an Alfreds Händen genauso abzulesen war. Womöglich hatte das in beiden Fällen etwas mit dem Rauchverbot in diesem Raum zu tun.

»Also ja«, fuhr Renan fort, »ich werde nun Ihren weiteren Lebenslauf schildern, so wie wir ihn kennen. Sie korrigieren mich bitte, wenn ich etwas Falsches sage, ansonsten gehen wir davon aus, dass unsere Informationen zutreffend sind, o. k.?«

»O. k.«, erwiderte sie mit einem Seitenblick auf ihren Anwalt, der genervt tat und seufzend die Schultern hob. Ein zweiter lauter Seufzer kam von Herbst, der einen alten Stiftspitzer mit Kurbel hervorgezogen hatte und umständlich begann, seinen Bleistift damit zu bearbeiten.

»Nach dem Schuljahr 80/81 haben Sie die Schule abgebrochen«, Renan konzentrierte sich auf ihre Aufzeichnungen und ignorierte das Quietschen und Schaben von Herbsts Stiftspitzer, »danach wissen wir von einem stationären Aufenthalt in der Psychiatrischen Fachklinik der Erlanger Uniklinik. Sie waren fast sechs Monate dort, weswegen?«

»Diese Frage wird meine Mandantin nicht beantworten«, erklärte Scherner.

»Auch gut«, sagte Renan.

»Wir gehen jedenfalls davon aus, dass der Aufenthalt in Zusammenhang mit den kurz zuvor gemachten Erfahrungen stand«, erklärte Alfred lächelnd, »so eine Zeit in Untersuchungshaft kann für eine 15-Jährige durchaus traumatisch sein.«

»In den folgenden Jahren haben Sie mit dem Malen begonnen«, nahm Renan das Gespräch wieder auf, »1983 hatten Sie bereits Ihre ersten Ausstellungen, 1985 bekamen Sie den Kulturförderpreis.«

»Atemberaubende Karriere«, warf Alfred ein, »Sie waren da ja gerade mal 19.«

»Die Leute waren damals aufmerksamer«, sagte die Künstlerin, »weniger abgelenkt, wollten Entwicklungen verfolgen ... heute würde mich wahrscheinlich keiner mehr wahrnehmen.«

»1987 bekamen Sie ein Stipendium der Kunstakademie in Kassel, wo sie bis 1989 blieben. Kurz nach dem Mauerfall sind Sie nach Weimar und haben dort 1992 Ihr Studium beendet. Danach sind Sie wieder zurück nach Nürnberg.«

»Fürth.«

»Wie?«

»Ich bin von Weimar nach Fürth gezogen«, die Stimme der Künstlerin klang unnatürlich sanft, »ich sollte Sie doch korrigieren.«

»Danke«, Renan bemühte sich um ein zweideutiges Lächeln, während Scherner albern griente, »zwischen 1992 und 97 hatten Sie Ihre größten Erfolge und zwar nicht nur in Fürth oder in Deutschland. Sie hatten Ausstellungen in Amsterdam, Nizza, Toronto, Mailand und so weiter. 2000 bricht der Erfolg plötzlich ab, anscheinend konnten Sie nichts Neues mehr schaffen. Die Welt wartete auf neue Darks, aber es kam nichts mehr. Woran lag das?«

»Meine Mandantin wird auch diese Frage nicht beantworten«, sagte Scherner.

»Es ist doch nicht strafbar, eine künstlerische Krise zu haben«, warf Alfred ein.

»Richtig. Aber solange wir nicht wissen, was Sie aus dieser Krise konstruieren wollen, werden wir uns dazu nicht äußern«, der Anwalt setzte ein falsches Lächeln auf. Als Herbst, etwas Unverständliches brummend, ein Blatt seiner Aufzeichnungen zerriss, begann Scherner in schneller Folge auf dem Knopf seines silbernen Kulis herumzudrücken.

»Wo waren wir?«, Renan blätterte in ihrer Akte. »Ach ja. 2001 folgt wieder ein stationärer Aufenthalt, diesmal in der Fachklinik Engelthal. Sie waren fast ein Jahr da, aus welchem Grund?«

»Frau Kommissarin«, Scherner tat beleidigt, »wie oft wollen Sie das Spiel denn noch probieren? Herr Albach, Sie sind doch wesentlich erfahrener. Wollen Sie nicht die Gesprächsführung übernehmen?«

»Herr Scherner«, Alfred imitierte den beleidigten Tonfall des Anwalts, »mit meiner Kollegin sind Sie besser dran, glauben Sie mir. Sie versucht nämlich erst, die Betroffenen selbst zu Wort kommen zu lassen. Ich stürze mich hingegen immer gleich ins Pressearchiv. Da gingen ja wilde Gerüchte um, nicht unbedingt auf den Titelseiten, aber immerhin«, er zog einen Stapel Fotokopien aus einem Umschlag, »Drogen natürlich, aber auch Bulimie oder Depressionen. Nachdem ich nicht weiß, was davon wirklich zutrifft, suche ich mir das für mich Passendste aus. Es wurde sogar behauptet, Sie hätten das alles nur inszeniert, um ein paar Jahre später ein furioses Comeback feiern zu können. Aber das glaube ich nun am allerwenigsten.«

»Bei diesen Recherchen sind wir aber auch auf ein interessantes soziales Engagement von Ihnen gestoßen«, Renan war selbst überrascht, mit welcher Sachlichkeit sie die Befragung vorantrieb, obwohl der Anwalt sie provozierte und Alexandra Reinhardt sie fast pausenlos mit ihren türkisen Augen fixierte. Alfred trommelte dauernd mit den Fingerkuppen auf die Tischplatte, während Herbst fortwährend Bleistiftspitzen abbrach und sich zudem gerade in ein überdimensionales grün kariertes Taschentuch schnäuzte.

»Obwohl Sie eine international erfolgreiche Künstlerin waren, haben Sie sich einer Gruppe von Straßenkids angenommen, die wegen Graffitischmierereien straffällig geworden waren. 1996 sind sie zum ersten Mal verurteilt worden, zu verschiedenen Bewährungsstrafen. Sie haben daraufhin die sechs Jugendlichen, vier Jungs und zwei Mädchen, zusammen mit der Bewährungshilfe betreut und versucht, deren Talente in andere Richtungen zu lenken ...«

»... und das sogar durchaus erfolgreich«, meldete sich Alfred wieder zu Wort. »Darüber wurde zwar kaum berichtet, aber das Wenige, was es gibt, hört sich sehr gut an. Sie haben Flächen organisiert, wo sie legal sprayen durften. Darüber hinaus haben Sie den Kids andere Techniken beigebracht, sodass sie auch mit Pinseln auf Leinwänden malen konnten und nicht unbedingt fremde Wände ansprühen mussten. Heute sind zwei von ihnen Grafiker und eine selbst freie Künstlerin. Ich nehme an, das haben die nur Ihnen zu verdanken.«

Alexandra Reinhardt sagte nichts, aber sie wandte den Blick von Renan ab, holte wie schon tags zuvor einen Zeichenblock und Kohlestifte aus ihrer Tasche und begann sehr langsam und nachdenklich einige Linien zu ziehen. Es folgte eine mehrminütige Pause, in der Renan immer wieder Blickkontakt mit Alfred suchte, der ihr mit einigen Wimpernschlägen und leichtem Nicken bestätigte, dass sie alles gut machte, während Herbst sich ächzend von seinem Stuhl erhob und schwerfällig aus dem Raum schlurfte. Es war Scherner, der als Erster die Geduld verlor:

»Tja, wenn Sie dann keine weiteren Fragen haben ...«, er hob seinen Aktenkoffer auf den Schoß und ließ die Schlösser aufschnappen.

»Ein bisschen wird es schon noch dauern«, Renan schüttelte bedauernd den Kopf, »uns macht das alles auch keinen Spaß hier, und ich finde es riesig, was Sie für diese jungen Menschen getan haben.« Sie wandte sich an die Künstlerin, die nur kurz von ihrem Block aufblickte. »Es muss ein tolles Gefühl sein, wenn man so eine Gruppe aus der Kriminalität herausholt und dann sogar noch für Kunst begeistern kann.«

»Daran scheitern hierzulande täglich ganze Brigaden von Sozialarbeitern«, nickte Alfred.

»Ich meine das ernst, Alexandra«, Renan lehnte sich nach vorne, »ich finde das absolut bewundernswert, was du da erreicht hast. Das ist wahrscheinlich mehr wert, als dein ganzer Erfolg in Amsterdam, Toronto und sonst wo. Also, mir würde das mehr bedeuten.«

»Wie kommen Sie dazu, meine Mandantin zu duzen, wenn ich fragen darf?«, meldete sich Scherner.

»Das machen wir schon seit zwei Wochen so«, erwiderte Renan unschuldig, »und ich wollte hier nur eine persönliche Anmerkung machen.«

»Innerhalb oder außerhalb des Protokolls?«

»Das ist mir vollkommen wurst«, erwiderte Renan scharf, »so etwas muss einen menschlich berühren, wir sind ja nun auch keine Verhörmaschinen!«

»Sehr richtig«, sagte Alfred, »und es berührt einen noch mehr, wenn man weiß, dass zwei von den jungen Menschen wieder rückfällig geworden sind«, er blätterte in seinem Notizblock. »Jenny Maurer und Ivo Ravnik haben später nämlich wieder illegal gesprayt, sie haben wohl diesen Kick gebraucht, etwas Verbotenes zu tun. Bei den Bauarbeiten zur erweiterten U-Bahn-Linie 3 wollten sie nachts von der Baustelle Tillypark aus zur Haltestelle Rothenburger Straße und dort die Wände großflächig gestalten. Leider sind sie vorher erwischt worden, mit zwei großen Taschen voller Schutzmasken, Spraydosen und Skizzen. Da wurde die Sache ernst. Sie waren Wiederholungstäter. Aber es schien gerade noch mal gut zu gehen.

Sie haben sich zusammen mit den ehemaligen Bewährungs-helfern an den Richter und den Staatsanwalt gewandt und es schien so, als würden die mit sich reden lassen und noch ein-mal eine Bewährungsstrafe aussprechen.«

Herbst kehrte mit einer Tasse Pfefferminztee zurück und ließ sich wieder auf seinen Platz nieder, während Renan wei-tersprach:

»Der Richter hieß Köllnberger. Kurz vor dem offiziellen Prozesstermin wurde er nach Passau versetzt, offenbar wollte er schon länger dorthin zurückkehren. Er wurde durch Herrn Rothenberg ersetzt, der die Sache ganz anders beurteilte. Obwohl der Staatsanwalt nur eine Bewährungsstrafe forderte, schickte er Jenny und Ivo für je sechs Monate in die JVA nach Ebrach.«

Renan lehnte sich zurück und atmete erst einmal tief durch. Sie hatten diese Geschichte gestern noch bis spät in die Nacht ›en détail‹ rekonstruiert. Sogar Staatsanwalt Klatte hatte ihnen zugearbeitet und Auszüge aus den alten Akten übermittelt. Die Unfairness von Rothenberg und die Tragik des Falles erschüt-terten auch ihr eigenes Gerechtigkeitsempfinden, wie musste es da erst Alexandra Reinhardt ergangen sein, die vom selben Richter fast 20 Jahre früher ebenso unfair behandelt worden war. Die Künstlerin sah von ihrem Block auf, wo sie eine Art Porträt von Herbst skizziert hatte. Ihr Blick war wässrig gewor-den, aber sie äußerte sich nicht. Stattdessen sprach Scherner:

»Ja, das mag ja ein ganz interessanter Exkurs in die Ver-gangenheit meiner Mandantin sein, aber ich sehe beim besten Willen nicht, was sie mit dem Tod des Richters zu tun haben soll. Wenn Sie da nicht mehr haben, würden wir jetzt gerne wieder gehen.«

»Es geht schon noch etwas weiter«, übernahm Alfred jetzt das Ruder, »die Verurteilung der beiden Jugendlichen fällt zeit-lich nämlich genau mit der plötzlichen Schaffenskrise Ihrer Mandantin im Jahr 2000 zusammen.«

»Ja, und?«

»Der Aufenthalt in Engelthal scheint daran nichts Wesentliches geändert zu haben. Erst drei, vier Jahre später, als bei Richter Rothenberg die ersten Symptome der Krebserkrankung auftraten, schien sich Frau Reinhardt wieder zu erholen. Sie begann wieder zu malen und schuf auch plastische Kunst. Die Werke waren kreativ, ausdrucksstark, von einer einnehmenden Tiefe, davon konnte ich mich selbst überzeugen. Das war ein beeindruckendes Comeback. Könnte es sein, dass es etwas mit dem langsamen Tod von Herrn Rothenberg zu tun gehabt hat?«

»Meine Mandantin wird diese Frage nicht beantworten«, beschied Scherner ein weiteres Mal.

»Eigentlich erübrigt sie sich auch«, Alfred hob die Schultern, »die Daten sind nun mal, wie sie sind.«

»Sagen Sie mal, was treiben Sie hier eigentlich?«, empörte sich der Anwalt. »So wie Sie die Sache schildern, wurde Frau Reinhardt durch einen Justizirrtum 1981 psychisch traumatisiert, was sie schließlich überwand und zu einer erfolgreichen Künstlerin wurde. 20 Jahre später kam es zu einer neuen Fehleinschätzung desselben Richters in Bezug auf junge Menschen, die meiner Mandantin nahe standen. Das soll zu einem neuerlichen Trauma geführt haben, das meine Mandantin nur durch den Tod des Richters überwinden konnte. Habe ich das richtig nachvollzogen?«

»So in etwa«, bestätigte Alfred.

»Wir äußern uns nicht zu dieser Darstellung, aber selbst wenn sie korrekt wäre, bringen Sie doch meine Mandantin in keinerlei Zusammenhang mit dem Tod des Richters. Wie ich weiß, ist der Mann ja an Krebs gestorben, und Sie haben nur eine vage Vermutung, dass eine gewisse radioaktive Bestrahlung dabei eine Rolle gespielt haben könnte. Frau Reinhardt ist Künstlerin, sie verfügt weder über nukleare Strahlung noch hatte sie Zugang zum Richter. Das Ganze ist so was von hanebüchen, Herr Kommissar, dass ich Sie eindringlich bitten muss, unser aller Zeit nicht weiter zu verschwenden!«

»Ich würde jetzt gerne eine rauchen«, meldete sich Alexandra Reinhardt.

Alfred blickte aus dem Fenster und stellte fest, dass es bereits dunkel wurde. In der letzten Stunde hatte er tatsächlich kein Verlangen mehr nach einer Zigarette verspürt. Jetzt aber saß er mit Herbst und Renan in der Teeküche und nahm ein paar tiefe Züge.

»Hast du Janssen erreicht?«, wandte er sich an Konrad.

»Nur so eine Computerstimme, die einen auffordert, Nachrichten aufzusprechen.«

»Und, hast du das gemacht?«

»Mit Maschinen sprechen ist gar nicht gut.«

»Konrad!«

»Ondracek hat's gemacht … Der schuldet mir von früher noch einen Gefallen.«

»Außer mir scheint der jedem hier noch einen Gefallen zu schulden«, warf Renan ein.

»Ondracek bleibt so lange da, bis wir fertig sind, und wartet, ob was kommt«, Herbst begann, seine Pfeife zu stopfen.

Die mobile Telefontechnologie entwickelte sich mehr und mehr in diesem verzwickten Fall zu einem nützlichen Hilfsmittel. Nicht nur konnten sie damit nachweisen, dass sich eine gewisse Künstlerin zu bestimmten Zeiten in der Nähe gerade entstehender Graffitis befunden hatte, sie konnten auch vereinfacht Kontakt zu dem flüchtigen Physiker herstellen. Die Vermutung, dass er sein Handy mitgenommen hatte, lag nahe, da er sicher mit seinen Mitverschwörern in Kontakt bleiben wollte. Und so war es auch. Dem Ortungsdienst zufolge befand sich Janssens Handy in London, wohin der Mann nach Auskunft des Flughafens zwei Tage vorher getürmt war.

»Und wenn er es doch weggeworfen und sich ein neues besorgt hat?«, fragte Renan. »Wer weiß, vielleicht ist der jetzt schon in Dschibuti?«

»Dann bluffen wir, wie besprochen«, erwiderte Alfred, »wenn wir mit dem Bruder sprechen und Janssen sich bis dahin nicht gemeldet hat, Konrad, gehst du raus und kommst nach zehn Minuten mit unserer aufgesetzten Aussage von Janssen. Wir sagen, er hätte sie per E-Mail geschickt ...«

»E-Mail?«

»Genau. Wir haben so wenig Details wie möglich genannt. Wenn wir uns den Rest richtig zusammengereimt haben, müsste es klappen.«

»Und wenn nicht?«, Renan schien ungewöhnlich nervös. »Immerhin ist Reinhardt Staatsanwalt, und das ist Betrug und Fälschung ... und was weiß ich noch alles!«

»Eine Unterschrift wäre schon gut«, brummte Konrad.

»Die werden wir so schnell nicht kriegen«, entgegnete Alfred, »ist aber bei E-Mails auch schlecht möglich, von daher ...«

»Du hast die größeren Pensionsansprüche von uns beiden«, gab Renan zu bedenken.

»Wir müssen halt mal etwas riskieren«, Alfred schien selbst nicht ganz überzeugt, »zur Not haben wir ja immer noch unsere Allzweckwaffe hier«, er klopfte Herbst auf die Schulter.

»Mir ist dauernd der Stift abgebrochen«, erwiderte der.

»Sehr gut«, lachte Alfred, »nur weiter so.«

Kurz darauf saßen sie wieder alle um den Besprechungstisch. Herbst hatte die ausgegangene Pfeife noch im Mundwinkel und legte sich fünf verschiedene Bleistifte zurecht. Alfred hatte eine Kanne Kaffee mitgebracht und schenkte dem Anwalt und der Künstlerin unaufgefordert ein.

»Ich hoffe nicht, dass wir hier noch lange brauchen, Herr Kommissar«, sagte Scherner, »Sie haben die Schmerzgrenze bereits überschritten.«

»Wir haben's gleich«, beschied Alfred und nickte Renan zu.

»O. k.«, sagte sie, »wir haben da noch ein Detail, das uns beschäftigt, nämlich acht sehr ähnliche Graffitis, die sich auf dem Weg des Richters zur Arbeit befinden und alle Todessymbole zeigen.«

»Ja, und?«

»Diese Motive sind nicht gerade leicht zu machen. Das erste befindet sich unweit vom Haus des Herrn Rothenberg, das letzte gegenüber von seinem Büro in der Fürther Straße.«

»Und was wollen Sie damit andeuten?«, fragte Scherner scheinbar genervt.

»Es drängt sich die Vermutung auf ...«

Herbst hustete vernehmlich und räusperte sich danach ausgiebig.

»... dass jemand dem Richter mitteilen wollte, dass er oder sie von seinem nahenden Tod wusste, ja vielleicht sogar damit zu tun hatte.«

»Das entstammt nun aber wirklich dem Reich der Spekulationen«, Scherner musterte Herbst angewidert.

»Nicht wenn man weiß, dass im Zimmer des Richters im Südklinikum zumindest für kurze Zeit ein Blitz in einem Kreis an die Wand geschmiert war«, Renan hielt eine Zeichnung des Symbols hoch. Herbst zeichnete es nach und brach dabei die Spitze seines Bleistifts ab.

»Ich gratuliere zu dem Ermittlungsergebnis«, der Anwalt warf Konrad einen Blick zu, der blanken Hass verriet, »ich sehe aber wiederum keinen Zusammenhang mit meiner Mandantin.«

»Das schließt den Kreis zu der Massenverhaftung«, erklärte Renan, »wie Sie vielleicht wissen, war die Hysterie um die Hausbesetzungen einer der Hauptgründe für diese Aktion, und dieses Zeichen war das Symbol der Hausbesetzer. Hiermit sollte dem Richter gezeigt werden, dass sein Tod mit den Ereignissen von 1981 in Verbindung steht.«

»Nur so kann Rache oder Bestrafung funktionieren«, meldete sich Alfred, »es nützt ja nichts, wenn der Betroffene die Gründe nicht kennt – anders gibt es keine Läuterung beziehungsweise keine Genugtuung.«

»Ihre Küchenpsychologie ist beeindruckend«, ätzte Scherner, »aber ich höre hier nichts Anderes als Indizien und an den Haaren herbeigezogene Verdächtigungen. Sie haben nichts in der Hand, nicht einmal den Hauch von einem Beweis. Dieses Schmierentheater ist jetzt zu Ende. Frau Reinhardt, wir gehen!«

»Sicher«, sagte Alfred, »sobald Ihre Mandantin uns ihre Alibis für die Nächte vom 13. auf den 14. April und vom 29. auf den 30. Oktober letzten Jahres genannt hat, können Sie natürlich gehen.«

»Was soll denn das jetzt heißen?«, die Miene des Anwalts verriet Verunsicherung, zumal Herbst schon wieder eine Bleistiftspitze abbrach.

»Das sind zwei Tatzeiten«, erklärte Renan, »die erste bezieht sich auf das Graffiti in Weiherhaus, die zweite auf das vom Justizpalast. Wir haben Zeugenaussagen zu beiden.«

»Sehr schön, dass Sie zum ersten Mal etwas Konkretes haben«, Scherner lehnte sich scheinbar entspannt zurück, »aber wie kommen Sie darauf, dass meine Mandantin zu diesen Zeitpunkten auch nur in der Nähe dieser Orte war?«

»Durch ihr Mobiltelefon, das sie auch heute noch benutzt«, Alfred lehnte sich ebenfalls zurück, »sie muss es wohl dabeigehabt haben. Es lässt sich zu diesen Zeiten auf die nächstgelegenen Funkmasten zurückverfolgen.«

Es entstand eine Pause, deren Spannung sich erst entlud, als Herbst wieder einen Bleistift abbrach.

»Herrgott noch mal, nehmen Sie den«, rief Scherner und knallte seinen silbernen Kuli vor Herbst auf den Tisch.

XIII.

Schwachstellen

»Ich könnte davon gewusst haben, dass Rothenberg Krebs hat«, erklärte die Künstlerin, »ich könnte das als Genugtuung empfunden haben. Ich könnte auch die *Pieces* an die verschiedenen Wände gesprüht haben. Ich könnte meine Schaffenskrise dadurch überwunden haben, dass ich erfuhr, dass dieser Mann demnächst sterben wird. Er hat mich schließlich auch sterben lassen. Eine Woche lang in einer Einzelzelle bin ich Stunde um Stunde langsam zerfallen. Die Leibesvisitation war die Leichenschau und die Anstaltskleidung das Leichentuch. Als sie mir Papier gegeben haben, aber keine Stifte dazu, bin ich gestorben. Als die Wärterin beim Hofgang mich anbrüllte, dass alle Anderen schon wieder freigelassen wurden, bin ich gestorben. Jeden Tag, den mich meine Eltern nicht besuchen durften, bin ich gestorben. Als sie nach einer halben Stunde wieder gehen mussten, noch einmal. Es ist nicht die Einsamkeit, an der man stirbt, nicht die Enge. Auch nicht die Langeweile oder das schlechte Essen. Du stirbst an der Willkür. Sie lassen dich spüren, dass jeder zu jeder Zeit mit dir machen kann, was er will. Diese Willkür ist ein Dämon, der in dir bleibt. Ich hörte ihn lachen, als wir in einem Bus ohne Fenster, nur mit kleinen Sehschlitzen, auf dem Gerichtshof standen und mein Vater draußen vorbeilief. Er suchte uns. Es war furchtbar warm. Ich schrie und klopfte, aber er konnte mich nicht hören. Wochen später hat er immer noch gelacht, als die Lehrer in der Schule von Kurvendiskussionen sprachen, von Keuperschichten, halb durchlässigen Membranen und anderen Nebensächlichkeiten. Sie durften mit uns nicht über die wichtigen Dinge sprechen, und die meisten wollten auch nicht. Gegen diesen Dämon kannst du nicht mit Zeugnissen ankämpfen, nur mit Erzeugnissen, mit Kreativität, mit Kunst.

Auch im Krebs liegt eine gewisse Willkür, das ist beruhigend. So was könnte helfen. Es könnte auch mir geholfen haben, natürlich. Zumal der Mann nicht dazugelernt hat, er sprach von Schwachstellen im System ...«

»Schwachstellen«, brummte Konrad und blätterte in einem Stapel kopierter Zeitungsartikel.

»... es stand im *Stern*«, sagte die Künstlerin beiläufig. »Es gäbe nun mal keine perfekte Justiz, und er würde wieder so handeln, käme er noch einmal in die Situation ... Sie haben recht, es könnte mir eine Genugtuung gewesen sein, dass dieser Mann auch Schwachstellen in seinem Körper gehabt hat.«

Es folgte ein betretenes Schweigen. Selbst Herbst hatte aufgehört, Bleistiftspitzen abzubrechen. Draußen war es mittlerweile stockdunkel. Die Szenerie spiegelte sich in den großen Fensterflügeln des Zimmers. Renan empfand das Licht der Neonröhren als viel zu hell, aber sie konnte es ja schlecht ausschalten, zumal es in dem Raum keine kleineren Lampen gab. Schließlich fand sie als Erste die Sprache wieder.

»Warum haben Sie Ihren Anwalt weggeschickt?«

»Wenn er mir immer nur sagt, dass ich nichts sagen soll, brauche ich ihn nicht«, erklärte Alexandra Reinhardt, »das hat außerdem damals schon nichts gebracht, warum soll es heute besser sein?«

»Wir wollen hier niemandem etwas anhängen, Frau Reinhardt«, sagte Alfred leise, »aber wir wollen die Wahrheit herausfinden.«

»Manchmal ist die Wahrheit nicht relevant«, entgegnete die Künstlerin traurig und kühl.

»Wahrheit«, wiederholte Herbst und tappte schwerfällig aus dem Raum.

»Er ist gut«, sie zeigte mit einer leichten Kinnbewegung in Herbsts Richtung und lächelte sachte.

»Er ist vor allem gut als Teil eines Teams«, Alfred schien wie aus dem Schlaf erwacht, »wir bilden hier ein Trio. Jeder hat spezielle Stärken und entsprechende Aufgaben. Genauso haben Sie es ja auch gemacht. Achim Janssen hat das radioaktive Material besorgt. Ihr Bruder hat es im Schreibtischstuhl des Richters deponiert, und Sie haben die Graffitis gemalt, so war es doch, oder?«

»Was hätten Sie davon, wenn es so gewesen wäre?«

»Wir hätten diesen Fall gelöst.«

»Aber Sie hätten keine Beweise«, ihre Stimme schien fast etwas mitleidig.

Eine halbe Stunde später saßen Renan und Alfred mit Andreas Reinhardt im selben Raum und führten ein ähnliches Gespräch. Der Staatsanwalt war kurz nach dem hypothetischen Geständnis seiner Schwester ins Zimmer gestürmt. Scherner hatte ihn verständigt. Er machte ihr Vorhaltungen, weil sie den Anwalt weggeschickt hatte, und bestand darauf, dass das Verhör beendet wurde. Renan und Alfred hatten im Prinzip nichts dagegen, da die Künstlerin sowieso kaum noch etwas gesagt und stattdessen weiter am Porträt von Herbst gezeichnet hatte, der aber verschwunden blieb, seit er das Gespräch mit Alexandra Reinhardt verlassen hatte.

»Wir haben Sie das gestern schon gefragt, Herr Reinhardt«, begann Alfred sachlich, »aus welchem Grund hat Achim Janssen, eigentlich heißt er ja Joachim, Sie vorgestern Abend um 20 Uhr angerufen?«

»Er wollte sich von mir verabschieden«, der Staatsanwalt wirkte ungeduldig. Man sah ihm an, dass ihm die ganze Sache auf die Nerven ging. Gleichzeitig schien er noch überheblicher als tags zuvor. Das lag womöglich auch daran, dass er offenbar schon ein wenig Alkohol genossen hatte.

»Verabschieden?«, fragte Alfred. »Warum hat er denn das Land verlassen? Noch dazu so überstürzt?«

»Er meinte, seine berufliche Situation wäre unerträglich geworden. Er hätte seinen Job gekündigt und bräuchte dringend Luftveränderung«, Reinhardts Stimme wirkte etwas monoton.

»Er hat aber leider nicht gekündigt«, erklärte Alfred, »bei der PharmAG warten sie immer noch auf ihn. Und wegen beruflicher Probleme lässt man doch nicht seinen kompletten Haushalt zurück und verschwindet heimlich mit dem letzten Flug nach London. Das ist schon etwas merkwürdig, oder?«

»Sie wollten wissen, was er gesagt hat«, Reinhardt wurde etwas lauter, »da kann ich doch nichts dafür, wenn das merkwürdig klingt.«

»Sie kannten sich seit der Schulzeit?«

»Ja.«

»Und hatten seitdem regelmäßig Kontakt?«

»Nein, eher unregelmäßig. Aber so drei, vier Mal im Jahr haben wir uns getroffen.«

»Und Ihre Schwester?«, fragte nun Renan.

»Was ist mit meiner Schwester?«

»Hatte sie mit Janssen mehr Kontakt?«

»Ich weiß nicht, mit wem meine Schwester wie viel Kontakt hat«, sein Lächeln wirkte unecht.

»Aber die beiden kennen sich doch auch schon seit über 25 Jahren.«

»Ja, und?«

»Und wir haben hier eine auf Mikrofiche archivierte Patientenakte des Nürnberger Klinikums«, Renan blätterte in einem Hefter, »aus dem Jahr 1985. Janssen hat damals einen Selbstmordversuch verübt, weil Ihre Schwester sich von ihm getrennt hatte.«

»Wahnsinn übrigens, wie lange die Akten aufheben«, warf Alfred ein.

»Wenn Hinweise auf einen Suizidversuch vorliegen, kommt der- oder diejenige immer in die Psychiatrie, und sei es nur kurz«, erklärte Renan.

»Das brauchen Sie mir nicht zu erklären«, Reinhardts Ton bekam eine Mischung aus Arroganz und Zorn, »ich weiß sehr gut, wie dieser Staat funktioniert. Meines Wissens war meine Schwester damals überhaupt nicht mit Joe zusammen. Nach der Verhaftung konnte sie keine Beziehungen mehr eingehen. Das war Joes Problem, glaube ich.«

»Man könnte also durchaus sagen, dass Janssen Ihrer Schwester nahe steht beziehungsweise sie ihm«, folgerte Alfred.

»Das kann ich nicht beurteilen«, Reinhardt lallte ein wenig, wenn man genau hinhörte, »fragen Sie sie selbst!«

»Sie müssen doch wissen, mit wem Ihre Schwester verkehrt«, Alfred tat naiv, »immerhin leben Sie ja in derselben Stadt. Sie sehen sich doch bestimmt ab und zu ...«

»Herrgott«, rief Reinhardt und klatschte mit der flachen Hand auf die Tischplatte, »langweilen Sie mich nicht weiter mit Nebensächlichkeiten. Sagen Sie einfach klar und deutlich, was Sie von mir wollen!«

»Wir wollen wissen, ob Sie zusammen mit Herrn Janssen und Ihrer Schwester einen Mordplan ausgeheckt haben, demnach Richter Rothenberg das Opfer von radioaktiver Bestrahlung wurde und schließlich an Krebs verstarb«, Renan hatte blitzschnell auf den Ausfall des Staatsanwalts reagiert, weil sie das Gefühl hatte, mit der langsamen Methode bei ihm tatsächlich nicht weiterzukommen.

»Ah«, Reinhardt strahlte Renan falsch an, »endlich ein paar deutliche Worte. Danke, Frau Kommissarin.«

In diesem Moment öffnete sich die Tür und Konrad Herbst kam herein. Er hielt eine Tasse Pfefferminztee und zwei Seiten Papier in der Hand. Sein Auftritt nahm die sich aufschaukelnde Dynamik aus dem jüngsten Gesprächsverlauf. Ächzend nahm er Platz, blickte neugierig in die Runde und verharrte bei Reinhardt.

»Sie müssen Herr Herbst sein, von dem mir Scherner erzählt hat«, sagte Reinhardt schließlich.

»Das kam gerade aus London«, Herbst hielt seinen Blick weiter auf den Staatsanwalt gerichtet und legte Alfred die Blätter hin.

»Das ging aber schnell«, sagte dieser und begann, den Text zu überfliegen. Als er die zweite Seite las, blickte er Herbst einige Sekunden lang erstaunt an. Der setzte sich und zündete sich ungeniert eine Pfeife an, den Rauch blies er auffällig oft in Reinhardts Richtung. Im Raum verbreitete sich ein stickig-süßlicher Geruch.

»Jetzt bin ich aber gespannt«, Reinhardt blies Konrads Rauch aus seinem Gesichtsfeld und bemühte sich, eine gewisse Unsicherheit zu überspielen.

»Das ist ein vorläufiges Geständnis von Herrn Janssen – sogar mit Unterschrift«, erklärte Alfred mit einem erneuten Seitenblick auf Herbst, »er bestätigt im Großen und Ganzen unsere Theorie. Janssen hat das radioaktive Material besorgt, Sie haben es im Büro des Richters deponiert, und Ihre Schwester hat die Graffitis gesprayt, welche sich überall auf dem Arbeitsweg von Herrn Rothenberg befinden.«

»Ha!«, Reinhardt lachte heiser.

Herbst begann, sich wieder mit einem Bleistift Aufzeichnungen zu machen.

»Nur bei dem Motiv haben wir etwas zu kurz gedacht«, sprach Alfred weiter, »offenbar ging es nicht nur um eine späte Rache. Es sollte eine Art ultimative Therapie für Ihre Schwester sein. Nachdem sich der Richter wieder so traumatisch in ihr Leben gedrängt hatte, war es wohl der letzte Versuch, die ganze Geschichte zu verarbeiten ...«

»Geben Sie mal her«, Reinhardt riss Alfred die Blätter aus der Hand, der ihm aber keine Gelegenheit gab, den Text in Ruhe zu studieren.

»Nachdem Rothenberg die zwei Ex-Mitglieder der ›Caps‹ zu übermäßig harten Strafen verurteilt hatte, waren Sie und Janssen wohl in großer Sorge um Ihre Schwester.«

»Und nachdem die Behandlungen in der Fachklinik nichts bewirkt hatten, haben Sie eine eigene Therapie entwickelt«, fuhr Renan fort, »die etwas andere Form der Vergangenheitsbewältigung.«

Herbsts Bleistiftspitze brach ab.

»Glücklicherweise haben wir Herrn Janssen noch auf seinem Handy in London erreichen können«, sagte Alfred, »wir konnten ihm klar machen, dass es keinen Sinn macht, wenn die Fortschritte, die Ihre Schwester offenbar gemacht hat, wieder ins Gegenteil verkehrt werden, wenn sie wieder für unbestimmte Zeit ins Gefängnis muss. Ich bin kein Psychologe, aber ich vermute mal, dass sich diese abermalige Erfahrung höchst negativ auf ihre psychische Verfassung auswirken würde. Herr Janssen hat das eingesehen. Es spielt übrigens keine Rolle, ob er hier ist oder morgen nach Kanada weiterfliegt. Zur Not fliege ich ihm selbst nach und lasse mir ein Geständnis mit Originalunterschrift geben.«

»Dem Physiker geht es wirklich um die Frau«, meldete sich Herbst aus einem Rauchschwall, »dem Staatsanwalt geht es um sein Ego … aber ein perfekter Mord?« Er nahm einen neuen Bleistift.

»So«, Reinhardt tat amüsiert und wirkte gleichzeitig hysterisch, »langsam wird es interessant. Was soll das hier werden? Ein Zirkus, eine Revue? Sie beleidigen meine Intelligenz mit diesen Tricks und Clownereien? Und wenn Sie noch hundert Bleistifte abbrechen, die Echtheit dieses Geständnisses hätte ich doch gerne mal überprüft. Wenn Sie Herrn Janssen nicht persönlich vor ein deutsches Gericht bringen, sehe ich da aber ziemlich schwarz für Sie. Und was Sie angeht, Herr Herbst, ich habe schon von Ihren Methoden gehört, und ich habe gehört, dass Sie beide«, er wedelte mit hektischen Bewegungen den Rauch vor seinen Augen weg und ließ den Zeigefinger fahrig zwischen Alfred und Renan pendeln, »meiner Schwester mittels einer Mobilfunkortung die Urheberschaft von zwei dieser Graffitis nachweisen wollen. Gut, machen Sie das. Das gibt aber keine Anklage wegen Mordes, sondern bestenfalls wegen Sachbeschädigung; maximal sechs Monate – mit Bewährung! Bei Achim wäre es vielleicht Diebstahl. Bei radioaktivem Material keine Kleinigkeit, aber noch lange kein Mord. Und außerdem wüsste ich nicht, wie Sie das nachweisen wollten. Und bei mir? Wegen was wollen Sie denn einen Haftbefehl erwirken, weil ich ein Stück Metall in einen Bürostuhl eingebaut haben soll? Vergessen Sie doch bitte nicht, dass ich Jurist bin!«

Reinhardt lehnte sich zurück, er hatte eine gesunde Gesichtsfarbe und lächelte selbstzufrieden. Um ihn herum waberte Herbsts Pfeifenrauch. Als er sah, dass Renan, Alfred und Herbst vielsagende Blicke austauschten und langsam begannen, die auf dem Tisch verstreuten Papiere einzusammeln, wich das Rot langsam aus seinen Wangen und das Lächeln verschwand.

»Von einem Bürostuhl steht hier nichts, Herr Reinhardt«, Alfred packte Janssens Geständnis ein und drückte die Stopptaste des Tonbandes.

Am Mittag des nächsten Tages saßen Renan und Alfred im *Brozzi* und nahmen ein spätes Frühstück ein. Der Abend war etwas länger geworden, da Staatsanwalt Reinhardt noch vorläufig festgenommen werden und ein Haftprüfungstermin für den nächsten Morgen vorbereitet werden musste. Für diesen Mittag hatte Herbert Göttler eine seiner berüchtigten Pressekonferenzen angesetzt. Das mit den Abschlussberichten konnte noch ein wenig warten. Sie saßen in der Mitte des Cafés am Fenster. Draußen regnete es leicht, während gleichzeitig die Sonne schien. Das Publikum bestand wieder mal aus etlichen Schülern, einigen Elternteilen mit Krabbelkindern, Schachspielern und ein paar Angestellten umliegender Firmen, die Mittag machten. An den Wänden hingen ausnehmend bunte Bilder verschiedener Nachwuchskünstler.

»Das war echt der abgefahrenste Fall, der mir bisher untergekommen ist«, Renan fühlte sich gleichzeitig erschöpft und zufrieden, während sie ihren Teebeutel ausdrückte.

»Also, zwischendurch hatte ich nicht mehr daran geglaubt, dass wir da auf einen grünen Zweig kommen«, Alfred löffelte den Schaum von seinem Cappuccino.

»Ich war vorübergehend auch richtig besorgt um dich«, sie nickte ernst.

»Danke, Renan«, Alfred strahlte sie mit großen Augen an, »aber es wird auch langsam Zeit, dass du dich nicht immer auf mich verlässt«, er zwinkerte.

»Nein«, grinste sie, »heute nicht, mein Lieber.«

»Was?«

»Heute wirst du mich nicht provozieren.«

»Nichts liegt mir ferner, Kollegin«, er erhob die Tasse, »aber wir können wirklich stolz sein. Wir haben mit der Lösung dieses Falles ein ganz ordentliches Gesellenstück abgeliefert«, sie prosteten sich mit den Tassen zu, »auch wenn wir die Verdienste von Rolf und Konrad dabei nicht schmälern dürfen.«

»Ja, dass der verrückte RW mir noch mal so viel bei einer Mordermittlung helfen würde, hätte ich vor zwei Wochen auch noch nicht für möglich gehalten«, Renan begann, ein Brötchen aufzuschneiden.

»Er war absolut großartig«, beschied Alfred, »auf seine Art.«

»Wie hat Konrad eigentlich gestern die Unterschrift von Janssen auf das Geständnis gekriegt?«, sie schwankte mit dem Messer zwischen Honig und Marmelade.

»Wir hatten doch seine Passkopie vom Einwohneramt«, Alfreds Teller war schon leer, sodass er sich seinem Tabak widmete, »mit der ist er zu Manfred, dem Phantombildzeichner, der noch zeichnen kann ...«

»Und der hat die dann druntergefälscht?«

»Genau. Dann noch einmal kurz durchs Fax gelassen – fertig. Fast so gut wie aus London.«

»Was für ein Bluffer«, lachte sie kopfschüttelnd, »die Nerven musst du erst mal haben. Wenn das schief gegangen wäre ...«

»Dem guten Konrad kann keiner mehr was anhaben«, Alfred zuckte mit den Schultern, »das ist die Unverwundbarkeit der Pensionäre.«

Alfreds Handy klingelte. Es war Langbeck von der PharmAG. Alfred sagte ein paar Mal »Ja« und »Nein«. Dann sagte er »Tatsächlich? Ja, ich notiere« und beschriftete eine Serviette mit einem Kuli aus der Innentasche seines Sakkos.

»Das war Janssens Chef«, erklärte er, nachdem das Gespräch beendet war.

»Und?«, Renan schielte auf die Serviette. »Was wollte er?«

»Sie haben Janssens Computer überprüft oder besser gesagt, seine Internetzugänge und E-Mails. Er war relativ häufig auf einer amerikanischen Website, wo man radiaktives Material bestellen kann.«

»Das ist nich dein Ernst!«

»Das Land der unbegrenzten Möglichkeiten«, seufzte Alfred und reichte Renan die Serviette.

»radiation-for-all.com?«, Renans Blick verriet Entsetzen.

»Es sind nur relativ kleine Mengen, und sie werden nur innerhalb der USA verkauft«, erklärte Alfred, »aber für einen Mann mit internationalen Kontakten dürfte das keine Schwierigkeit darstellen. Langbeck lässt jetzt alle gespeicherten Daten von Janssen prüfen. Wahrscheinlich war er aber nicht so dumm, so ein Geschäft über seine dienstliche E-Mail abzuwickeln.«

Kurz darauf wehte Irmgard herein. Sie steuerte zielstrebig auf ihren Tisch zu, begrüßte Renan herzlich und klopfte ihrem Gatten auf die Schulter.

»Ich habe es erst gar nicht im Präsidium probiert«, sagte sie, sich setzend, »nachdem du gestern im Bett etwas von einem gelösten Fall gemurmelt hast, war mir klar, dass ihr das heute feiert.«

»Das steht uns auch zu«, nickte er, »solltest du nicht noch im Unterricht sein?«

»Die 10a ist auf Klassenfahrt, da sind die letzten beiden Stunden ausgefallen«, Irmgard zupfte an ihren Handschuhen und sah sich suchend um.

»Was darf ich dir denn holen?«

»Gar nichts, danke. Ich wollte eigentlich zwei Fliegen mit einer Klappe schlagen«, sie verrenkte weiter ihren Kopf. »Hier müssten nämlich ein paar Bilder von Domian Distler hängen.«

»Domian Distler?«, Alfreds Stimme verriet eine Spur von Panik.

»Ja, ich wollte mir eins aussuchen, anzahlen, und du könntest es dann heute Abend gleich mitnehmen ...«

»Du könntste auch mal ins Präsidium schauen«, Renan unterdrückte ein Lachen, während Alfred um Worte rang, »der Personalrat hat in den Gängen haufenweise Bilder von malenden Kollegen aufgehängt.« Das Gespräch wurde jäh unterbrochen, als sein Handy klingelte.

»Das war Hofmann«, sagte Alfred schließlich, »Göttler möchte, dass wir bei der Pressekonferenz dabei sind.

Der Pressesaal war gut gefüllt. Alfred hatte nicht erwartet, dass der Fall Rothenberg so großes Aufsehen erregen würde. Wenn es nicht gerade der Amoklauf eines Jugendlichen war oder ein Serienmord, zeigten die Medien nur normales Interesse, und die ersten beiden Reihen reichten vollkommen aus. Auch an den Fernsehkameras konnte man ablesen, dass ein größeres Interesse an dem Tod des Richters Rothenberg bestand. Die vom Lokalfernsehen verirrten sich auch sonst manchmal hierher, wenn sie nichts Besseres bringen konnten, aber der Bayerische Rundfunk mit Fernsehkamera, das bedeutete landesweite Publicity. Herbert Göttler war dementsprechend in Hochform, liebte er doch nichts mehr, als sich mit schnellen Aufklärungserfolgen in der Öffentlichkeit zu brüsten. Egal was er vor und während einer Ermittlung gesagt und getan hatte, er war immer in der Lage, alles auf der Abschlusspressekonferenz in ein für ihn passendes Licht zu rücken. Außer Göttler saßen noch Hofmann, der Pressesprecher des Polizeipräsidiums, und Klatte auf dem Podium. In einem Anfall von Großzügigkeit hatte Herbert Göttler auch Alfred und Renan aufgefordert, dort Platz zu nehmen – ganz links außen. Alfred hatte schon hunderte von Pressekonferenzen miterlebt, jedoch nur wenige von dieser Seite. Fast regte sich eine kleine Nervosität, die er aber mit der Gewissheit besänftigte, dass Göttler sowieso niemanden außer sich selbst zu Wort kommen lassen würde.

»Meine sehr verehrten Damen und Herren, ich darf Sie ganz herzlich zu unserer Pressekonferenz begrüßen und freue mich, dass dieser aktuelle Fall offenbar auf großes Interesse stößt«, er hatte sich in einen schwarzen Nadelstreifenanzug geworfen, der unfreiwillig nach Mafia aussah, und war wohl tags zuvor noch beim Friseur gewesen. Sein Aftershave war bis zu Alfreds Platz noch deutlich zu riechen, als er fortfuhr:

»Noch mehr freue ich mich aber, dass wir Ihnen heute die schnelle Aufklärung eines Mordfalles verkünden dürfen, der um ein Haar nicht entdeckt worden wäre.« Er blickte kurz zu Hofmann, der auf seinem Notebook herumspielte und alsbald ein Bild des Richters hinter ihm an die Wand warf.

»Wie Ihnen allen bekannt ist, verstarb der bekannte Richter Ludwig Rothenberg vor knapp drei Wochen. Als Todesursache wurde Leberkrebs diagnostiziert. Kurz vor der Beerdigung erhielten wir Hinweise aus dem nächsten Umfeld des Toten, dass womöglich doch keine natürliche Todesursache vorliegen könnte.«

»Wie kann denn ein Krebs unnatürlich sein?«, Thormann vom Morgenblatt war mal wieder der Vorlauteste.

»Das will ich Ihnen gerne erklären«, erwiderte Göttler mit einem Haifischlächeln, »wenn Sie mich noch schnell darlegen lassen, was uns dazu brachte, eine unnatürliche Todesursache ins Auge zu fassen«, abermals warf er Hofmann einen fragenden Blick zu. Der nickte und zauberte verschiedene Fotos der Todesgraffitis an die Wand.

»Diese Zeichen oder Symbole fanden sich überall entlang des Arbeitsweges von Herrn Rothenberg«, erklärte Göttler, »sie ließen uns zunächst vermuten, dass ein unnatürlicher Tod im Zusammenhang mit einem oder mehreren Graffitisprayern stehen könnte, die der Richter in den letzten Jahren verurteilt hatte.«

»Ich frage noch mal: Wie soll das vonstatten gegangen sein?«, Thormann war nicht nur vorlaut, sondern auch ungeduldig.

»Das sollte eine ausgiebige Obduktion klären«, Göttler lächelte noch immer und blickte oft in Richtung der Kamera des Bayerischen Rundfunks, »die Kollegen von der Rechtsmedizin konnten dann eine überdurchschnittlich starke Belastung mit radioaktiver Strahlung nachweisen. Gifte und Ähnliches wurden nicht gefunden, sodass wir die Möglichkeit in Betracht zogen, dass Richter Rothenberg vorsätzlich einer radioaktiven Strahlung ausgesetzt gewesen war, die dann den Krebs hervorrief.« Der Kriminaldirektor machte eine Kunstpause und blickte prüfend ins Auditorium. Tatsächlich waren die Journalisten so perplex, dass es fast eine Minute dauerte, bis jemand fragte:

»Ist das nicht eine sehr gewagte Hypothese, Herr Kriminaldirektor?«

»Das mag auf den ersten Blick so sein«, Göttler hob beschwichtigend die Hand, »es gehört jedoch zu unseren Aufgaben, auch gewagten Hypothesen nachzugehen, wenn es um die Aufklärung von Verbrechen geht. Sie alle erinnern sich noch an den russischen Ex-Agenten, der vor wenigen Monaten in London ganz allmählich beseitigt wurde. Auch Mörder sind mitunter sehr kreative Geister.«

»Besteht denn dann Gefahr für andere, die mit dem Richter in Berührung gekommen sind?«, fragte eine junge Frau, die Alfred nicht kannte.

»Da kann ich sie beruhigen«, Göttler schüttelte milde lächelnd den Kopf, »in diesem Fall wurde Gamma-Strahlung verwendet. Die ist nur gefährlich, wenn sie über lange Zeit und kurze Distanz auf menschliches Gewebe wirkt. Wie es aussieht, haben die Täter die Strahlenquelle über den Müll beseitigt. Auf einer Deponie oder in einer Verbrennungsanlage geht keine Gefahr mehr von der Quelle aus. Wir haben natürlich mittlerweile das Bundesamt für Strahlenschutz hinzugezogen, aber Sie können wirklich unbesorgt sein – wie Sie wissen, sind wir dabei, Nürnberg zur sichersten Großstadt Deutschlands zu machen.«

»Was war denn nun mit den Graffitisprayern?«, fragte Oppel von der *NN*.

»Die passten daraufhin nicht mehr richtig in das Täterprofil«, erklärte Herbert Göttler in Richtung der Kamera, »vielmehr war klar, dass wir nach mehreren Tätern suchen mussten. Einer musste Graffitis sprayen können, ein anderer irgendwie an radioaktives Material herankommen, und zudem mussten sie Zugang zu privaten oder dienstlichen Räumlichkeiten des Richters haben.«

»Wenn es aber keine der verurteilten Sprayer waren, wo lag dann das Motiv?«, hakte Oppel nach.

»Das will ich Ihnen gerne sagen«, der Kriminaldirektor gab Hofmann wieder ein Zeichen, »dieses Symbol hier – ein Blitz in einem Kreis – ist das Symbol der Hausbesetzer in den 80er-Jahren gewesen. Die Älteren unter Ihnen werden sich an diese Zeit erinnern. Durch gewissenhafte und aufwendige Ermittlungen haben wir herausgefunden, dass dieser Blitzkreis für kurze Zeit an die Wand des Krankenzimmers geschmiert worden war, in dem Richter Rothenberg noch kurz vor seinem Tod im Südklinikum lag. Die Verbindung zu den Hausbesetzern brachte uns auf ein lang zurückliegendes Ereignis, das damals bundesweit Aufsehen erregte«, Göttler machte eine Pause und wartete, bis Hofmann ein Bild der Massenverhaftung an die Wand brachte. »Bei einer Massenverhaftung nach einer unangemeldeten Demonstration vor dem KOMM wurden im März 1981 160 Personen festgenommen, von denen 141 durch einen Haftbefehl in Untersuchungshaft kamen ...«

»Ein Skandal«, tönte es aus den hinteren Reihen.

»Sagen wir lieber eine gewisse Herausforderung des Rechtsstaates«, sinnierte Göttler, »auf jeden Fall war' Herr Rothenberg einer der damals eingesetzten Ermittlungsrichter. Er hat 50 der 141 Haftbefehle ausgestellt. Und genau in dieser

Zielgruppe haben wir unsere Täter gefunden und zwar«, er machte abermals eine Kunstpause wie ein Showmaster, der den Hauptgewinner des Abends verkündete, »die Künstlerin Alexandra Reinhardt, besser bekannt als Nastassja Dark, ihren Bruder, den Staatsanwalt Andreas Reinhardt, sowie Achim Janssen, einen Physiker, der mit den beiden befreundet ist.« Die Fotos erschienen auf der Wand, und die versammelten Journalisten schrieben eifrig die Namen auf.

»Also war das Motiv Rache?«, fragte Thormann.

»Eine späte Rache, ja«, nickte Göttler, »Schlüsselfigur war dabei Alexandra Reinhardt. Sie war damals eine der jüngsten Inhaftierten und ist dadurch traumatisiert worden. Sie hat in den letzten Jahrzehnten immer wieder Aufenthalte in psychiatrischen Anstalten verbracht, die ihr kurzfristig auch geholfen haben. Endgültiger Auslöser der Verschwörung waren die ›Caps‹, eine Bande von Ex-Graffitisprayern, die Frau Reinhardt als Künstlerin betreut und gefördert hat. Als zwei von ihnen wieder straffällig wurden und Herr Rothenberg harte Strafen gegen sie verhängte, war das der Startschuss zu der Verschwörung, die wir in extrem kurzer Zeit, wie ich anmerken möchte, aufgedeckt haben.«

Göttler lehnte sich zufrieden zurück und lächelte. Er hatte sich angewöhnt, seine Rede in möglichst lange Passagen zu gliedern, damit die Journalisten währenddessen ausschließlich damit beschäftigt waren, sich Notizen zu machen und keine unverschämten Fragen stellten.

»Wie konnten Sie die Täter überführen?«, fragte eine Redakteurin des BR.

»Achim Janssen hat sich quasi selbst überführt, indem er außer Landes geflohen ist, kurz nachdem er zu dem Fall Rothenberg befragt wurde. Wir konnten ihn in Großbritannien telefonisch erreichen, und er hat die Tat schriftlich gestanden. Herr Reinhardt hat sich bei der letzten Befragung durch Informationen verraten, die nur einer der Täter haben konnte, er will aber lediglich Mitwisser gewesen sein. Alexandra Reinhardt hat gestanden, die Graffitis mit den Todessymbolen fabriziert zu haben.«

»Wird dieser … Janssen ausgeliefert?«

»Zu den juristischen Fragen möchte ich das Wort an Herrn Staatsanwalt Klatte übergeben, für dessen gute Kooperation in diesem Fall wir ihm ausdrücklich danken«, sagte Göttler gönnerhaft.

»Danke, Herr Kriminaldirektor«, Klatte war offensichtlich unwohl hier oben. Kein Wunder, schließlich war einer seiner Kollegen als Mörder verdächtigt, »lassen Sie mich kurz vorwegschicken, dass die Staatsanwaltschaft Nürnberg-Fürth bestürzt über diese Ermittlungsergebnisse ist. Herr Reinhardt wurde umgehend vom Dienst suspendiert. Er wird bei einer Verurteilung neben den strafrechtlichen auch die dienstrechtlichen Konsequenzen zu tragen haben. Ein Auslieferungsverfahren gegen Achim Janssen ist eingeleitet. Nach unseren letzten Informationen wird er sich aber womöglich freiwillig zurückbegeben und stellen.«

»Welche Strafen erwarten die Täter?«, fragte Oppel spitzfindig.

»Das wird das Strafverfahren zeigen«, erklärte Klatte, »nach dem momentanen Stand beschuldigen sich Janssen und Reinhardt gegenseitig, das radioaktive Material im Bürostuhl des Richters deponiert zu haben. Es wird im Rahmen der Beweisaufnahme zu klären sein, wer Täter und wer Mittäter ist. Bei Frau Reinhardt ist zu prüfen, ob sie zur Tat angestiftet oder nur Beihilfe geleistet hat. Wir prüfen auch eine Anklage gegen alle drei wegen Bildung einer terroristischen Vereinigung.«

»Wer hat die Ermittlungen geleitet?«, wollte Thormann wissen.

»Ich«, sagte Göttler, »ich widme mich allen wichtigen Fällen persönlich.«

»Dann haben Sie auch Herrn Reinhardt das Geständnis entlockt?«

»Nein, ich kann ja nicht immer überall sein«, knirschte Göttler, »das war Hauptkommissar Albach, hier ...«, zögerte kurz und setzte nach einem nervösen Blick zur Kamera noch nach, »dem ich natürlich auch sehr für seine geleistete Arbeit danke!«

»Herr Albach, wie haben Sie es geschafft, diese teuflische Verschwörung aufzudecken?«

»Zunächst einmal arbeite ich mit einem guten Team zusammen«, Alfred räusperte sich und beugte sich etwas weiter in Richtung Mikrofon.

»Sag was Tiefsinniges«, raunte Renan von rechts.

»Und dann gab es in diesem Plan einen gewissen menschlichen Faktor«, fuhr Alfred nach kurzem Zögern fort. »Die Tat wurde so organisiert, dass Frau Reinhardt mit dem Mord nicht in Verbindung gebracht werden konnte, dabei war sie eigentlich die psychisch Stabilste der drei, zumindest als wir sie kennen lernten.«

»Wo war dann der Knackpunkt?«

»Als Achim Janssen geflohen ist«, erklärte Alfred. »Hätte er die Nerven behalten und sich an den Plan gehalten, hätten wir die Sache wohl nie nachweisen können. Dann haben sich noch ein paar Kleinigkeiten addiert. Aus kriminalistischer Perspektive war der Plan sehr gut, eigentlich ein perfekter Mord, und ich muss ehrlich zugeben, dass uns auch der Zerfall bei der Aufklärung geholfen hat ...«

»Zerfall?«

»Nein, ähm, Zufall, ich meinte Zufall«, Alfred lächelte. Der Termin beim Neurologen würde sicher noch etwas warten können.

Nachwort

Auch diesmal soll der zeitgeschichtliche Hintergrund nicht darüber hinwegtäuschen, dass die Handlung samt ihrer Personen meiner Phantasie entsprang. Natürlich gab es die Massenverhaftung vom 5. März 1981, und es wurden tatsächlich 141 überwiegend jugendliche und unschuldige Personen tagelang festgehalten. Es gab auch verschiedene Richter, die sich in einer ähnlichen Weise zu den Vorgängen äußerten, wie sie im Buch von Richter Rothenberg berichtet werden. Eine Karriere als fränkischer Richter Gnadenlos hat jedoch meines Wissens keiner eingeschlagen, und ebenso wenig ist einer von ihnen nach meiner Kenntnis bislang auf unnatürliche Weise ums Leben gekommen.

Ein Mord mit radioaktivem Material erschien mir ein sehr kühnes Vorhaben, bis im November 2006 der russische Ex-Agent Litvinenko in London mit Polonium vergiftet wurde. Die in diesem Buch gewählte Methode mit einem Gamma-Strahler, der nicht akut zum Tod führt, sondern bei langem Einwirken beispielsweise Krebs hervorrufen kann, ist tatsächlich noch schwieriger nachzuweisen und wird wahrscheinlich bis auf weiteres der Fiktion vorbehalten bleiben.

Eine US-amerikanische Webseite, über die man radioaktives Material in kleinen Mengen beziehen kann, gibt es tatsächlich (http://www.unitednuclear.com/isotopes.htm). Die Betreiber legen jedoch Wert darauf, dass die Mengen nicht ausreichen, um in irgendeiner Weise schädlich zu wirken.

Dank

Ich möchte an dieser Stelle all jenen danken, die zum Gelingen dieses Werkes beigetragen und mir geholfen haben, meine mannigfaltigen Wissens- und Erfahrungslücken zu schließen:

Daniela und Mario Peluso haben mich im biotechnischen Sinne über die Mordmöglichkeiten mittels Radioaktivität aufgeklärt. Dr. Martin „Mago" Gorbahn war mir eine Hilfe bei den physikalischen Details und den Gepflogenheiten in universitären Einrichtungen. Harry Schmidt hat mich in Fragen der Schach-Strategie beraten, und Gerhard Faul stand mir mit Erinnerungen aus erster Hand für Fragen rund um die Massenverhaftung zur Verfügung.

Für die kleinen und großen Geheimnisse der Polizeiarbeit im Großraum Nürnberg war abermals Rainer Seebauer von der Pressestelle des Polizeipräsidiums Mittelfranken zuständig.

Alle verbliebenen Fehler und Ungenauigkeiten in den verschiedenen Fachgebieten gehen selbstredend auf mein Konto.

Abschließend möchte ich noch den Lektorinnen Anett und Susanne danken, allen anderen bei ars vivendi, meiner Familie und natürlich Pia.